小悪魔令息は、色気だだ漏れ将軍閣下と仲良くなりたい。

Characters
Koakuma reisoku ha,
iroke dada more shogun kakka to
nakayoku naritai.
「どうしてあなたは、俺にだけそんなに冷たいのかな」
シモン・エリュクロイ
男らしい色気と男らしいかっこよさを兼ね備えたエリート将軍。
「今日は一段とかっこいいな。立っているだけなのに妙にエロい」
エリス・ヴァレヌヴェルチェ
シモンが大好きすぎるあまりに、シモン限定でツンデレになっている侯爵令息。

カトレア

「あなたって上品な顔をしているのに、
中身は残念極まりないわ……」

エリスと同じ学園に通う
貴族の令嬢で、
エリスの幼馴染。

ノア

「恥も外聞も捨てるくらいなら、
腹を括って頑張るしか
ないじゃないか」

エリスの友人で、
学園に通う留学生。
海上商人の一人息子。

フェネル

「美人と言われるのは
不快です」

エリスとノアの剣技の
指南役の一人で、
フルール家の令息。

レオン

「いや、すまない。
美しい女性を見るとつい」

軍関係者の男で
エリスとノアの
剣技の指南役の一人。

ルーベン

「エリスって、こういうことに限っては
ほんとに鈍いというか何というか」

シモンの部下。剣技に関しては
シモンに劣らない
実力の持ち主。

ローリエ

「たまには心の赴くままに
振る舞ってみることも大切なのよ?」

エリスの姉で、
次期侯爵家当主。隣国に
遊学している才女。

第一章　紫色の瞳の将軍閣下

盛り上がったその胸元の筋肉に顔を埋《うず》めてみたい。

その無精髭をすけべな手つきで撫でまわしたい。

艶《つや》やかな厚い唇に口づけてみたい。

逞《たくま》しい腕に抱きしめられたい。

腰に響く低い声で囁《ささや》かれてみたい。

そしてあわよくば、あわよくば――

「めちゃくちゃにしてほしい」

「ちょっと、エリス！　声に出てるわよ」

「は？」

「は？　じゃないわよ。あなたって本当、上品な顔をして、そんな素敵なタキシードだって着こなしているのに中身は……残念極まりないわ」

冷たい視線を投げてくる令嬢――カトレアは僕と同じ学園に通う同級生で幼《おさな》馴《な》染《じみ》だ。彼女は僕の顔面を凝視《ぎょうし》して深い溜息を吐いた。

溜息ばかり吐いていたら、幸せが逃げてしまうよ。なんて口走りそうになったが、やめる。余計なことを言って怒られたくなかった。

それに今の発言は、カトレアの言う通り、この場にふさわしいものではない。

なにせ今僕たちがいるのは、絢爛豪華《けんらんごうか》な会場で執《と》り行われている王妃様主催の社交パーティーだ。大々的なものではないにしても、品位を問われる場所だから、あまり不用意な発言をするのはよくなかったと反省する。

今後は破廉恥《はれんち》な妄想が口から漏れだすことのないよう、注意しなければなるまい。

「それにしても、今日は一段とかっこいいな。人類を滅ぼせるんじゃないかな……立っているだけなのに、妙にエロい」

「……人類を滅ぼすって、それ褒めているの？　でも、そんなに好きなら、いい加減素直になればいいじゃない。現に、あなたが優しく接する令嬢たちは皆あなたの虜《とりこ》よ。皆言ってるじゃない、『小悪魔令息《こあくまれいそく》』だって。名誉なことね」

カトレアが、可哀相なものを見るような目で僕を見る。

この名に同情されることも多いのだが、僕は皆が思うほど気にしてはいなかった。

「その呼び名なんて、まだマシだ。少なくとも妖精だの、無垢《むく》な天使だの、そんなのよりは鳥肌が立たないね」

自覚はしている。自分の容姿は、妖精や天使と呼ばれるに相応《ふさわ》しいものだと。亜麻色《あまいろ》の髪も、青色の瞳も気に入っているから、容姿を褒められることに関しては、今は特に何も思わない。ただ、その容姿を賛美する言葉が、こんなに陳腐でなければいいのにとは思う。

「あなたのその図太い神経が羨《うらや》ましいわ……」

「図太いなんて、言われたのは初めてだな」

小悪魔令息だなんて誰が呼び始めたのか知らない。だけど幼い頃から妖精だのなんだのと褒め称えられてきた僕にとって、小悪魔はまだ許容範囲だった。

どうせ人から見た自分なんてそうそう変えられないのだから。ようは心の持ちようだと割り切ることにしている。

そんなことで悩んでいるくらいなら、僕は想い人を見つめることに時間を費やしたい、と常々思っているのである。

「……はあ」

再び横から溜息が聞こえる。

「……ところでずっと眺めているだけのようだけど。今日はもうお話はできたの？」

カトレアの問いかけで、これまで高揚していた気分が降下する。

「いや、まだだよ」

「意気地なしね」

「……いやいや、誰だってあの輪の中には入れないだろうよ」

僕の視線に誘われて、カトレアは会場の中央を見つめた。

そこには群《むれ》を成す蝶の羽のようなドレスをまとった令嬢たちがいて、その中心に、僕の想い人――シモンがいる。

鍛え上げられた大きな身体。男臭い無精髭。わずかに癖のある焦げ茶色の髪の毛。厚い胸板。誰をも魅了する紫色の瞳。

その立ち姿からは将軍らしい剛健さが滲《にじ》み出ているけれど、甘いハンサムな顔立ちからは親しみやすさと、のぼせるような色気が垣間見える。大きな身体をしているのに威圧的に見えないのは、彼の浮かべる表情が優しげで、穏やかだからだろう。

「世界一のハンサムだな」

再び賞賛がこぼれた瞬間、紫色の瞳と視線が交わった。

途端に、心臓が異様な音を奏で始める。心の中で、もう一人の僕が喜声《きせい》をあげながら悶えていた。

シモンはふっと目を細めて、僕を見ながらわずかに手を挙げる。

その小さな仕草にさえ色気を感じて、鼻がつんと痛くなる。嬉しくて咽び泣きたい気持ちを表情に出ないように必死に抑える。そしてなんでもないように手を挙げて応えようと思ったが、緊張してしまい、勢いよく顔を逸らしてしまった。

「もったいないわね。せっかく手を挙げてくれたのに」

「いや、僕もできることならこんな態度は取りたくないんだが」

だけどやっぱりこんな態度を取ってしまうのだ。

好いている相手に、どうしても素直になれない。

なにせもう十年以上は片想いをしているのだ。

拗《こじ》らせて熟成しすぎて歪《いびつ》になってしまいそうなこの想いは、年を追うごとに濃くなり、自分でも向き合うことを恐れるほど重くなっている。

「……シモン様のことだから、ただの反抗期だと思ってくれているんでしょうけど、あの方じゃなかったら問題になってるわよね。いくらあなたが侯爵令息でも」

「そもそも、シモンじゃなかったら、僕はこんな態度はとらない」

「そういえば、あなた外面だけは恐ろしいほどよかったわね。実際はすけべな妄想ばっかりするエロおやじなのに」

「やめろ、本当のことを言うな」

「……まあでも、いつもだったら『あっかんべー』くらいするんでしょうから、一歩前進ね」

「本当にそう思っているか？」

「ええ。あなたなりに頑張ろうとしているのが、私には分かるわよ。私にはね。あの方に分かるかは別として」

「……おそらく、分かっていないと思う。それこそ君がさっき言ったみたいに、ちょっとした反抗期だと思っているだろうな」

「可能性は高いけど。でもあの方は女性経験が豊富なんでしょうから、あなたのように素直になれない人の気持ちだって察することができそうなものだけど……本当にお気づきでないのかしら」

「それは、さすがにないだろう。なにせ、僕は——」

僕はここ数年の間ずっと、シモンに冷たい……というよりも、失礼な態度ばかり取っているのだから。そう言おうとして口を開いた時、カトレアの顔が驚愕に染まった。

「なんだ、どうし――」

「何も顔を逸らすことはあるまい、エリス」

その声を聞いて、喉が詰まって息が苦しくなる。

そんな、急にこっちに来ないでくれないか！　それが無理なら少し、ほんの少しだけ離れて、待っていてほしい。身だしなみを整える時間が欲しい。

いやだが、そんなことをしている時間があったら、シモンの顔を少しでも長く眺めていたい。

僕の脳内は絶望と歓喜が同時に渦巻いて混乱した。

しかし、そんな脳内とは裏腹に、今僕の顔はきっと無表情をしている。自分で分かるくらい表情筋の動きが全く感じとれなかった。

ここ最近、僕の表情筋は動揺が大きければ大きいほど硬直して、冷たい無表情になるのだ。性質《たち》の悪いことに、シモンの前でだけ。

「そんな顔をするな。すぐに戻るよ」

「僕に何か用？」

自分の表情が、シモンの紫色の瞳に映っていた。

人形のように精緻《せいち》で美しい顔だ、と皆に絶賛されるこの容貌《ようぼう》。実際、謙遜《けんそん》するのも馬鹿馬鹿しくなるくらい美しいと、自分でも思う。

だが、この無表情である。

冷たい印象ばかり強くなるこんな表情を、慕う相手に見せるなんて本意ではない。本意ではないが、どうしてもこうなってしまう。

後悔が僕の頭の中で駆け巡る。シモンはそんな僕の内心を知る由もなく近づいてきて、朗らかに笑った。

ものすごく顔が近い。

やめてくれ。その素敵すぎる顔を、僕の鼻血で汚したくない。

「焼き菓子が好きだったろう。昨日貰ったものなんだが、あとであなたの屋敷へ送っても？」

「なんで僕に……？　あの子たちにあげればいいじゃないか」

僕の口は頑《かたく》なに素直な言葉を吐こうとはしなかった。

意図せず冷然としてしまった声が、シモンの耳にどう聞こえたのかなんて、考えなくてもわかる。さぞ不快な思いをしているのではないか。そう思って表情を窺《うかが》ってみたが、シモンの表情は変わらず優しいままだ。

彼は僕を諭《さと》すように告げた。

「あの中の誰かを一人選んで贈るのは……憚《はばか》られる。あなたに贈れば、彼女たちが諍《いさか》いを起こすことはないと思ったんだ」

ああ、なるほど。そういうことか。

身勝手ながら、僕は落胆した。

シモンはおそらく、僕が贈り物を受け取りやすいように、わざわざ理由を説明してくれたのだ。

そんな彼の気遣いができるところはとても尊敬しているし、誰にでも優しいところは、紳士的で素晴らしいと思う。

だが、それを切ないとも感じてしまう。

この国で一番魅力的な男は間違いなくこのシモンだ。それは僕の私見ではなく世間一般の評価である。

僕は、そんな彼に恋をしてしまった。

男に生まれたことを後悔したことなんて一度もないし、女性になりたいと考えたこともない。ただ、シモンの今までの恋人は全員女性であるという事実は確かに存在する。

このことから、彼の恋愛対象は女性のみであると断定しても、早すぎるということはあるまい。どれだけ僕の顔が美しいと絶賛されようとも、性別までは変えられない。だからといって、好きになることをやめられるほど僕の恋路は短くないし、抱えている気持ちはすぐに捨てられるほど些《さ》末《まつ》なものでもない。

「それは、確かにそうだね」

暗くなった心を無表情の中に隠して、僕はシモンから視線を逸らし、彼の言葉に同意した。

「それにどうせ口に入るのなら、こんなおじさんの口の中よりもあなたの口の中のほうが菓子も嬉しいだろう」

「……っ」

別に意図して言っているわけではないだろうが、言い方が妙にエロい。

やめよう。今は興奮している場合ではない。

「……貰ってあげてもいいけど。美味しくなかったら送り返すからね」

「………」

「なに？」

声が返ってこないことを不思議に思って彼を見ると、シモンは目を見開いて僕を見ていた。

「いや。まさかこんなに素直に受け取ってもらえるとは思わなくてな」

「なにそれ。まるで僕が素直じゃないみたいじゃないか……」

お前は確かに素直じゃないだろ。と頭の中で鋭くツッコむ。

「それじゃあ、どうしようか？　明日には送ろうと思うが……まだ王都の邸宅にいるかね。それとも侯爵領の邸宅へ送ったほうがいいかい」

さらりと問われたその質問を聞いて、身体が強張《こわば》った。

そろそろ夏の休暇が終わり、学園の寮へ戻る準備をするために侯爵領へ帰る時期なのだ。しかしながら、僕には明日、誰にも――特にシモンには絶対に言えない重要な外出の用事があった。

だから王都にはまだいるけれど、邸宅にはいない。

「いや、明日は……王都にはいるが、よ、用事があるから、屋敷にはいない。明後日はいる」

「分かった。では明後日に送ろう。中身は日持ちのするものだから、ゆっくり食べても問題はない」

「……ありがとう」

ぎこちなく礼を言うと、紫色の瞳を携えた目が弧を描いた。

「エリス」

「なに？」

「迷惑をかけてすまないな。こちらこそ、ありがとう」

「……別に、いいよ。それより早く彼女たちのもとに戻ったら？　視線が集まって迷惑だよ」

「はは、そうだな。そうしよう。またね」

また、話しかけてくれる気があるのか。とは聞けずに「うん」と愛想なく頷くと、彼は颯爽と踵《きびす》を返し、健気に待つ令嬢や夫人たちへ一言、二言をかけたのちに、会場を辞した。

シモンが去ったあと、緊張していた全身が痺れたように痛くなった。

「……うわあ、顔がにやけてる。せっかくの美人が台無しだわね」

シモンが来るや否や、空気を読んで身を潜めていたらしいカトレアが、僕の顔をぬっと覗き込んでくる。

「にやけているんじゃない。痺れて痛いんだ……。緊張してしまって。ああ、またシモンに嫌われるような態度をとってしまった……」

「まあ、まあ。シモン様と話せたことに変わりはないじゃないの。……良かったわね」

「うん、ありがとう。ああ、そうだ。シモンが焼き菓子を送ってくれるらしい。どうしよう……日持ちするっていうし、しばらく飾っておくべきだろうか」

「やめなさいよ。シモン様はあなたが甘いものを好きだと知っているからくださるんでしょう？

それなら、早く食べて美味しかったと報告して差し上げるほうが、可愛げがあるというものよ」

「それは確かに。では、早く食べてしまおう」

「食べきれなかったら私にも頂戴よ」

「何を言っているんだ。そんなことはできない」

「なんてケチなの。そんなだと、シモン様に嫌われちゃうわよ」

カトレアは口に手を当てて、からかうような表情をする。

だけど僕は動じない。

「ふん。元々シモンに好かれるようなことをしたことなんて一度もないから、変わらないさ」

「なんでそんな風に思うのよ。少なくとも好いていない相手に自分から話しかけたりはしないんじゃない？」

「シモンはそんな器の小さな人間じゃない。苦手な相手でも話しかける必要があるなら、話しかける奴なんだ」

「あなたってちょっと面倒臭いわね。こういう時は妄想でもいいから、『もしかしたら僕のこと少しは好きなのかも』と思ったほうが幸せになれるわよ。いくら美人でも、暗いことばかり言って冷たい顔をしている子は、想い人の目には魅力的に映らなくてよ」

「……そうか」

では、ここは素直にカトレアの助言に従って、今日のことは明るい方向で考えておこう。

少なくとも、シモンは僕が甘いお菓子を好きだと覚えていたのだ。その事実を喜ばないなんて、確かにもったいない。

「あなたは、そうやって笑っているほうがいいわよ。せっかくの美人なんだもの。いつかシモン様の前でもそんな風に笑えたらいいのにね」

「そうだな。僕もそう思う」

強く頷きながらも、シモンの前で笑えなくなってから、すでに数年の月日が経っていることを思い出し、そう楽観的ではいられなくなってしまう。

『長めの反抗期なんじゃない？』とシモンとよくつるんでいる知人に冗談めかして言われたことがあるが、これは笑えない冗談だった。

確かに、反抗期と言えば反抗期だ。シモンに対してではなく自分への。言い直せば自己嫌悪とも言えるそれに、おそらく僕はこれから今以上に悩まされるはめになるかもしれない。

「……はあ」

「あら、溜息なんて吐いたら幸せが逃げるわよ」

「うわ、それ、僕が言わないでおいてあげた台詞《せりふ》なんだが」

「はぁ？」

訳が分からないという風に首を傾げるカトレアに、僕はもう一度溜息を吐かざるを得なかった。

◆

剣を打ち合う澄んだ音が、広い青空に響く。

眼下で剣を交える軍人たちは、額に汗を滲《にじ》ませながら、雄々しく声をあげていた。皆、筋骨隆々の逞《たくま》しい男たちだ。

いざとなれば戦場で馬を駆り、その手に剣を握り、命かけて国を守護する存在。

各々が格別なオーラを放つ中、一際強烈なオーラを放つシモンが、打ち合う男たちの間を縫いながら鋭い声を放つ。いつもは優しく笑むだけの彼が、鋭い光を孕んだ目で汗を流す男たちを見据えていた。

「相手の動きを読むことばかりに気を取られるな！　敵の剣がお前たちの首と胴を切り離したら、その思考は無意味なものになるぞ！」

冷静かつ威厳を湛《たた》えた声音が響くと、男たちは表情を引き締めて、剣を打ち合う。

社交場では色気をこれでもかと振りまき、花のように可憐な女性たちに囲まれている彼だけれど、ひとたび軍を率いる立場に戻ると、覇気と威厳に満ちた『将軍』へ姿を変える。

そんな姿もまた、身悶えしたくなるほど、かっこいい。

昨日のようにこっちを向いてくれまいか……と思うものの、僕がこうして見ていることを彼は知らないのだから、わざわざこちらを見ることはないこともよく分かっている。

なぜならこれは極秘の、視察。と言っても、忍び込んでいるわけではないが。

本来、軍の鍛練場付近へは、約束を取り付けない限り一部の人間しか入ることができない。しかし一部の貴族は、王族専用庭園に入るのを許可されており、最近僕は、その庭園の内の一つが、鍛練場と近い場所にあることに気がついた。

　王族専用庭園の一画に建てられた古い納屋《なや》。僕は時間ができるたびにそこに覗きにきている、というわけだ。

　今は夏の休暇中で僕には十分な時間がある。だから暇さえあればここへ通い、こうしてシモンを見つめている。

　今のこの時間は、シモンが鍛練に励む部下たちの様子を観察して、彼らを指導する時間だ。

　こうして見ていると、将軍という立場にある彼は、己を鍛える時間がなかなかないように思える。

　だが、僕が認識している限り、剣においてシモンの右に出る人間はいない。おそらく、シモンは他の者が寝静まったあとや、休暇中に訓練をしているのだろう。

　少なくとも僕はそう予想している。

『さすがは将軍閣下であらせられる。才能あふれるお方だ』と言う人間もいる。

　もちろん才能というのもあるのだろうが、もし才能だけでシモンが将軍についたのなら、僕はこんなにシモンのことを好きになっていないと思うし、尊敬もしていない。

　彼の言葉の選び方。人に対する態度。眼差し。行動。

　それらは才能に恵まれたことに驕《おご》り、努力することを知らずに生きてきた人間のそれではないと思う。僕自身が才能に恵まれた人間ではないから、少しだけ理解できる。

　今まで己の才能に自信と誇りを持っている人間を何人も見てきた。全員とは決して言わないが、努力して必死に追いつこうとする人間を見て、驕《おご》った発言をする者がいた。

たとえ本人が意図しなくても、心の中にわずかでもある傲慢は必ず言葉や態度から滲《にじ》み出る。だが、シモンにはそういったところがない。

自信はある。矜持《きょうじ》もある。

将軍という立場にあるのだから、おそらく多少の傲慢さもあるはずだ。けれど、それを決して外には出さない。己を律する強さがある。そしてなにより努力する人間に尊敬を示し学ぼうとする姿勢がある。

そんな彼に僕は惚れたのだ。

「ルーベン！」

名を呼ばれシモンの傍に駆けつけたのは、一見して軍人らしくない、青みがかった黒髪の優男。ルーベンと呼ばれたその男とも僕は昔からの知り合いだった。

飄々《ひょうひょう》として冗談ばかりを口にする男で、僕がシモンの前で笑わなくなったところを見て「反抗期なのでは」と言った張本人だが、その実力はシモンに次いで優れている。

シモンは何事かをルーベンに話すと、皆を周囲に散らせた。

男たちが囲う真ん中には、シモンとルーベンだけが残る。

彼らは一言も交わさぬ間に鞘《さや》から剣を抜くと、今まで聞こえていた音とは比べ物にならないほど重く冷たい音を響かせて、打ち合い始めた。

連続で繰り出される剣技は鋭く、優美だ。

風を裂くような剣の扱い方は、すでに身体に刷り込まれているのだろう。剣を交わす間、シモンの表情は、僕の無表情とは比べ物にならないほど、冷たくなる。

何を考えて、剣を振るっているのか。あるいは何も考えず、身体に刷り込まれた直感だけを働かせているのか。

彼の優しさを排したそんな表情を見るたびに、見惚れ、同時に憧憬《しょうけい》の念が湧く。

僕だって、剣を扱うのが下手なわけではない。

扱うという意味では上手いほうの部類に入ると自負しているし、それを保つために稽古を怠ったことはない。

だけど、人相手になると途端に動きが緩慢になってしまう。

その理由ははっきりしている。人に剣先を向けることに、苦手意識を持っているからだ。

……もう、そんなことを言っている場合ではないというのに……

というのも夏の休暇が終わると、学園での寮生活が再び始まり、剣技大会の準備期間に入る。

剣技大会というのは、学園の男子生徒（許可があれば、女子生徒も参加可能）同士による剣技の大会のことだ。

とはいえ扱う武器は生徒の安全のために真剣ではなく木剣《ぼっけん》を使い、一対一で打ち合って勝敗を決めるだけの至極単純な大会だ。単純とは言ったが、この大会が軽んじられているという意味ではない。

とりわけ気合が入っているのが、今目の前で鍛練をしている男たちの息子。

彼らは将来、軍に入ることを切望されていて、気合の入れようも、力量も、他を圧倒している。

この剣技大会での実力差は、軍に入った時の実力差になるとも言われているから当然である。

僕もそれなりに剣を扱えるけれど、叩き上げの彼らとは訳が違う。

生半可な気持ちでやると痛い目を見ることは分かっているから、今年も例年通り二試合目で「棄権」しようかと、そんなことを考えていた。

だが、目の前で繰り広げられるシモンの圧倒的な剣技を見ていると、そんな考えは吹き飛んでしまう。

「もっと力を込めろ！　ただの鍛練だと気を抜くことは許さんぞ！」

こうして休暇のほとんどの時間を、シモンを見るために費やしてきて、ふと思う。

もう十分に強いのに毎日欠かさず鍛練に励むシモン。

それに対して、己の容姿の美しさと、他者からの賛美に慢心して、自分を磨くことを怠っていた……あまりにも傲慢な自分。

彼を想うのに、自分はふさわしい人間なのか。

今になって、恥じ入るような気持ちが日に日に強くなっていた。

要は、慕う相手にふさわしい人間でありたいと、恋する人間らしく、そんなことを思っていたのだった。

「ルーベン！　足が重くなっているぞ！」

険しい表情で剣を交えるシモンが声をあげた。低いのに、よく通る声だ。

凛とした眼差しでルーベンを見据え、彼は寸分の狂いもなく剣を打ち込んでいく。その剣技には迷いがない。

将軍なのだから当然だと言えばそうかもしれない。だが、人が思う以上に、人と剣を交えるのには精神力がいるはずだ。

桁外れの精神力はちょっとやそっとの経験で身につくものではない。身と心を削るような、剣を血で濡らすような経験を何度も経た上で、なおもその手に剣を握り続ける覚悟をしてこそ、得られるもの。

そんな重い覚悟を背負いながら、なんてことないように優しく笑い、他人を気遣える彼のことが堪らなく愛おしい。

「……お前はどこまで魅力的になるんだろうな」

一度もシモンに伝えたことはないけれど、何度も何度も数えきれないほど、恋情を帯びた吐息と共にこの言葉を吐き出してきた。

日を追うごとに凛々しく、魅力が深みを増す彼に、僕は焦りを感じている。

これ以上、僕との距離を広げないでほしい。

距離が広がっているのは、シモンが日に日に魅力的になるからだけじゃない。僕自身が、今この瞬間も向き合うべきことから逃げているから。

つまり、自業自得というわけだ。

「……は」

己を嘲笑《ちょうしょう》する息がこぼれた。

「もっと腰を低く落とせ！　いざという時、それでは押し切られる！」

冷然とした声がまた響く。

シモンがあっさりと口にした『いざという時』という言葉はとても重たい。彼の言うそれは、いつか来るかもしれないなんていう生温いものではない。

『必ず来る』という心構えでいなければならない、と強く思わせる気迫を伴うものだ。

将軍として、シモンは日々重たいものを背負いながら生きているのだと僕は改めて思い知らされる。夏の休暇の間、そんなことが何度もあった。

「そうだ！　次に剣を払え！」

甲高い音が鳴った。ルーベンがシモンの剣を弾き返した音だった。

けれど、シモンの身体は剣を弾かれただけではぶれることなく、すぐにまた剣を振り下ろす。

「遅い！」

ルーベンは反応が遅れて体勢を崩したが、何とかシモンの剣を受け止めた。

おお、と周囲から歓声が漏れる。さすがとしか言いようがない。あの速度で迫りくる剣の激しさに耐えられるのだから、ルーベンもやはり相当な手《て》練《だ》れなのだ。

結果として、シモンとルーベンが激しく打ち合い、距離を取ったところで試合は終了した。引き分けである。拍手が沸き起こる中、ルーベンが弱音を吐く。

「いやあ、もう無理！　限界！　休憩したい！」

大口を開けて叫ぶルーベンにシモンが声をかける。

今までの冷たい表情が嘘のように、輝くような微笑が浮かんでいた。顎から滴った汗が鎖骨に流れて、厚い胸板をしとどに濡らす。銀色に輝く剣を逞《たくま》しい腕で軽々と払い、洗練された動作で鞘《さや》へ納める。

劇で見るようなわざとらしいものではなく、剣を鞘《さや》に納めることで、昂《たかぶ》った己の気を鎮めるような仕草。

ああ、本当に——

「……好きだなあ」

呟いた、その瞬間、シモンがこちらを見て、彼と目が合ったような気がした。僕は慌てて身を隠す。……いやいや、そんなはずはない。

呼吸を整えてもう一度覗いてみると、シモンは何事もなかったかのようにルーベンや周囲を取り囲む男たちと談笑していた。

「あー……びっくりした」

胸を撫でおろしたものの、心臓はまだ早鐘を打っている。

一瞬だけ交差した瞳の熱を思い出して、一気に全身が熱くなる。

戦いの後、剣を鞘《さや》に納めるだけでは抑えることのできなかった興奮を宿した紫色の瞳は、中毒性の高い媚薬のように熱く甘い。

心に積もり積もった『好き』という気持ちが、その甘い熱によって暴かれて、普段押しとどめている恋情が口からこぼれる。

「本当は……閉じ込めたいくらい、愛している。なんて言ったらドン引きされるだろうなあ。それは嫌だ」

あふれだした言葉は虚しくその場に消える。

だけど、それでいい。否、そうでなくてはいけない。この重すぎる気持ちを伝える気は微塵《みじん》もない。僕は、人の気持ちを拒絶することの辛さを、誰よりも知っている。

だから絶対にシモンには言わない。

シモンは優しいから、僕の気持ちに応えられないことに苦しむだろう。

惚れた人間にそんな思いをさせるくらいなら、伝えないほうがマシだ。そして勘違いしてはならないのは、この判断が、自己犠牲なんて高尚なものによって下されたものではないということ。

ただ単に、僕がシモンを苦しめる状況に耐えられないだけなのだ。シモンを苦しめようとする自分が許せないだけ。

だから決して自己犠牲だと酔ってはならない。それは僕が自ら決めている判断をシモンに押し付ける行為に他ならないのだから。

「……脚が痛くなってきたな」

誰に聞かれるはずもない独り言を呟いて、僕は納屋《なや》を後にする。

その時、再びシモンと目が合ったように感じたが、さすがに恋に現《うつつ》を抜かす人間の錯覚だと馬鹿らしくなって、悶える前に、僕は庭園を後にした。

◆

今日は待ちに待った、シモンのお菓子が届く日である。

今か今かと待っていると、扉を叩く音が聞こえて、腰かけていた椅子から勢いよく立ち上がる。

「やっと来た！」

自分でも分かる浮かれた足取りで扉の前に向かうと、「ちょっといいかしら」と母様の声が聞こえた。声音から察するに、贈り物が届いたと知らせに来てくれたわけではなさそうである。

「母様」

「あなたにお話があります」

扉を開けた瞬間、優しい口調だが、有無を言わせない表情に顔が引きつった。

今はシモンの贈り物を待ちたい。どうせまたいつもの話なのだろう。いい加減にしてほしいとは思うものの、母様を無下にすることはできず結局、部屋に招き入れることにした。

「またあの話かな」

「あら、私が何の話をしたいのか分かったようね」

満面の笑みを浮かべる母様——エレーヌは、昔、その美貌で数々の男を手玉に取ったという。艶《つや》やかな黒髪。僕にも受け継がれた、海の浅瀬を思わせる青色の瞳。だが、その妖艶な見た目に反して性格は非情に情熱的だ。

ちなみに父様の容貌《ようぼう》は母様には劣るが整っていて、母様とは違い温厚な性格だ。

母様はいつも言うのだ。

「早く婚約者を決めなさい」と。いい加減うんざりする。

「……分かっているからこんな表情をしているわけだけども。母様、僕は今忙しいからあとにしてくれないか」

「忙しそうにはとても見えないけど？」

「昨日言っただろう。シモン……様から贈り物が届くから待っているんだよ」

「まあ、閣下から贈り物？　あなた、あの方にはいつも失礼な態度ばかりじゃないの。それでも構ってくださるなんて、なんてお心の広い方なのかしら……」

母様は目を見開いて、感心したように頷いた。

「別に、彼に頼まれたから、貰うだけだ」

「……ふうん」

「言いたいことがあるなら言えばいいじゃないか」

「ま、そういうことにしておいてあげましょう。今日のところは、いつもの話はしないでおいてあげる。その件とは別に聞きたいことがあったのよ」

「なに？」

「そろそろ夏の休暇が終わるでしょう？　また学園の寮に戻ることになるけど、指南の先生が必要になる頃じゃない？　あなたいつも一人で稽古しているけれど、それには限界があるでしょう？」

「……ああ」

僕が曖昧に答えると、母様はがっかりしたように肩を落とした。

「あなたねえ、もしかして三か月後にある剣技大会のこと忘れていたの？　……冗談はやめて頂戴ね。剣技大会の成績は、あなたの将来にも多少は関わりがあるはずよ。特に今回は最後の大会なのだから……しっかりやり遂げないと駄目ではないの」

それは、母様の言う通りだった。

今度開催される剣技大会で良い結果を残せば、行事に真面目に参加したと見なされ評価が上がり、将来王宮や軍に務める際に提出する功績書にも記録してもらえる。

ただ、僕はまだ王都で働くか、領地に残って働くかを決めていない。

もし、王宮で文官や神官として勤めると決めたとしても、その場合は功績書よりも、勉学の成績が重んじられる。

だから僕がどのような選択をしたとしても、剣技大会の成績は人生を左右するほど重要なものにはならないのだ。

だが一方で、剣技大会の一試合目に参加せず棄権した場合は、行事に真面目に取り組まなかったとして悪い評価をされてしまう。面倒なことに、全く無関係というわけでもないのである。

だから僕は、毎年一試合目は戦って、二試合目は棄権するようにしていた。

僕の精神力は、情けないことに、一試合に耐えるだけで精一杯なのだ。ずっと、そうしてきた。

今回も、きっとそうするのだろうな、と他人事《ひとごと》のように考えていたが、夏の休暇を経て少し考えが変わった。

このままではいけない、と焦っている。

だから指南役を雇うべきなのでは、という母様の提案は今の僕にとっては、とてもありがたいものだった。

「……エリス、聞いているの？」

「聞いているよ。大丈夫。今年は……ちゃんとやる。心配しないでほしい」

「ええ、そうして頂戴。毎年毎年、あなたは一試合目で棄権ばかりだと聞くわ。今年こそはしっかりやり遂げなさい。さもないと次の休暇の時には、あなたの大好きなお肉料理は料理長にお願いして少なくしてもらいます。お菓子は禁止よ」

母様は厳しい人だ。とはいえ、母様以外にこの家で僕に厳しい人はいないから、仕方のないことなのだが。

「……言われなくても、今年で最後だから真面目にやるつもりだ」

僕が学生でいられる時間はもう少ない。冬には学園を卒業し、来年の春頃には学園の寮を辞して、どこかで仕事をしている予定だ。未だに将来の選択をしていないから、どこで働いているのかは想像できないけれど。

「それで、指南していただく先生の当てはあるの？　ないなら、あの人の知り合いを紹介してもらえばいいと思うけど」

母様の言う『あの人』とは、父様のことである。

「そうだね……父様は知り合いが多いし。晩餐の時にでもお願いしようかな」

「ええ、そうしなさいな。私も良い人がいないか探してみますからね」

母様は厳しい時はとことん厳しいが、基本的には優しい。勝手に婚約者を決めたり、縁談を進めたりという強引なことはしない。

それに、僕に縁談をすすめるのは、僕の将来を心配してくれているからだと分かっている。分かってはいても、僕のシモンへの気持ちがしぶとすぎて、未だに母様の気持ちを汲《く》むことができずにいるのだが。

「エリス様。シモン・エリュクロイ様よりの贈り物が届きましてございます」

今度こそ待ちに待った知らせを届けたのは、侯爵家に長年つとめる執事長だった。母様が「あらぁ……本当に届いたわ」と唖然としている様子を横目にして、僕は喜々とした声を抑えることができなかった。

「ほんと！　じゃあ、さっそくで悪いけど僕の部屋に運んでくれるか？」

「あ、その……それが」

珍しく口ごもる執事長に、何か問題があるのか聞くと、彼は「驚くような量なのです」と静かに答えた。

「……驚くような量って、どれくらいだ？」

「メイド数人では運ぶことができません。ですので少々お待ちいただけると……」

動揺しながら答える執事長に、何と答えたものか悩んで、とにかくまず今運び込まれているという菓子を見るために、僕は母様を伴って階下に降りた。

「まあ、まあ。すごいわねえ……！」

母様の感嘆する声を聞きながら、僕は感嘆するより先に絶句してしまった。

彩り豊かな箱が山のように積まれている。玄関ホールは見渡す限り、箱、箱、箱。箱だらけだ。

可愛らしいリボンで装飾されたもの。シンプルに箱だけのもの。紙袋に入ったもの。様々だ。これ全部、シモンが貰った菓子ということか。

……嘘だろう。

誰かがこんなにいっぱいシモンに菓子を贈ったということだろうか。それはそれでものすごく嫌だな。食べるけど。

「まあ、閣下は本当に親切だこと」

母様は上機嫌に笑いながら、箱の中身を一つひとつ興味深そうに眺めている。僕も同様に、一つひとつの菓子を確認していった。

「……？」

不思議なことに、運び込まれた菓子の多くは、僕が好んで食べる菓子ばかりだった。

偶然だろうか。いや、偶然だろう。まさかシモンが僕の菓子の好みを熟知していて、わざわざ贈ってくれたわけではあるまい。

僕はそうそうに無意味な思考を切り上げると、目の前の大量の菓子をどうするべきかを考える。

「……カトレアに手伝ってもらわないと無理だな」

「エリス様。御者の方がお手紙を預かってらっしゃいました」

「……ん？」

執事長から受け取った手紙から、ほのかに甘い……シモンから時折香る匂いがした。

移り香にしては濃い匂いだ。紙に香水でも吹きかけたのだろうか。

だが、手紙に香水を吹きかけて届けさせるのは、相手が恋人や妻、あるいは慕う相手に送る場合がほとんどだ。

吹きかける香水によってその意味は異なり、受け取った側はこの香りにどんな思いが込められているのかを想像するのが鉄板である。

この手紙から香るのは、上品で落ち着いた香り。奥深い森の清々しさの中に、花の蜜のような甘さが混じっている。包容力を感じるのにどことなく蠱惑的《こわくてき》な……

「エリス様？　どうかなさいましたか」

「え、い……いやなんでもない」

いや、手紙を書いている途中に自分の身にまとわせた香りが少し移ってしまうのはよくあることだ。あるいは手紙をポケットの中にしばらく入れていただけかもしれない。

「どうぞ、こちらでお切りになってください」

手渡されたペーパーナイフで手紙の封を切って開ける。甘い香りが一層濃く空間を彩る。

――食べきれないようだったら、あなたの友人に配るといい。迷惑をかけてすまないね。

「閣下は何て仰っているの？」

「食べきれないなら他の人に贈ってもいいって」

「……よく気遣いのできる方だこと。そう仰ってくださっているのだったら、どなたかに差し上げたらよいのではなくて？」

「そうだな」

一人で食べきるには半年くらいはかかる量だ。ここはお言葉に甘えて友人に配ろう。ちょうどあと少ししたら学園が始まるから馬車に積んで、寮へ持っていくのもいいかもしれない。

「ああ、そうか。どうせ食べてもらうんだったら……」

そこまで考えて、良い事を思いついた。

「何か良い案を思いついたの……？」

母様の問いに頷きながら、僕は箱の数を確認している執事長に声をかける。

「ねえ、屋敷の中に運んでもらってすぐで悪いんだけど。今すぐこの贈り物の三分の二を孤児院に運んでくれないか」

「かしこまりました。いつものように裏手のほうに馬車を止めればよろしいでしょうか」

「うん。あ、運ばせる御者に言伝《ことづて》をお願いできるかい」

「はい」

「冬になったら、また会いに行くから、と。子供たちに伝えてほしい」

その時には、新しい毛布と冬用の服を、持っていかなければ。

言伝《ことづて》を伝え終えて、菓子を速やかに馬車へ積むよう指示を出していると、横合いから母様が心配そうに声をかけてきた。

「……ねえ、エリス。そう頻繁に孤児院へ贈り物をするのは……」

「分かっているよ。あまり高価なものを贈り続けていたら、孤児院が危険に晒されるって言いたいんでしょ」

父伝いに聞いた随分昔の話だ。その頃にはまだ地方の孤児院には、小さな子供とか弱い女性しかいなかった。それ故、貴族が孤児院に高価なものを寄付し続けていると、それらを狙った盗賊に襲われる事件が時折起こっていた。

南の領地に慈善活動をよく行う信心深い子爵夫人がいた。彼女は「罪なき子供たちが、神の救いを得られるように」と願いを込めて、環境の劣悪な孤児院を神殿として立て直し、その一画に新たな孤児院を併設させた。それ自体は特に珍しいことではない。

ただその神殿は、外装、内装共に美しく仕上げられ、調度品にもこだわった……正直に言えば、無駄に豪華で有名な建物となり、その建物を含む周囲は常に人の賑わう観光地と化してしまった。

人が集まるということは、つまり悪人も大勢の人間の中に紛れやすくなるということである。誰もが気づかぬ間に神殿の周囲の治安は少しずつ悪化していき、案の定、神殿は盗賊たちの襲撃に遭ってしまった。

外装に使われた金の装飾や、高価な調度品は全て盗み出され、併設された孤児院で暮らしていた孤児と世話する女性たちも怪我を負い……子爵夫人は病に伏していたため建て直す資金を出せず、結局その神殿と孤児院は破綻してしまった。

行き過ぎた慈悲の心は災いを招き、神の救いをも遠ざける。一時期、貴族たちの間ではそのようなことが囁《ささや》かれていた。

　それは僕も理解している。理解した上で、何の対策もしていないと思われているのは心外だった。それに、慈悲の心は災いを招くからと言って何もしないのは全くもって無意味なことで、怠惰極まりないことではなかろうか。

「運ばせる馬車は、普段から孤児院に出入りしている行商のものを借りているから、問題はない」

　それに、その事件があって以来。孤児院には必ず数人、軍部の人間を駐在させることが義務となった。それはたぶん、その事件のすぐ後に将軍となったシモンが国王に進言したからだが、それは想像の範疇《はんちゅう》を出ない。

　どちらにしろ、今の孤児院は警備が万全だ。少なくともシモンが将軍として軍を統括している間は、孤児院を守る者たちが怠慢になることはないだろう。

「昔は直情的なところも多かったのに……随分と思慮深くなったものね」

「直情的……そうだったかな」

「エリス。どうか勘違いしないで頂戴。あなたの優しい心を否定したかったわけじゃないの」

「……分かっているよ、母様。……じゃあ、執事長、ほら早くお願いね」

　指示を聞き終えた執事長は深く頭を下げて、その場を去った。積み上げられた菓子の山。子供たちが喜んでくれることを願っておこう。

　それにしても……

「……優しい心か」

母様の言った言葉。僕は唐突に、その言葉に苦しめられた時期があったことを思い出した。

優しいことは素晴らしいことだ。なんて言葉が戯言《ざれごと》に聞こえるほど劣等感を抱いていたのだ。

幼い頃の僕は「優しさなんて、そんなものはくそくらえ」と考えていた。随分とひねくれた子供だと思うだろう。だけど、それにはちゃんとした理由があった。

「ごめんなさい。あなた、そう言われるのが嫌いだったわね」

「……昔の話だよ。今は別に嫌いだとは思わない。少し昔を思い出すだけさ」

それは、僕の手がまだ母様のカメオをやっと握れるようになったくらいの頃の話だ。

『エリス様は、本当にお母様とよく似てお美しくていらっしゃいますね。将来が楽しみですわ』

『なんて、なんてお綺麗なんでしょうか。まさにこの世の珠玉。あなた様の姿を描けるなんて、私は幸せ者でございます』

溺れるような賛辞を聞いて育った僕は、当時褒められることが当たり前だった。

劣等感とは縁遠いではないかと言われてしまえばそれまでだが、ある日僕ははたと気づいたのである。

容姿以外で他人に褒められたことはあっただろうか、と。

それに気づいたのは僕より三つ年上の姉様——ローリエがいたからだ。

姉様は、僕と同じような容姿をしていた。亜麻色《あまいろ》の髪から、青色の瞳まで全てが同じ。強いて言えば、姉様のほうが父様に似ている。似ていると言っても、鼻の形と、輪郭が少し似ている程度だが。

姉様は幼い頃からなんでもよくできる人だった。

勉学も、馬術も、弓術、剣技、音楽、礼儀作法、すべて。そしてなにより領地を正しく治め、導く資質があった。

この国は、男と女関係なく、生まれた順番の早い者が領地を継承する。

指導者としての才があるのは、天命と言っても過言ではない。誰もがそう褒めたたえるほど、彼女は全てが完璧だった。

それでも驕《おご》ることはなく努力することも忘れず性根はまっすぐで、なにより弟である僕を大切にしてくれる、自慢の姉だった。

だけども、そんな完璧な姉が横にいると、嫌でも自らに向けられる賛辞と比較する。容姿ばかり褒められる僕と、容姿以外のことでも絶賛される姉。

幼い子供が卑屈にならないわけがなかった。

『あーあ、僕って綺麗なだけでさー。他はなんにも取り柄がないんだなあ』

なんて、他人が聞いたらぶん殴りたくなるであろうことを、大声で呟いては不満を垂れ流していた。

それほど過去の僕にとっての『綺麗』と『美しい』は身近で、不愉快なものだった。

そんな不満をたらたらと垂れ流し我儘《わがまま》ばかりだった僕に、父様は穏やかに言った。

『お前は、優しいじゃないか』

だけど、幼いながら理解していた。その『優しさ』というのは、領地を治めるのには向かない。

それに優しいなんて、誰だってそうじゃないか、と。

そんなのは嫌だった。姉様と同じような唯一無二の才が欲しい。

欲しいものは何でも手に入れてきた僕にとって、それだけは喉から手が出るほど欲しているのに手に入らないものだった。

だが、不平満々に頬を膨《ふく》らませる僕に父様はなおも諭《さと》し続けた。

『お前はとても優しい。その優しさは、侯爵家当主の立場にあっては保つことのできないものなのだよ。己の運命を幸運に思いなさい。後継ぎとなれば伸ばすことのできなかったその資質を育てなさい。しぶとく優しくあり続けなさい。……優しさとは、唯一無二ではない。けれども、人を救う優しさは、唯一無二の才以上に尊いものなのだ。誰もが伸ばすことを許される資質ではないのだ。そのことをよく覚えておきなさい』

誰かに優しいと言われるたびに、父様の言葉が頭を過《よぎ》る。

だが、僕がこの言葉の本当の意味に気がついたのは、シモンと出会ってからだった。

彼は優しい。だが、優しいだけではない。シモンは時に厳しく、時に冷酷な表情を浮かべる時がある。将軍という地位にあっては、優しさだけで大勢の人間を導くことは難しい。当然のことだろう。優しいだけの将軍など戦場に出れば一瞬で淘汰《とうた》される。

『誰もが伸ばすことを許される資質ではない』

戦場から帰還したばかりのシモンの険しい表情を見た時、僕の脳裏に響いたのが、その言葉だった。優しいことを許される立場は、とても尊いものなのだと実感した瞬間だった。

「今、僕は優しいと言われても『くそくらえ』とは思わないよ」

「まあ、くそくらえだなんて、口が悪いわ」

「でも昔そう思っていたのは本当だよ……ほら、母様。早く部屋を出て。僕は荷馬車の見送りに行くから」

信頼できる執事長に荷物の積み込みをお願いしているとはいえ、外から見て貴族からの贈り物だと分からないようにされているかの最終的な確認は、僕が毎度責任を持って行うと決めている。

「ええ、ええ、分かったわ。邪魔をして悪かったわね」

優雅に去っていく母様に、僕はホッと胸を撫でおろす。

これ以上、ここに留まっていたら、母様はきっとまた僕に縁談を勧め始めていただろう。今は隣国に遊学に行ってしまった姉様も、きっと同じことを言われ続ける毎日にうんざりしていたに違いない。

ここ最近、母様は本当にそればかりなのだ。

毎度、のらりくらりと躱《かわ》しているけれど。切れ者である母様が、ずっとこのまま誤魔化されてくれるのか。

わずかな不安が僕の胸の片隅に蟠《わだかま》っていた。

第二章　決意と準備

夏の休暇が終わりに近づいてきた。

学園の寮へ移動する数日前。僕は馬車で王宮へ向かっていた。寮にいる間に個人的に剣の稽古をしてくれる父様の知り合いを訪ねるためだ。

すでに相手からは引き受ける旨の手紙をもらっているのだが、一度は顔を合わせておいたほうがいい、というのが父様の言だった。確かに、相性というものは大切である。

「……今日は随分と暑いな」

夏も終わりとはいえ、日中は未だに高い位置から太陽が地上を照らしている。清々しく広い青空を見る限り、今日は遮る雲がないから、より暑く感じるのだろう。

「左様でございますね。体調のほうは、どこかお悪いところはございませんか？」

王宮までの移動中。暑さしのぎのために扇をふって涼んでいると、馬車の対面の席に座るメイド――リディアが問いかけてきた。

「いや、大丈夫だよ。……それより、リディア。今日の君の出で立ちはとても素敵だね。目が覚めるようだよ」

若草色のエレガントなドレスだ。派手すぎず、だからといって地味すぎず。侯爵家のメイドに相応《ふさわ》しい外出の装いである。

「ありがとうございます。田舎の母が送ってくれたものでして、お褒めいただき光栄です」

微笑むリディアは、時に深窓の令嬢と間違われる美貌の持ち主で、言葉や行動も品がよく、性格に難はない。母様は屋敷に仕《つか》えるメイド達の中で特にこのリディアを気に入っていた。彼女の淡い金髪と緑の瞳が、馬車の小窓から差し込む光を含んで輝く様を眺めながら、ふと思い立ったことが口からこぼれる。

「今度、僕の服も作ってくれないだろうか」

「そんな恐れ多い……」

「恐れ多い、か。そうか、気を遣わせて心労をかけるかもしれないね。すまない、余計なことを言った」

「いいえ、そのようなことは……。母もエリス様が褒めていらしたと報告したら喜ぶことでしょう」

「すごく褒めていたと、伝えておいてほしい」

「はい！」

リディアが元気よく返事をして笑顔になるのを見届け、小窓の外を眺める。

王都に建つ建物はどれも背が高い。そして王宮が近づくごとに、煉瓦《れんが》を積み上げた高い塀が増えてくる。

王都郊外の侯爵邸から王宮までの距離は少し遠く、見える風景は随分と違った。

父は侯爵という立場にあるのだから、王宮近くに邸宅を構えても顰蹙《ひんしゅく》を買わないはずなのだが、自然を愛する彼は、王都郊外の森を背にした小高い丘のある場所に邸宅を建てた。

だから王都郊外の侯爵邸の周囲は基本的には緑地が多い。

一方、王宮周囲はというと緑地は少ないが、数々の露店が日夜問わず営業している。

乳白色の外壁に、翡翠《ひすい》色の三角屋根が眩しい王宮と、その周囲の彩り豊かな建物が広がる街並みは、何度も王宮へ通う僕でさえも、毎回息を呑むほど目映《まばゆ》いものだ。

「エリス様。王宮が見えて参りました」

リディアの言う通り、王宮全体がやっと見えてくる。

王宮の門の前で馬車を下りた僕たちは、顔見知りである門番に、侯爵家の紋章が入った通行証を見せる。確認が終わると、僕たちは王宮内へ入った。

今日訪ねる父様の知り合いは、王宮に併設されている軍の鍛練場の、さらに奥にある武器庫の管理室にいるらしい。

ただでさえ王宮から軍の鍛練場は離れた場所にあるのに、さらにその奥へ行かなければならない。

普段であれば『シモンを見たい』という理由があるから大変だとは思わないが、今日は違う。

陽光の強い中、石畳の上を代わり映えのしない景色を見ながらひたすら歩き、辿《たど》り着いた先にいるのはシモンではなく、指南役。

大変失礼だとは思うがやはり士気は下がるというものである。

「……こんな遠かったかな」

「エリス様、少しお休みになられますか？」

「いい。こんなところで休んでいたら、通りがかりの軍の人間に冷やかされるかもしれない。……それにリディアは美人だからな。言い寄って来る奴らを僕一人でどうにかできる自信がない。今は剣もないしな」

王宮へ入る際、軍に所属する人間以外は、武器の一切を持ち込むことはできない。

「エリス様……」

「頼りなくて、すまないな」

「いいえ、そんな」

恐縮するリディアに、さっきの発言は余計だったと思い知る。いつもはシモン以外にこんな失敗はしないのだが。この日差しの暑さに想像以上に参っているのかもしれない。

と、そこへ追い打ちをかけるように、前方から複数の軍人らしき人物が歩いてくるのが目に入った。

あの恰好……あまり位は高くない。

彼らはゲラゲラと笑いながら歩いていたが、リディアと僕に目を止めると、目の色を変えた。

「ちっ……」

思わず舌打ちをこぼす。

位の低い軍人は、市井《しせい》から王宮へ入った者が多く、その中には礼儀を弁《わきま》えない者もいると聞く。

彼らは腕に覚えがあるゆえに、物怖じせずに絡んでくる。その可能性があることを失念していた。

今こちらへ歩いてくる者たちは間違いなくその部類に入る。視線を動かして、近くに見張りの者はいないかと探すが、見当たらない。

なんでこんな時に限っていないんだよ！

そうこうしている間にも、彼らは早足で僕らのもとへ歩いてきて、開口一番に「そこの、美人なお姉さんたち」と軟派な台詞《せりふ》を吐いた。

……いや、待て。今何て言った？　美人なお姉さんたちだと？

お前らの顔についているその二つの目は、インクで書いただけのまがいものか何かか？

「ちょっと、僕にはあんたたちと同じものがついてるんだけど？」

男たちはぽかんと口を開けたあと、またゲラゲラと笑った。何が可笑《おか》しいというのだ。懇切丁寧に同じ性別だと教えてやったというのに。

「それはすみませんでした。いやあ、美人な方ですねえ」

「それはどうもありがとう。そんなことより、そこをどいて。用があるから」

「いや、ちょっと待ってほしい。俺は女しか興味はないが、後ろの二人はあんたが好みだと言っている」

口調はそこそこに丁寧だが、その態度には嫌な自信が見え隠れする。

直感的に、こいつは嫌な奴だと悟ってしまった。一人では何もできないが、背後に仲間がいるせいで態度がでかく、自分より力の弱い人間に対してしか横暴に振る舞うことのできない、肝の小さい男だろう。

この時期であれば、すでに軍人になりたいと志願してきた市井《しせい》の者の教育は済んでいるはずだ。それなのに一体どうしてこの者らは、身分の分からない者にこんなに横暴な態度を取れるのか。もし相手が僕ではなく身分に異様なこだわりを見せる一部の貴族であれば、間違いなくただでは済まない。

本能ではなく理性で動くことを学習したほうがいい。

そう忠告しようとした時、一歩前に出ていた男が我慢できなくなったように、リディアに手を伸ばした。

僕の力では、この男の握力には絶対に勝てない。

とっさに判断して取り出したのは扇。暑さを凌《しの》ぐためのそれでは武器にはならないが、男の手を強く払うだけならば事足りると考えた。

「……痛っ～～」

「お前達はこの国の民だろう？　言葉は通じているはずだ。そこを通せと言っている」

「て、てめえ……！　ちょっと顔が良いからって調子に乗るんじゃねえぞ。小間使いの分際で、俺たちに盾突くんじゃねえ」

顔を真っ赤にした男の言葉にハッとする。

僕は、今日はいつもより質素な格好をしていた。ゆえに身分を低く見られても仕方がないのかもしれない。でもよく見れば上等な生地で作られているとわかるだろう。

それに小間使いのくせにとは何事か。こいつらは小間使いに対してなら何をしてもいいと思っているのか。

「……っ！　エリス様」

リディアの声でハッとすると、いつの間にか大きな手が僕の目の前に迫っていた。

嘘だろお前たち、そんなことしたら、せっかく手に入れた軍人という身分を剥奪《はくだつ》されるぞ！

目の前に伸びる手があるのに、そんな呑気なことを考えていた——刹那《せつな》のことである。

「エリス！」

聞き間違いようのない恋しい声に、針に触れて弾かれたように、扇を掴んだ僕の手が動いた。

伸びてきた手を扇で打ち据えて、払う動作と共にそれを男の腹へ打ち込む。体術に自信はないものの、それなりの護身術は身につけているのだ。

それが功を奏した。

しかし相手は曲がりなりにも軍人だ。僕の力など大したことなかったのだろう。あまり効いているようには見えない。

だが、彼が来たのだから、僕がこいつらの相手をする必要はもうなくなった。

「エリス、怪我はないか」

思った通り、駆け寄ってきたのは——シモンだった。

「うわあああん、怖かったよお！」と嘘泣きでもして、その逞《たくま》しい胸板の上に倒れてしまいたい。

なんて心の声とは裏腹に、またしても僕の表情筋は緊張と共に死に絶えた。

「大丈夫。そんなことより軍の教育はどうなっているんだ。——シモン」

僕の言葉を聞いた途端に、先までニヤニヤしていた男たちが真っ青になる。シモンの名を出せば、この国で「知らぬ」と答える者はまずいない。まして軍に所属している者ならなおさら。彼らのそんな表情を見て、僕の溜飲《りゅういん》が少し下がった。

「……すぐに処罰しよう。お前たち、立て」

彼の声音で、怒りで熱くなっていた身体から一気に熱が抜ける。

シモンは、怒っていた。いつもは甘く笑んで、色気がこぼれているのに、今は眉間に厳しく皺《しわ》を寄せている。低い声がより一層低くなり、覇気が滲《にじ》んでいた。鍛練時のような険しい表情に、心臓が変な音をたてる。高鳴りなんて可愛らしいものではない。

僕は今、シモンの怒る姿に緊張を覚えていた。

「……大したことはされてない。僕の溜飲《りゅういん》は、お前が今怒っているから、もう下がった」

シモンのあまりの怒りように、青ざめるを通り過ぎて緑色になりそうな彼らを憐れに思いそう伝えたが、シモンの表情から怒りが抜けることはなかった。

「あなたが許しても、処罰はする」

「教育期間を過ぎてまだ間もない。処罰の軽減があってもいいはずだ」

口にした途端、しまった、と思う。軍の掟については、僕が口を出していいことではなかった。出しゃばり過ぎるのはよろしくない。

「教育期間を終えたばかりだからこそ、理性の働かない者に慈悲をかけることはできない。そのようなことをすれば、軍全体の士気が下がる」

それが軍の掟。と言われてしまえばそれまでだった……だが。

「じゃあ、これだけは言っておく。……僕が最初に侯爵の息子だと名乗ればこんなことにはならなかった」

別に、貴族はまず爵位と名を言わなければならないなんて掟はないが。僕がそう言えば、彼らの態度も少しは違ったかもしれない。

「……善処しよう」

そう言い残して、シモンは男たちを連れてどこかへ去ってしまった。冷たい表情は変えないままで。

「エリス様」

「リディア！　怪我してないか。大丈夫か？」

「ええ、はい。エリス様が守ってくださいましたから」

「そうか、よかった。すまない、僕が啖呵《たんか》を切って全員蹴散らすくらいできたらよかったんだが」

残念ながら、僕は筋骨隆々の、見た目だけで他を圧倒できる容姿をしていない。

「そんなこと仰らないでくださいませ。それよりエリス様は、どこかお怪我は？」

「いや、特には――」

ない。と言おうとして、手首の裏にピリピリとした痛みを感じた。おそらく扇で払う動作をした時、手を伸ばした男の爪で切れたのだろう。だが、これくらいなら、大した怪我ではない。それこそ唾をつけときゃ治る程度のものである。

「大丈夫だ」

「本当ですか？」

「リディアは心配症だな。大丈夫だよ。それより早く行かなくてはな。時間に遅れたら父様の顔に泥を塗ることになる」

「……はい」

リディアは戸惑うような素振りを見せたが、すぐに頷いた。

リディアと共に歩き始めた僕は、シモンが去って行った方向に視線をやる。

気になるが、処罰について、これ以上立ち入る権利を僕は持たない。できるだけの慈悲をかけるようには言った。あとはシモンに任せよう。

「……じゃあ、急ごうか、リディア」

後ろ髪を引かれる思いを抱えたまま、僕は目的の部屋へ急いだ。


武器庫の管理室というのは、武器庫に繋がる廊下の手前にある。

主に武器の調達を担う人間がいる場所だ、と父様の話を思い出す。とはいえ、軍に所属していることには違いないので、剣の腕前も相当なものであるとのことだ。

先の件があるので、どんな荒くれ者が指南役になるのか内心ドキドキしながら扉を叩くと、返ってきたのは存外に柔らかな声だった。

「どうぞ、入ってくれたまえ」

扉を開けると、部屋の中からは爽やかな緑とインクの香りがした。

香水というより、これはただ単に、部屋の中に置かれている観葉植物の香りというべきか。軍という剛健なイメージから、この部屋は随分とかけ離れていた。

床に敷かれた青色のタイルは丁寧に磨かれ、観葉植物が窓から差し込む陽光を受けて伸び伸びと育っている。執務机の上には品の良い卓上ランプに、文鎮《ぶんちん》、何種類ものインク瓶が置かれている。

何も知らなければ、大変趣味の良い貴婦人たちが集うサロンを訪れたのではないかと思うだろう。

「大丈夫、ここはちゃんと武器庫の管理室だよ。最初にここを訪れた人間は皆、君と同じような反応をするんだ」

そう言いながら、近づいてくる男に僕は目を向けた。

鳶《とび》色の髪に、同じく鳶《とび》色の瞳。

父様の知り合いというにはあまりにも若いように思える。むしろ、父様の知り合いの息子と言われたほうが納得できる、若々しい容貌《ようぼう》の青年だった。

「やあ、初めまして。僕がレオン・ダッグルーズだよ。君があの温和な侯爵のご子息……え、本当にご子息？　令嬢じゃなくて？」

「僕は正真正銘の男です」

憤慨《ふんがい》して言うと、レオンは慌てて取り繕《つくろ》った。

「ご、ごめんね。じゃあ、本当に君がエリス君だね？　敬語なんて使わないでよ。歳はそんなに離れていないし……それに雇い主である君のほうが身分は上だよ」

「それは、僕の指南役を正式に引き受けてくださるということですか？」

「うん！　僕まだ軍じゃ下っ端だから、お給金が少ないんだ。だからお小遣い稼ぎしないとなんだけど、軍人が大々的に副業するわけにはいかないから、誰かの指南役を引き受けるのが一番手っ取り早いのさ！」

　あまりにあっけらかんと言い放つので、僕はどう反応していいのか分からなかった。

「……分かりました。じゃない、分かった。僕の名前はエリスだ。よろしく頼む」

「うん、うん。よろしくね！」

「失礼なことを聞くけど、あなたは本当に父様の知り合い？　随分と若く見えるのだけど」

　レオンはハッとして「ああ」と頷く。

「僕の父上が君のお父上と知り合いなんだ。その繋がりで、僕と君のお父上も知り合いなだけさ」

「なるほど」

「うんうん。……ところで」

　そう言って、レオンが僕の背後にいるリディアへ視線を移した。

　――嫌な予感がする。

「なんて美しい女性なんだ！」

　案の定だった。

　僕はとっさに、頬を赤く染めてリディアに近づく彼の前に立ちはだかる。いくら父様の知り合いの息子だからって、その行動に品性があるかどうかは別の問題というわけか。

「彼女のお名前は？」

尋ねられたリディアがこちらを見る。名乗ってもよろしいか、と聞きたいのだろう。

よろしくはないが、あまり礼を欠いたことをすると父様の評判を落とすことになってしまう。僕が渋々頷くと、彼女は深く頭を下げながら口を開いた。

「エリス様にお仕《つか》えしております。リディア・カナコルクと申します」

「なんと名前も美しい！」

レオンは一歩一歩と近づき膝をつくと、僕の頭を通り越してリディアを見つめ、どこからともなく薔薇《ばら》を取り出した。

「月の光に蜂蜜をひと匙垂らしたかのような麗しき髪。瑞々しく輝く翡翠《ひすい》の瞳。薔薇《ばら》色に染まる頬。細くしなやかな手足。ああ、まるで美しい宝石ばかりを集めて王冠にしたような輝きを放つあなたに、僕は一目で心を奪われた！」

なんなんだ、こいつは。うっとりとした目で譫言《うわごと》を漏らす目の前の男に、僕は開いた口を閉じることができなかった。

この男は、素でこのような性格なのだろうか。

だとしたら、どうして父様は、この男を僕の剣の指南役にしようと思ったんだ。もっといなかったのかよ。

ペラペラつらつらと、それはもう吟遊詩人も顔を真っ青にするほどの言葉を尽くして、レオンはリディアへの賛美を謳《うた》いあげる。隣でドン引きしている僕には気づかずに。

リディアもどうしていいのか分からないようで、終始僕に視線を送ってくる。

こうなったら、あの忙《せわ》しない口元を布で巻いて、その隙にこの場を辞して、「あの指南役はよろしくない」と父様に文句を言ってやろうか。

さすがに失礼なことを考え始めた時、やっとレオンはそのことに気づいたようで、気まずそうに首の裏を掻《か》いた。

「いや、すまない。美しい女性を見るとつい」

「それはやはり……素なのか」

「ん？」

「いや、なんでもない。それより今回こちらから頼んでおいて悪いが、僕の剣の指南の件はなかったことに」

「えぇえええ！　そんなこと言わないで！　ぜひ、指南させておくれよ〜！」

レオンは僕の言葉を聞いて、べそべそと泣き真似をし始めた。この男は、何か誤解をしている。

「言っておくけど、指南してもらおうとしている場所は僕が通う学園であって、屋敷じゃない。つまり僕の指南役を引き受けても、リディアには会えない、ということだ」

なにせ学園に自分の執事やメイドを連れてくるのは、何か特別な事情がある場合を除いて基本的に禁止されているのだから。

「え、そうなの？」

「そうだ。だから――」

言いかけた時、扉が叩かれた。

まだ誰かも名乗っていないのに、レオンが軽い調子で「どうぞ～」と促す。

「――……ここにいたか」

入ってきたのは、シモンだった。

「……シモン」

僕が呼びかけると、シモンがツカツカと僕の前に歩いてきて、顔を覗き込んだ。

そんなに近づかれると眩しすぎて顔が見えない。

「エリス、怪我はないと言っていたが確認したい。治療室があるから来なさい。そこのお嬢さんも怪我があっては大変だから、共においで」

そんな大袈裟な。と思わないでもなかったが、こんな時に限って、手首の血が服の裾に滲《にじ》んでいることに気づいてしまった。

今は抵抗してもあまり意味はない。大人しく治療してもらうことにしよう。

それにしてもどうしてまだシモンはこんなに不機嫌なんだ？

「……分かった。さ、リディアも行って診てもらおう」

「エリス様、私は大丈夫です。触れられてもおりませんから、ここでお待ちしております」

「いや、君をこんな軽薄な男と二人きりにはさせられない」

レオンを見ると、彼はシモンを前にしているのに全く物怖じする気配も見せずに肩を竦《すく》めた。

「ひどい言い草だなあ。僕はそんな卑劣な人間じゃないよ。ね、将軍？」

「安心してくれ。扉の前にちゃんと俺の部下をつけておくから」

「うわ、信用ないな～」

二人は軽い調子で会話していた。

「二人は知り合い？」

「知り合いっていうか、腐れ縁だよね～」

軽い調子で笑うレオンに対して、シモンも苦笑をこぼして「そうだな」と頷く。

「腐れ縁のよしみで言うが、レオンは嫌がる女性を襲うような節操のない奴ではないよ」

シモンが言うのだから、嘘ではないだろう。だが、シモンの言葉は信じられたとして、この男自身を信用できるかは別問題である。

「……リディア、なにかあれば叫ぶんだぞ」

耳打ちすると、リディアは苦笑しながら、ふと真面目な顔になって僕の顔を覗き込んだ。

「……ところでエリス様、やはり怪我をなさっておいでだったのですか？　申し訳ございません。私が気づかなかったばかりに、シモン様にまでご迷惑を……」

「今さっき気づいたんだ。手首の裏を少し切っていただけ。本当にそれだけだ。心配する必要はない」

「はい……」

それでもなお心配そうなリディアに、僕は安心させるように微笑んだ。

「では、エリス」

シモンに促されて、僕は管理室を出た。

やはり軍の人間には怪我がつきものなのだろう。治療室があるのは当然か。

なんて呑気なことを考えていたら、前を歩くシモンが「痛むか？」とわずかに振り向いて聞いてくる。まだ少し冷たい調子の声音だ。そっと手首の裏を見せると、シモンの表情はさらに険しくなってしまった。そんな険しい顔をさせたくて見せたわけではない。

「そんなに痛まない。浅い傷だ。これくらいの怪我は、軍の人間にとってはどうってことないだろう？」

「……そうだな。だがそれは、軍の人間ならの話だ」

「まあ、そうだけど」

なんだろう。いつもよりシモンの口数が少ないからか、それとも優しい調子ではないからか、話しづらい気がする。

「……ねえ、なんでそんなに不機嫌なの？　不機嫌になるべきなのは、僕のほうじゃない？」

ほんの少しからかってみると、シモンはわずかに眉尻を下げて「そうだな、すまない」と謝った。

「ここだ。さあ、入って」

シモンに案内されて、治療室に入る。

消毒に使われる薬草の独特な香りと、何の用途で使われるのか分からない藁《わら》の香りが鼻をついた。

室内は想像以上に大きく、清潔に保たれている。しかしそこに軍医はいなかった。

なぜいないのか聞いてみると、おそらく薬品調達のために出ているだけだろう、と返ってくる。

「待っていてくれ。まずは水を汲《く》んでくる」

そう言って出て行き、すぐに戻ってきたシモンは、僕の傷口を桶《おけ》に汲《く》んだ綺麗な水で洗った後、薬品の入った瓶が収納されている棚の前で足を止める。

「傷の手当てくらいなら軍医とさほど変わらない治療ができるから、安心してほしい。さ、ここへ座って」

僕を傍にあった椅子に座るように促して、シモンは棚から青い瓶を取り出し、対面の椅子に腰かけた。

「エリス、手を」

「ん……ん？」

いや、普通に手を差し出してしまったが、つまりシモンが消毒をしてくれるということか？

いやいや、駄目だろう。触られたりしたら、心臓が破裂してしまうではないか。

「じ、自分でやる！　消毒くらい自分でできるぞ」

急いで手を引っ込めようとしたら、シモンは手首を柔らかく掴んで引き留めた。

「俺に手当てをされるのがそんなに嫌か？」

「……いや、そういうことじゃない。これくらい自分でできるから、いいって……うぎゃ！」

傷口にピリリとした痛みが広がる。近くで嗅ぐとより強烈な薬品の香りと痛みが相まって、シモンに触れられているというのに気分は高揚するどころか、むしろ降下する。

小さなかすり傷とはいえ、とてつもなく染みる。予想以上に深い傷だったのかもしれない。

「……急になんてことをするんだ」

「そんなに怒るな。これでも怪我の手当ては上手いほうなんだぞ？　ほら、まだじっとしていなさい」

　いつもの優しい調子で言われると、なすすべもない。

　手当てされている間、僕たちはじっと黙り込む。

　最初に口を開いたのはシモンだった。

「……すまなかった。もっと早く通りかかっていれば」

　改めて謝る。

「それを言っても仕方がないと思う。シモンが偶然通りかかっただけでも幸運だった。僕の力ではあいつら全員あしらうなんてことできなかっただろうしな」

「……」

「なんで黙るの」

「いや、今日のあなたはとても優しいと思って」

　シモンがやんわりと微笑むから、触れられた手首がカッと熱くなったような気がした。

「僕はいつも優しいと思うんだけど」

　いや、お前には優しくなかったな……。とは言えず、僕はむっつり黙り込むしかなかった。

「今、自分でそうでもないかと思っただろう」

　図星を突かれて身体が強張《こわば》る。

なんで分かったんだ。僕は今だって無表情になっているはずなのに。

「お……思ったけど。わざわざ指摘しなくてもいいじゃないか」

「……ずっと聞きたかったんだが、どうしてあなたはそんなに俺にだけ冷たいのかな。ルーベンの言うように最初は反抗期か、あるいは思春期かと思っていたが……俺以外にはひどく優しい」

囁《ささや》くように言われて、耳が赤くなっていないか、ふと不安になった。目の前にある紫色の瞳の中に、誘惑するような色が見えるのは気のせいか。

白状しなさい。と言外に言われているような気がするのは……本当に気のせいなのか？

「……っ」

僕は途端に、逃げ出したくなった。だが、僕が逃げると予想していたのか、怪我をしていない左手が、シモンの大きな手に捕まる。

思わず振り払いそうになったが、先よりずっと強い力で捕まっていて、振り払うことができなかった。

「……っ……ん」

左手に、シモンの手が絡む。

わざとなのか、それとも偶然なのか。手首の、脈が感じられる部分を、意図があるかのようにシモンの指先が掠《かす》めていく。

「答えてくれないか？」

いや、答える答えないの前にこの手を離してほしい。これでは興奮と緊張と羞恥でまともに話ができないではないか。

それに、なにか変だ。シモンの聞き方は、まるで答えが分かっているかのように、いたずらめいている。

「俺のことが嫌いだから？」

そんなエロい声を出さないでほしい、頼むから。

「別に……」

「うん？」

うわ、エロい。どうしてこんなに短い返事で、ここまでの色気を出せるのだろうか。

そうではない。今はそんなことを考えている場合ではない。

「お前のことは……その、特別嫌いなわけじゃない」

「そうか？」

「う、ん」

シモンは一体どんな答えを欲していたのか。

僕がどんな答えを出すと予想していたのか。

知りたくて、表情を窺《うかが》ってみたものの、そこにはいつも通りの優しい笑みが広がっているだけで、他の感情を読み取ることや、まして思考を汲《く》み取ることもできそうになかった。

落胆して肩を落としそうになったところで、絡んでいたシモンの左手がすっと離れる。

どうやら本当に怪我がないか確認していただけのようだった。変な勘ぐりをしてしまった自分が情けない。

「そうだ。もう一つ聞きたいんだが、いいかい」

「な、なんだ」

「今日は、何の用があってここを訪ねた？」

至極真っ当な問いだった。

「……三か月後に、年に一度開催される剣技大会があるんだ。それで、レオンに剣技の指南役を頼みに……」

「あなたは今まで剣の指南役を雇ったことはないと聞くが」

え、誰だ。そんなことをシモンに教えた奴は。しかしそう問う前に、シモンは「どうして急に？」と再び問いかけてきた。

「最後くらい、ちゃんとしようと思っただけだ……」

「……基本的には真面目なあなたが、今まで本気でやろうと思わなかったほうが意外だが」

目が泳がないように力を込めていると、シモンが推測するかのように視線を上へやる。

「あなたは別に、剣を扱うのが下手なわけではないから……大勢の前では緊張してしまうだけかな。あるいは怪我をするのが嫌なのか。いや、違うな。対人が苦手なのか」

「なんで分かるの」

「なんとなく」

シモンはまた柔らかく微笑んで、僕の手を優しく撫でた。その手つきに、労わりを感じて、いつもは頑《かたく》なに開かない僕の口が、ぽろりと本音をこぼした。

「……生半可な優しさなんて、反吐《へど》が出るって自分でも思うけど。今までサボってきた理由は確かにそう」

「だが、それではいけないと思った。だからあなたは、今回本気でやろうと考えたのかな」

本当はそれだけではなくて。ただ、シモンを慕うのに相応《ふさわ》しい人間でいたいからだけど……まあ、そんなことはもちろん言えない。

「……うん」

「エリス」

「なに？」

「余計なお世話かもしれないが……人に剣を向けて平気である必要はないんだよ」

いつの間にか、シモンは『将軍』の顔をしていた。

だけどその表情は決して冷たいものではなくて、まして怒っているようでもなくて。ただ教え導こうとする厳しさと優しさが混在したものだった。

「……でもそれじゃあ、戦えないんじゃないのか」

「そんなことはない。泣きながら剣を握ったっていい。いざという時戦えるのなら、それでいいんだよ」

「そうかな」

「あなたは人に剣を向けられるようになるために、試合に勝ちたいわけではないのだろう？」

そう言われて初めて、気づく。僕が試合に勝ちたいのは、苦手と向き合ってこなかった自分を鍛え直すためであり、シモンに恥じない自分でいたいからだ。

自分が何を望んで向き合うと決めたのか、シモンから言われて、苦手意識と本来の目標を混同していたことに気づいた。

「……その通りだ」

途端に視界が開けたような気がして、背筋をピンと伸ばして答える。すると、シモンはいつもの表情に戻って穏やかに笑った。張り詰めていた空気が緩まったのを肌で感じる。

「なあ、エリス」

「ん？」

「俺では駄目か？」

「……は？　唐突になんだ」

「レオンではなく、俺が指南しようか」

「え」

いや、いやいやいや、そんなのは駄目に決まっているだろう！

一体どこに剣の指南を大将軍に頼む馬鹿がいるっていうんだ。

それに、そもそも。

「お前が学園に来たら、大騒ぎになってしまうじゃないか。注目されながら練習するなんて僕は絶対に嫌だ」

努力の成果を見てほしいと思うことはあっても、努力が実を結ぶまでの鍛練に励む姿を大勢の人間に見られたくはない。

素直にそう告げると、シモンは「それもそうか」と考え込むように左手で無精髭を撫でた。

「……惜しいな」

ぼそりと呟くシモン。

その言葉の意味を計りかねている内に、彼は立ち上がってしまった。

「あの……手当て、ありがとう。あと、それから今度会ったら直接言おうと思っていたんだけど。お菓子もありがとう」

「美味しかったかね」

「うん。でも一人では食べきれないから、いくばくかは人に配ることにした。それでも良かったか？」

「もちろんだよ」

シモンは嬉しそうに微笑んだ。

しばらくはまた寮生活に戻るから、この微笑みが見られなくなる。それが寂しい。

だが、そんなことはやはり口が裂けても言えなかった。

◆

国内一の名門校であるこの学園に入学するのは、ほとんどが貴族だが、他に軍人や、貴族の養子となった子供も入ってくる。

つまり、この学園には未来の国政を担おうと志《こころざ》す者たちが在籍しているというわけなのだが、だからといって、学園全体が権力争いによる固い雰囲気と緊張に包まれているわけでもない。

この学園は、学生達に節度ある教育を施す、教育機関としては非常に堅実な場所だった。

「おはようございます、エリス様」

「おはよう、今日からまたよろしくね」

「こちらこそ、よろしくお願いいたしますわ。お時間のある時にでも夏の休暇中のお話をぜひともお聞かせくださいませ」

夏の休暇が終わったばかりの少し落ち着きのない学園内の廊下には、深緑色の制服を身にまとった学生たちがまばらにいる。数人の令嬢たちから声をかけられ、それに答えていると、こちらへ視線を寄越し、こそこそと話す者たちが目に入った。

『あら、エリス様よ。夏の休暇明けでもやはりお変わりないようね。どうして日焼けなさらないのかしら。あとで聞いてみようかしら』

『はあ、素敵よねえ。永遠に見つめていたいくらい。きっと令嬢としてお生まれになったとしてもあのように凛々しく、お美しくお育ちあそばされたのではないかしら』

そう賛美の声が聞こえる一方で……

『でたな、小悪魔令息。いいよなあ、顔がいい奴は。それだけで人気者になれるんだから。この世の中、世知辛《せちがら》いもんだぜ』

『あの顔でもう何十人の令嬢を誘惑して、抱いたらしいぞ。いいなあ、この世を謳歌とはまさにこのことだ』

なんて声も聞こえてくる。言っておくが、僕は童貞だ。誰も抱いてなんかいない。

根も葉もない噂に妬みが籠って、健全な成長を試みる人間の耳を汚すような性質《たち》の悪い悪口だ。

とはいえ慣れたものだから、いちいち嫌な気分にもならないが。

「エリス様、夏の休暇中はどうお過ごしでしたの？」

教室に入った途端に話しかけてきた令嬢に、僕は愛想よく答えた。

「父様と母様と一緒に避暑地に行くとかかな。でも、基本的には王都の邸宅で過ごしていたよ」

「では、他国へのご訪問はなさらなかったんですの？」

「遊学中の姉様が帰って来る予定だったから、今回はね。でも結局帰ってこなかったよ。随分と遊学を楽しんでいるらしい」

「まあ、ローリエ様が？」

姉様は、現在隣国へ遊学中だ。爵位を継ぐと自由な時間が得られないから、その前に遊学したいという姉様の要望に父様が応えたのだ。

ちなみにこの国では女性が爵位を継ぐことはよくあることだ。それを他国から来た留学生に教えると「それは珍しいことだ」と言われることが多い。

「お、いたいた。エリス、元気にしてたかー！」

元気よく教室に駆け込んできたのは、その留学生の一人であるノアだった。彼は隣国の海上商人の息子らしく快活な印象があって、実際その性格はとても明るい。褐色の肌に、南国の果実を思わせる鮮やかな朱色の瞳が特徴的な美男子だ。

「元気だったよ。それにしても、また一段と肌が焼けたな。ノア」

「おう、なんたって大陸を囲む海を一周していたからな！　甲板に出て、日を浴びまくったんだ」

豪快に笑うノアにつられて教室の皆が笑う。

「へえ……それで、僕にお土産はある？」

「ないわけないだろ。自分で持ってくるのは大変だから、お前の寮の部屋に送っといた」

「そんなに多いのか？」

「うん、言っただろ？　大陸の周りの海を回ったって。いろんな国の港町で買ったお土産がいっぱいあるからな、楽しみにしてろ！」

彼が白い歯を見せて笑うと、周囲から黄色い歓声があがる。ノアは自分の見せ方をよく知っている男だ。……だからといって、恋愛事に慣れているわけではないけれど。

「あら、私にはないの？」

突然、ぬっと顔を出して話しかけてきたのはカトレアだ。

ノアはカトレアを見ると嫌そうに顔を顰《しか》めた。

「あんたに送ったってどうせ、文句を言われるだけだからな。一個も買ってない」

「あら、ひどいわ。人からもらったものに文句を言ったりなんてしないわよ」

意地悪く笑うカトレアに、ノアは一層眉間に皺《しわ》を寄せた。

その表情だけをみると、ノアはカトレアのことを嫌いなのかと勘違いしそうになるが、実はそうではない。本人が気づいているかどうかは微妙だが、ノアは僕と同じで、想い人には素直になれない人間なのである。

同じ性質を持つ者であるノアに同情していると、途端にカトレアが眉を吊り上げた。

「あなたたち、夏の休暇を楽しんだみたいだけど、剣技大会の鍛練に励む時間はあったんでしょうねえ？」

改めてカトレアがそんなことを言ってくるので、僕は苦笑しながら頷いた。

「今回は本気でやるつもりだよ。一人での鍛練を怠ったことはないけど、今回は指南役もつけることにした」

「あら、あなたにしては珍しい。どういう風の吹き回しか知らないけど……って、ああ、そっか。今回はシモン様が見に来られるからね」

カトレアの告げた言葉への理解が、一瞬遅れる。

「……は？　見に来られるって何を？　誰が？　なんだって？」

「何をって、剣技大会をよ。シモン様が、剣技大会を見に、来られるのよ」

「…………はあああ!?」

そんなこと、知らないぞ僕は！

シモンが剣技大会を見に来るだと？

「あら、知っているわけじゃなかったのね。まあでも、つい最近お決めになったそうだから、知らなくても無理はないのかしら」

「なんでシモンが……」

呆然と呟くと、カトレアが肩を竦《すく》める。

「さあね。急にご覧になりたいって仰ったと聞いたわ。一体どうしてなのかは誰も分からないけれど、この学園の、特に軍に関係のある人たちは狂喜乱舞しているそうよ。それはそうよね、活躍しているところを憧れの将軍に見てもらえるのだから」

この間会った時、シモンはそんなことを言っていたか？

僕が緊張しすぎて、話してくれたのに聞いていなかっただけか!?

いや、少なくとも僕が剣技大会と言っても特別な反応はしていなかったように思える。だが、本人が「知らない」と言ったわけではないから、本当は知っていたのかもしれない。

しかし知っていたというのなら、どうしてあの日、剣技大会を見に来ることを教えてくれなかったのか。僕に言ったら嫌がられると思ったとか？

それは……ありえないことではない。

「うわあ……エリス、お前、今ものすごく怖い顔してるぞ」

「当たり前よ。憧れの人が見に来るんだもの……エリスはかの御仁《ごじん》のことになると、人格が変わるんだから」

「エリスはほんと、そのシモン様？　って人に憧れてるんだなあ。そんなにかっこいい人なのか？」

「当たり前だ、かっこいいなんて言葉では言い表せないくらいに、かっこいい！　あの艶《つや》やかな焦げ茶色の髪も。甘いハンサムな顔も、厚い胸板も。切れ長の紫色の瞳も。渋い無精髭も。腰に響くような声も。それでもってなにより、優しい性格も。う、思い出すだけで心臓が破裂しそうだ」

「はいはい」

あしらうように手を翻《ひるがえ》すカトレアに「そんな冷たくしなくても」と唇を尖らせていると、ノアが不思議そうに問いかけてくる。

「なあ、エリスは、どうしてそのシモン様って人を慕うんだ？　別にお前は軍に入ることを望んでいるわけじゃないんだろう？」

それはそうだが、軍に入ることを望んでおらずとも、シモンを慕う理由なんて山ほどある。出会ってからずっと魅力的な男だったから、むしろ慕わない理由を探すほうが大変なほどだ。

そう説明しようと口を開きかけた時、神学を担当する教師が教室に入ってきた。

陰鬱《いんうつ》な顔のまるで吸血鬼のような男だが、生徒には真摯《しんし》な態度で接し、授業内容は示唆《しさ》に富んでいるため、とてもいい教師だと評判である。

そんな彼のぼんやりとした声を聞きながら、僕は自分の胸元に視線を落とす。そこには入学してからずっと使っている紫色の石のついたループタイが光っている。父様から譲り受けた、今でもお気に入りだ。

これを見つめるたびに……初めて彼の瞳を間近で見た時の記憶が蘇《よみがえ》るのだ。

◆

まだ幼かった頃、僕は不機嫌も露わに、父様と共に王宮の廻廊《かいろう》を歩いていた。

父様の領地のことで、国王陛下に謁見する用があるとかないとか。そんなことだったと思う。幼い頃のことなのでそこのところは、よく覚えていない。

その日、父様は謁見のついでに、国王陛下に僕の顔を見せようと考えていたようだった。

『国王様はとてもお優しい方だよ。お前はもちろん覚えていないだろうが、あのお方はお前が生まれた日の晩にこっそりと王宮を抜け出して、侯爵領の屋敷まで足を運んでお祝いを言いにきてくださったんだ。あまりにも可愛いお前を見て、国王様は涙を流されていたなあ』

そう嬉しそうに語る父様の手を握りながら、僕は初めて入った王宮の中を興味津々で眺めていた。

王宮の天井は見上げると首が痛くなるくらい高く、廻廊《かいろう》の天井には、朝から昼へ、昼から夜へ移り変わる空模様が終わりなく描かれていた。壁には金色の額縁で飾られた無数の絵画。廻廊《かいろう》に敷かれた絨毯《じゅうたん》は星を散らした夜空のように深い青をしていた。

まるで天上界へ迷い込んでしまったようだ、と僕は足取りも軽く歩いていた。

だが、王宮で人とすれ違い話しかけられるたびに、僕の機嫌は降下していった。

『まあ、とても愛らしい女の子ですね』

『将来、美人にお育ちになられるわ』

僕は男だ。女の子じゃない。それに美人ってなんだよ。それは女の子に言う台詞《せりふ》じゃないか。僕は将来、誰もが見上げるほど背の高いかっこいい男になる予定だというのに。

国王陛下への謁見の前に、僕の顔は歪んでしまった。

そのせいもあって父様は「今日、国王陛下にこの子を会わせては印象が悪くなるかもしれない」と判断したのだろう。僕がその日、国王陛下と対面することはなかった。

豪奢《ごうしゃ》な客室で待たされ、謁見の間で父様が国王陛下と何がしかを話し合う間、僕は暇を持て余していた。

せっかくこんな広い王宮に来たのだから探検したい。年頃の少年らしくそんなことを思って、僕はこっそりと客室から抜け出そうと試みた。

立ち塞がるのは背の高い重たい扉。小さな子供が開けるのはとても難しい。それに、部屋の扉の前には父様が置いた見張りがいる。まず正面扉から出るのは不可能と考えたほうがいいだろう。

正面扉の対面にあるのは少し高い位置にある窓だ。赤いカーテンがその両脇に垂れて揺れている。風が入り込んでいる。窓が開いているのだ。

僕は音を立てないように慎重に椅子を引きずった。それを台にしてよじ登り、開かれていた窓を大きく開く。少し高いが、ここから窓の縁にぶら下がり、少しの衝撃に耐えれば、外で着地できるだろう。

考えた通り、窓を大きく開けて、縁を掴み、窓の向こう側へ身体を下ろす。視線を下へやって地面と足がそれほど離れていないのを確認した。

これなら大丈夫だ。

ひょいと、窓から手を離し、僕は無事両足で着地することに成功した。

『やった』

僕は誰もいないのに得意げに笑って、見張りと呼ばれる怖い顔の男たちに見つからないよう、隠れながら、慎重に歩いた。

そしてひたすら歩いた先で、僕はとうとう力尽きて足を止めた。

『ひ、広すぎる。馬鹿みたいに広い。なんなんだ一体』

もしかして国王様と呼ばれる人間は複数いて、それぞれの部屋に一人ずつ住んでいたりするのだろうか。そうでなければ、こんなに大きな宮に住む必要などないではないか。

そんな奇想天外なことを考えていたら、ひどく耳ざわりな音が聞こえてきた。

『一体何の音だろう』

重たい足を引きずりながら音の聞こえる場所へ向かうと、そこでは二人の男が剣を打ち合っていた。

幼子が見るにはあまりにも衝撃的な光景に、僕は気が動転した。

まさかこんな所で戦っているのか？　一体なんで、どうしてだ。

この時の僕は、剣の鍛練だとか、打ち合いの練習だとかそんなことは知らなかった。

だからただ単に、物語にあるように二人の男が感情的に戦って、互いのことを殺そうとしていると勘違いしたのである。

呆然とその場で立ちすくんでいると、突如、片方の男の剣が甲高い音を立てて弾かれ、あらぬ方向へ飛んでいってしまった。

『……うっ』

男のうめき声が聞こえた。

地に倒れ伏した男に対し、鋭い剣先を空に掲げた男は、低い声で何事か言葉を吐いて、勢いよくその剣先を倒れ伏した男に突きつけようとした。

僕の身体はとっさに動いていた。地に倒れ伏し動けなくなってしまった男が、憐れに見えたからかもしれない。

剣を向けるからには相応の理由がある。それは分かっているが、それでも僕の身体はその時、何かに導かれて意思とは関係なしに動いていた。

『おい！　待て！』

倒れ伏した男を庇《かば》うように背にして、剣先の前へ躍り出る。

目の前に迫る剣に背筋が粟立《あわだ》ったが、ここで避けたら名も知らない弱い男は血まみれになって死んでしまうかもしれない。そんなことになったら、僕は一生自分のことを卑怯者と思いながら生きていかないといけなくなるじゃないか。

その時一瞬自分本位なことを考え、僕は短い走馬灯を見ながら、ぎゅっと目を瞑《つむ》り、来るであろう衝撃を待った。

しかし一向に、何かが振り下ろされる気配がない。

うっすらと目を開けてみる。目の前に振り下ろされる剣などなく、ただ唖然とした顔で僕を見つめる人間がそこにいた。どうやら僕は二つに分裂せずに済んだらしい。

頭を触ってみるが、血が出ている気配はない。

そう分かった瞬間に、膝が震えだして、身体から力が抜けた。安堵も度が過ぎると虚脱感に変わる。この時僕は初めて、死の恐怖を味わったのだ。

『う、うびゃあぁぁぁああああああ！』

自ら飛び込んだ癖に、怖かったのである。

僕は、自分の鼓膜をも穿《うが》つような大声で泣き叫んだ。

『おお、これはすごいな……』

感心するような声音と共に突然、身体が温かな何かに包まれる。

抱き上げられたのだと気づいて、抱き上げてくれた人間の顔を見ると、間近にあったのは、剣を振り下ろそうとしていた男の顔だった。

少し癖のある濃い茶の髪。色素の薄い紫色の瞳。

恐怖で身体が固まる。だが、僕はどうしてもこいつに言ってやりたいことがあったから、なけなしの勇気を振り絞った。

『お前、この男に何か腹の立つことでもされたのか？　それともこいつは、お前の親の仇《かたき》なのか！　それともフホウシンニュウシャというやつか！』

僕が覚えたての言葉と共に叫ぶと、目の前の男はポカンと口を開けた後、わずかに微笑をこぼした。

『いや……全部ちが……うん、そうだな。彼は侵入者だ』

男が答える。すると、地に倒れ伏した方の男が『はあ？』と声をあげた。

『そうか……なら仕方がない。縄はないか？　僕が縛って国王陛下のところまで連れて行ってやる』

『……それは、無理だと思うが』

『なんで無理なんだよ。お前も手伝うんだよ』

憮然として言い放つと、また男は口をポカンと開けて『ぶはっ』と噴き出した。

何がそんなにおかしいのか。頭にきて男の髪を思い切り引っ張る。

『こらこら、やめなさい』

思ったより優しい声音が返ってきた。

『……で、なんなんだ。こいつはこの王宮に侵入して、何をしようとしていたんだ。こいつがお前を殺そうとする理由はなんだ』

『分からないな。俺は斬りかかられたから斬り返しただけだよ』

するとまた下から『おい！　その言い方は誤解を生む！』と声が上がる。

『斬りかかられたら……それは、斬り返すしかない。自分を守るためにも正しい判断だ』

『だろう？』

『うん』

素直に頷くと、また男が笑いだす。

『僕、変なこと言ってるか？』

『いや……すまない。実は嘘だ』

『はあ？』

『うん。剣の稽古をつけていたんだよ』

『……稽古？』

『そう、稽古。つまるところ鍛えるための指導を行っていた。元々、殺す気などない』

疑いの眼差しを向けると、男は苦笑をこぼす。

『本当だ。……現にあなたは今真っ二つになっていないだろう』

それは確かに。もし本気でこの男が斬るつもりだったのなら、今頃僕は本当に真っ二つになっていたかもしれない。

『ところで、怪我は？』

真摯《しんし》な態度で聞かれて、僕は素直に首を横に振った。

『そうか、よかった。それにしたって大した度胸だな』

軽い調子で笑われて腹が立ったので、最後にもう一度髪の毛を引っ張って、それで終わりにしてやった。

『かあーっ！　俺ってばなんて恰好悪いんだ！　まさか子供に庇《かば》われるなんて！』

背後からそんな声が聞こえてビクリと肩を震わせると『よしよし』と背中を撫でられる。

『こいつのことは気にしなくていい。それよりあなたは一体どこから来た？　名前は？』

『エリス』

端的に答えると、後ろのほうから『エリス？　……あれ、もしかしてヴァレヌヴェルチェ侯爵家の？』と問われる。それに頷くと、僕を抱き上げている男は『……なるほど。迷ったのか』と僕が事情を語らずとも正解を導いた。

『お前の名前は何て言うんだ？』

『ああ、すまない……俺はシモンだ、シモン・エリュクロイ』

シモンと名乗ったその男は、僕の額をそっと撫でた。

『随分と、美しいな』

今日、何度も聞いた言葉をまさかここでも聞くはめになるなんて。

『……はあああ、もう、うんざりだ！』

ふんと鼻を鳴らすと、シモンは明るく笑った。

『なんで笑うんだ』

『いや、褒めたのにそんな反応をされたことはなくてな。気を悪くしたのなら、謝ろう。すまなかった』

大人にこんな風に潔く謝られたのは初めてだった。僕が驚いていると、シモンが小さく首を傾げる。

『しかし、一体どうして美しいと言われるのが嫌なのか、聞かせてもらえないか』

『美しいって、女の子に言う言葉だろ。言っておくが、僕は男だからな！　美しいなんて言われて嬉しいはずがない』

　僕がそう言うと、シモンは納得したように頷いた。

『なるほど。なら、一つだけ訂正しておこう。俺はあなたのことを、女性のように美しいと言いたかったわけではない』

　意味が分からずシモンを見ると、真摯《しんし》な光を宿した瞳に見つめ返された。

『凛として、勇ましい姿を美しいと褒めたたえた。それだけは分かってくれないか』

　まっすぐな言葉に心を射貫かれたような気がした。

　なぜだか僕は唐突に恥ずかしくなって、顔を俯《うつむ》ける。

『……意味がわからない』

『今は分からなくていい。その内分かるようになる』

　自信たっぷりに言われると、いつか本当に分かる日が来るんだろうとなぜか確信することができた。

　もしかしたら僕はこの瞬間にシモンの言葉を静かに受け入れていたのかもしれない。だってこの時から僕は、誰かに『美しい』と褒められることが嫌ではなくなったのだから。

『あのー……、二人の世界に入っているところをお邪魔してしまって大変申し訳ないんだけど、そろそろ俺のこと思い出してくれない？』

　地面に伏していた男が立ち上がった。

シモンとは違って細身の男だ。シモンほどではないが、顔立ちもすっきりしていて麗しいと言えば麗しい。だが、その胡散臭《うさんくさ》い笑みが当時の僕はどうにも気に入らなかった。

『こんにちは、エリス様。俺の名前はルーベン・エルリーフィ。よろしくね』

『……よろしく』

『あれ、なんでそんな不機嫌そうなの？』

『お前の顔が胡散臭《うさんくさ》いからだろう』

シモンが言うと、ルーベンはべそべそと泣く真似をした。

『うぅ、ひどい。胡散臭《うさんくさ》い顔に生まれたくて生まれたわけじゃないっていうのに』

言いながらも、泣いていないのがまるわかりである。

案の定、ルーベンはほんの少し泣く真似をすると、すぐにケロリとして好奇心に満ちた瞳で僕の顔を凝視《ぎょうし》してくる。

何て失礼な奴。助けようとした僕が馬鹿みたいじゃないか！

ルーベンの顔を見たくなくて、僕はシモンの胸元に顔を埋《うず》めた。

『ねえ、ヴァレヌヴェルチェって、侯爵家のことだよね？　一体どうして侯爵家のご子息様がこんなところに？』

『ふん』

『なんで、俺を助けようとしてくれたの？』

『ふん』

『なんで、ふんふん言うの？　不貞腐《ふてくさ》れちゃったかな』

からかうような口調で言われて、僕は余計に腹が立った。

『ルーベン。まずは礼を言いなさい』

『あ、そうだった！　助けようとしてくれて、ありがとう』

するとシモンが『答えてやってくれ』とでも言うように背をポンポンと叩くので、僕は仕方なく、振り返って『うん』と頷いた。

『すごいなあ、もうシモンに懐いてるや。こいつ大人の女にはモテるけど、子供にこんなに懐かれてるの初めて見た』

『僕は懐いてなんかないぞ』

そう言いながらも、シモンの服の裾を掴む僕を見て、ルーベンは生温かい目をする。

違うぞ。これは別にシモンから離れたくなくてそうしているわけじゃないぞ。と言いたかったが、もう口を動かすのも億劫《おっくう》で、僕は喋るのをやめてシモンの腕の中にすっぽりと納まり、そのまま微睡《まどろ》んだ。

端的に言って、とても疲れていた。

なにせ剣を打ち合う音が聞こえてくるまで、僕は多くの見張りから身を隠して、たった一人で広大な異世界のようなこの王宮を歩き回っていたのだから。

シモンの腕の中はちょうどいい揺《ゆ》り籠《かご》のようでとても心地よく、段々と眠くなってきた。

『眠いのか』

低く、それでいて甘く優しい声音で問われる。

『ん……』

小さく頷いて、僕は重い瞼を閉じた。この人の腕の中なら安全だ。直感的にそう思って、僕は微睡《まどろ》みに身を委《ゆだ》ねた。

シモンとはそれ以来の仲だった。と言っても、向こうはこんなこともう覚えてもいないんだろうけれど。

◆

昔のことを思い出しながら、休暇明け最初の授業は何の問題もなく終わりを告げた。

僕は将来、王都にある大神殿の神官になるか、文官になるか。あるいは侯爵位を継ぐ姉の補佐をするか。この三つの中から一つを選ぶ予定だ。だから神学の授業はしっかり受けている。

ちなみに、今の段階では、領地に戻って姉様の傍で学びたい気持ちが強い。

もちろん、そこには僕なりに考えた誠実な理由もあるのだが、残念ながら理由はそんな清らかなものだけではなかった。

――シモンのいる王都から離れたい。

心の奥底で生まれた蟠《わだかま》りが、領地に戻りたい理由と結びついているかもしれない、そんな不純な理由で選択していいのか。そんな風に考えてしまい、なかなか決断ができないでいた。

なぜ、シモンのいる王都にいたい。ではなく、王都から離れたいと思うのか。

シモンはもう子供がいても可笑《おか》しくない年齢なのに、結婚する気配がない。だがそれはこれからも結婚する気がないと断定する要素にはなりえない。

はっきり言って、嫌なのだ。

王都にいれば、どうしてもシモンを意識してしまう。彼がいつ結婚するのか。そんなことばかり考えて仕事をするのは嫌だった。そんな風にうじうじするくらいだったら、領地へ戻って忙しく働きたい。

でもそんな逃げるような考えで、自分の将来を選択するのは絶対に嫌だった。

「考えすぎよ」とカトレアは言う。

ノアに至っては「別にそれで自分の将来が全部決まるわけじゃないんだからいいじゃん。軽い気持ちで決めてみて、やっぱり違ったら、違ったから別の道へ行こうって、考えればいいじゃん。エリスにしては想像力がないなぁ」と言われてしまった。

「なあ、なあ、エリス！　ちょっといいか？」

教師が教室を出て行った途端、ノアが慌てて近づいてくる。

「剣技大会ってさ、やっぱり俺も参加しなくちゃ駄目だよな」

不安そうな顔で問いかけてくるノアに、僕は思考を切り替える。

ノアは今年からやってきた一年間だけの留学生だ。だから僕たちとは参加必須の授業や行事が異なるのは知っている。

だが、僕の記憶に間違いがなければ、留学生か否かは関係なく、剣技大会は参加必須の行事だったはず。

「参加は必須だったはずだけど……。どうしてそんな不安そうなんだ。ノアはあまり剣を扱わないのか？」

「商売の道具としてなら扱うけどさ。自分で振るったりはしない。子供の時はそりゃあ、自分で木を彫って作った剣を振り回して遊んでたことはあるけど、今は全然」

「……そうか」

ノアは小規模な海上商人の倅《せがれ》ではなく、何代も続く大陸中をまわる海上商人のたった一人の倅《せがれ》だと聞く。用心棒を数百人雇うことだって可能だろうから、自分で自分の身を守る術を知らなくても別に可笑《おか》しいことではないのかもしれない。

「あーあー、嫌だ。剣技大会だなんて！」

「安心しなよ。一試合だけでも戦えば、評価に傷がつくことはない。二試合目以降は棄権しても問題ないよ」

「え、そうなのか⁉」

「だけど棄権すると多少なりとも馬鹿にはされる。カトレアの前で恥を掻《か》く勇気があるの？」

「な、なななな、なんでそこであいつが出てくるんだよ！」

「……動揺がすごいな。それで、恥を掻《か》く勇気はあるの？」

戦わずして棄権する行為は、男としての矜持《きょうじ》を捨てるようなもので、僕みたいに毎年二試合目で棄権する人間は極めて稀《まれ》だ。

当然、僕みたいに二試合目で棄権する奴は厚顔無恥だと揶揄《やゆ》される。だが一方で、当然だと擁護《ようご》する声もあった。

「そうよね、エリス様は戦うより、私たちと優雅にお茶を嗜《たしな》まれているほうがいいわ」

味方をしてくれるのは、大抵が令嬢たちである。彼女たちのおかげで、僕は今まで堂々と厚顔無恥でいられた。ノアが棄権したとしても、味方をしてくれる令嬢は多いだろう。

だがノアの場合は、僕と違ってこの学園に慕う人間――カトレアがいる。

ノアは陽気なように見えて意外と繊細だし、恥を掻《か》くことに慣れていないだろう。きっと恋する相手の前で、剣で負けることも、棄権だなんて厚顔無恥なこともしたくないはずである。

「べ、別に……あいつのことはどうでもいいけど。……恥も外聞も捨てるくらいなら、腹を括って頑張るしかないじゃないか」

「そうだな。一緒に頑張ろう」

『あなたは人に剣を向けられるようになるために、試合に勝ちたいわけではないのだろう？』と核心をつくシモンの言葉で心が楽になったおかげだろうか。今は随分と気持ちが前向きになっている。

「でも、剣の練習なんてどうすればいいんだ？　教師に教わるもんなのか？」

「お前……夏の休暇に入る前に教師が説明していたじゃないか。必要な人間は指南役を雇うようにって。留学生は期間内に担当の教師に申し出て紹介してもらえって言われていただろう。もうとっくにその期間は過ぎているぞ」

「う……聞き逃してたんだよ。……エリスはどうすんだ？　エリスにも期限とかってあんの？」

「いや、僕の場合は外から個人的に指南役を雇うんだ。それで学園から許可証を貰う。すると指定した日に指南役の人間が来てくれる」

「もう雇ったのか？」

「……夏の休暇の終わりギリギリだったけどな」

　結局あの日、僕はレオンに指南役を頼んだ。軍にはシモンや、シモンと仲の良いルーベンがいるが、彼らは一日何百という人間を指導する立場の人間だから、指南役をお願いすることはできない。

　一方レオンは、シモンとは父親の代からの腐れ縁であると言っていたものの、今のところ人を指導する立場にいるわけではない。

　武器の手入れや、管理をしながら、余った時間は書物を読んだり、王宮内部でひっそりと女性に声をかけに行ったりするような、よく言えば軽く接しやすく、軍人にしては時間を持て余している人間だから、父様曰く、頼みやすかったらしい。

「仕方ない。どうせなら、ノアも一緒に稽古してもらえるよう頼んでみよう」

「え、いいのか!?」

「うん。ああ、でも待てよ。もしかしたらレオン一人で僕たち二人の指南をするのは、時間的にも効率が悪いかもしれない。父様にもう一人雇えないか聞いてみよう」

「うう、恩に着るぜ。エリス」

「今日、父様に手紙を書いてみる。時折、ノアのことは手紙に書いているから、きっと大丈夫だ。……ないとは思うけど、もし駄目だと言われたら、僕が教える」

「おう、よろしく頼む！」

僕は申し訳なさそうにするノアを安心させるように、微笑みながら頷いた。

◆

手紙を送って十数日が過ぎた後、手紙の返事が父様から届いた。

無事、ノアにつけるための指南役を頼めたとのこと。

そしてなんと、フルール家の人間に引き受けてもらえたらしい。

フルール家といえば、代々剣の腕に優れた人材を輩出する有名な家柄だ。まさか、そんなところにまで頼んでくれたのかと驚くと同時に、なぜフルール家の人間が指南役などを引き受けてくれたのか、と疑問が残る。

以前、母様にフルール家出身の同級生がいて、忙しくしているらしくなかなか社交界で会えないとぼやいていたような気はするが……それほど関わりが薄いのに、どうして今回フルール家は指南役を引き受けてくれたのか。

まあ、今は考えていても仕方がないのかもしれない。

「よし、じゃあ行こうか。ノア」

僕とノアは授業の終わりに動きやすい服装に着替えて、レオンともう一人の指南役を迎えるために、学園の正門へ向かった。

「いや～、ありがとな、エリス！　俺、失礼のないように指南役の人の話を真面目に聞いて、上手くなるよ！」

「お前がいい加減なことをするなんて思っていないよ」

ノアは普段から明るいせいで軽く見られることもあるが、その実、取り組むとなったらとことん努力できる人間だ。それを知っているからこそ、僕は父様に頼んだ。誰だって真面目に取り組みそうにない人間のために労を割いたりしない。

「それで、俺の指南役を引き受けてくれた人の名前は何ていうんだ？」

「いや、それが……」

父様の手紙から読み取れることは、ただ指南役を引き受けてくれたのが、フルール家の人間であるということだけで、名前は書かれていなかったのだ。ただ書き損じただけなのか。

たとえそうではないとしても、我が子可愛さに、ノアに悪い指南役をつけてやろうなんてそんな幼稚なことを考える父様ではないはずだ。

「ま、まあ……自己紹介してからということで」

「あ、そっか！　どうせ、自己紹介するんだもんな！」

陽気に笑うノアに、罪悪感を覚える。

すまない、ノア。会ってもし怪しい奴だったら、僕が追い返すから。

心の中でノアに謝り、僕たちは指南役の二人が待っている正門へ急いだ。

校舎の東には狩りの練習を目的とした小さな森。西には寮。北側は広大な庭園や噴水があって生徒の憩いの場とされている。南側には数百台の馬車が止められるほどの敷地と広い道。そして正門がある。

頑丈な鉄格子の正門は、学園の生徒を守るためにあるが、ところどころ錆《さび》ついていて、見た目も不気味に見えてきたという理由で、来年には取り壊され新しく造られる予定だ、と教師が話していたことを思い出す。

「あ、あの人たちだよな？」

ノアの指さす方向を見ると、確かに正門の鉄格子の向こう側にレオンと、それからもう一人、レオンより華奢《きゃしゃ》な体躯《たいく》の男が立っていた。おそらく彼がノアの指南役として寄越されたフルール家の人間だろう。

「やあ、やあ！　元気だったかい、エリス君！」

快活な笑みを浮かべるレオンに頷き返して、門の見張り役に正門を開けてもらう。

僕は、まずノアを紹介することにした。

「こちらはノア。留学生で僕の友人だ」

「こんにちは！　ノア・テールマーレって言います。よろしくお願いします！」

元気よく挨拶するノアに、レオンは好感を持ったのかニコニコと笑い返して、手を差し出す。ノアが緊張することのないよう、配慮してくれているのだろう。

「うん、よろしく！　僕はレオン・ダッグルーズだよ」

愛想の良い二人が言葉や握手を交わすのを見届けて、僕はレオンが彼の隣にいる人物の紹介をしてくれるのを待った。だが、彼はノアと話すばかりで、一向に紹介してくれる気配がない。

「……レオン、この方はもう一人の指南役じゃないのか？」

「え？　……知らないよ、僕」

「一緒に来たんじゃないのか？」

「ううん。ここで偶然出くわしただけさ」

レオンの隣に立つ少年のような男は、僕たちの会話が途切れるのを見計らっていたのか、すいと視線だけをこちらへ寄越して会釈した。顎のラインで切りそろえられた銀の髪に、緑の大きな瞳。なかなかの美青年である。青年というより少年らしい体躯《たいく》をしているが、父様の手紙には、年は僕と変わりないと書いてあった。

「お初にお目にかかります。フェネル・フルールと申します。エリス様ならびにノア様の指南役を仰せつかりました」

驚くほど平坦な声で、青年——フェネルは名乗った。声はまだ高く、それでいて幼い。

「へえ……君が侯爵の言っていた二人目の指南役なんだ。僕が一人で二人教えるのは大変だろうからって、二人目を送るって言っていらしたな、そういえば！」

いい加減に笑うレオンに対して、フェネルの頼りない様子を不安に思ったのだろう。ノアがおずおずと問いかける。

「えー……と、こんなこと言うのってすごく失礼なんだろうけどさ。君って本当に剣使えるの？」

ノアの質問は確かに失礼なものだったが、そう問いかけたい気持ちは僕にもよく分かった。フェネルはレオンと並び立っていることもあって、身体の線の細さが際立っていた。肌は白く、袖口から覗く腕と、すらりと地に伸びる足は細い。少し力を加えれば手折《たお》ることさえできそうな。そんな危うい細さだ。

レオンを窺《うかが》う。彼もフェネルという人物のことをよく知らないらしく、興味深そうにじっと見つめている。

「使えます」

フェネルはたった一言を無表情のまま、放った。

「そういう風に言われることは慣れている。うんざりだ」とでも言わんばかりの態度だが、ノアはなおも訝《いぶか》っている。

「まあまあ。もう挨拶は済んだことだしさ！　ほら、さっそく剣の練習をしよう！　そのために僕たちは来たんだからね！」

間を取り持つようにレオンは明るく言った。

僕は指南役である二人に学園から発行された許可証を渡し、学園内の専用の鍛錬場へ案内する。

「それじゃあ、さっそく教えるけど。その前に」

レオンは、腰に差した剣を引き抜き、地面に突き刺した。

硬い土の上にまっすぐ立つ剣。さすが武器の管理を任されている者が持つだけあって、美しく磨き上げられた立派な剣だった。

見事な握りの装飾もそうだが、白い柄頭《つかがしら》が恐ろしく艶《つや》やかなのにも目を奪われる。

一方、フェネルは突っ立ったまま、何をするでもなくレオンの声に耳を傾けていた。

「エリス君の腕前がどんなものなのか、一回見てみたいな。僕と打ち合ってみよう。と言っても真剣を使うことは禁止されているらしいから、木製の剣を使って、だよね？」

「ああ」

剣の鍛錬場は、校舎の東側、狩場として使われる小さな森の手前にある。

そこは雑草の一つも生えていない開けた土地で、周囲からもよく見渡せる場所にある。これは生徒同士の私闘にこの場所が使われないようにするための一つの措置だった。

この場所はただ単に『教えを乞い、鍛錬に励むべき場所』だから、必ずすぐ横の見張り場に、一人か二人の大柄な男が配置されている。現に視線を西のほうへ上げると、髭を蓄えたいかにも見張り役でありそうな風体《ふうてい》の大男がこちらを凝視《ぎょうし》していた。

その男に木剣《ぼっけん》を貸してほしいと伝えると、彼は念入りに数を確認し、手渡す。ついでにレオンとフェネルが有していた剣は一時預かってもらうことになった。

「さて、じゃあ始めようか」

開けた土地の真ん中に、僕とレオンが立つ。

「試合、開始」

フェネルの静かな声を合図に、僕とレオンの間を冷えた風が走った。

木剣《ぼっけん》を持つ手が緊張で震えた。

レオンは木剣《ぼっけん》で、いかにも簡単そうに宙を切った。ヒュンッと鋭い音がする。こうしていると、レオンが軍人であることがはっきりと分かる。

彼はちゃらんぽらんに見えて相当な手練《てだ》れなのだ。構えに隙がない。毛先から指先に至るまで神経が通っていると錯覚させるほど、一つひとつの仕草がシモンには及ばないまでも、洗練されていた。このまま、隙ができるのを待っているのでは埒《らち》が明かない。だからといってこちらから無闇に動くと隙を狙われて負けてしまう。

額から汗が垂れる。

ふいに、レオンに隙ができた。思わず、突撃しそうになるが堪える。わざと隙を作り、逆に僕の隙を突こうとしているのが分かったからだ。

ずっとシモンの訓練を見てきた。だから相手の動きを予測することは簡単だ。だが予測することができたとしても、自分の動きが俊敏でなければ、相手は瞬く間に別の行動をとってしまう。

残る選択肢は自ら攻める以外にない。

攻めるということはつまり自ら隙を作るということ。こうして見合っている時間が長ければ長いほど、実戦経験のない僕が不利になる。

ふっと息を吐く。なるべく隙のない体勢から姿勢を低くし、一気にレオンとの間合いを詰める。

そして横なぎに木剣《ぼっけん》を払う。だが、剣は空を切った。

「っ！」

すぐに頭をめがけて木剣《ぼっけん》が降りてくる。

それもとてつもない速さだ。

迫りくる木剣《ぼっけん》を髪の毛一本のところで避けてレオンの腹部を狙い、木剣《ぼっけん》を払う。

それも躱《かわ》される。

一度距離を取った。

今のレオンは、爪を尖らせ獲物を狙う鷹そのもののようである。

能ある鷹は爪を隠すというやつだ。これほどまでにその言葉が似合う奴はいないと思う。

見合って数秒。

互いの呼吸が整う前に切り込む。

僕の剣はレオンほど色んな意味で重くない。唯一勝っているところといえば、身軽さと俊敏性くらい。それならば。

「……っ！」

一度剣を払い、レオンの動きを邪魔する。向こうの体勢が崩れたところを、こちらは姿勢を極限まで低くして、あとはできる限り手に力を込めて、レオンの顎の下を狙う。

だが、あえなく失敗。

気づくと僕の手からは、木剣《ぼっけん》が消えていた。レオンが振るった凄まじい速さの剣の勢いに耐え切れなかったのである。

「……っくそ」

「わあ、エリス君が悪態をつくとすごく迫力があるなあ。それにしても見事、見事」

感心するように頷くレオンに、僕はただ首を横に振った。

駄目だ。思った以上に体力と、なにより気力がもたなかった。

それに手が情けないくらいにぶるぶる震えている。かっこ悪すぎて、最悪だ。

「……深呼吸」

たった一言。そして背に手を添えられる。フェネルの手だった。思った以上に柔らかい声も出せるのだ、この美青年は。

「自覚していると思うけど、エリス君は守る時は完璧だけど、攻撃する時は動作に隙ができる。人と剣を交えることにためらいを感じているのが手に取るように分かるよ」

「……だから、指南を頼んだ」

「そっか。分かっているのならいいよ」

その場にへたり込むと、ノアが心配そうに僕の顔を覗いてくる。

「大丈夫か？　エリス」

「ああ、大丈夫」

なるべく苦しげに見えないように答えると、ノアは安堵の息を漏らし、ぱっと表情を切り替えた。

「にしてもすげえな！　かっこよかったぞ！」

満面の笑みで言われ、照れ臭くなる。

剣は幼い頃に少しシモンから教わったこともあるし、自分一人で鍛練だけは続けていた。それにシモンの言葉もあって、剣を振るう時の迷いが少し薄れているレオンと剣を交えてみて、自分でもよく分かった。情けないことにまだ手は震えるけれど。

「それじゃあ、次はノア君の実力を見せてもらおうかな」

「え、俺⁉　いやいやいや、俺は本当に剣の扱いとかよく分からないんで、エリスみたいにできませんよ！」

「んー……そっかあ。じゃあ、今度はフェネル君。君の実力を知っておきたいから僕と手合わせしてくれない？　互いに教える立場の人間として必要あるだろう？」

飄々《ひょうひょう》と言ってのけるレオンに、フェネルは異論はないと言わんばかりに無表情のまま頷いた。

ノアと僕は並んで、二人が剣先を互いに向けるのを見守る。合図しようかと提案したが、レオンは必要ないよ、と笑った。

一瞬の静寂。砂塵《さじん》がたつ。

ふいに、フェネルが剣先を下げた。それを皮切りに、一気にレオンが間合いを詰める。

木剣《ぼっけん》がぶつかった時に鳴る少しくぐもった音。真剣ほど耳障りなわけではないが、二人の実力が拮抗《きっこう》しているのだろう。まるで真剣で打ち合っているように見えるほど、その場は緊迫していた。

「す、すごいなあ……」

ノアの呟きに、無意識に頷くくらい、二人の剣技は恐ろしく速く鋭く、称賛されるべきものだった。

二人は一度距離を取る。見合って数秒。まだ木剣《ぼっけん》を交えて少ししか経っていないのに、レオンの額から顎にかけて汗が滴るのが見えた。それはフェネルも同様。白皙《はくせき》の美貌を汗が滑りおちてゆく。

二人が駆け出すと同時に、噴き出すような土煙がたった。木剣《ぼっけん》が交じり合う残像を見ながら、鋭く打ち合う音が鳴る。

フェネルは踊るように身を翻《ひるがえ》し、レオンの剣をひらりひらりと躱《かわ》した。どちらが勝つのか、負けるのか。僕にはさっぱり分からなかった。

だが、勝敗というものは時としてその者たちの実力とは関係なしにつく時もあるものだ。

二人の剣が再び交わった瞬間——これまでとは違った鈍い音がした。

フェネルの木剣《ぼっけん》が折れた音だった。

「……ありゃりゃ。これは、仕方がないのかな」

おどけた風に言って、レオンは木剣《ぼっけん》を引っ込めた。フェネルはそれを見咎《みとが》める。

「ここが戦場であれば、仕方がないもなにもないのではありませんか」

フェネルはほんの少し怒っているようだった。肩で息をしながら、折れた木剣《ぼっけん》を掴んで、こちらの様子を窺《うかが》っていた大男へ返しにいく。

「……す、すげえ。ほんと、すげえ！　不安になった自分が馬鹿みたいだ！」

ノアが呟く。僕も同じだった。そんなに華奢《きゃしゃ》な体躯《たいく》と細腕で剣など振るえるのか。人の持つ力を、その容姿で判断してはいけないというのは、頭の中では理解していたはずなのに。

「……僕たちは、まだまだ人を見る目がないというわけだ」

呟くと、ノアも静かに頷いたような気がした。

◆

それから僕とノアは、二人の指南役に教えを乞いながら鍛錬に励んだ。

僕は体力がないので、まずは体力作りから。

元々運動が得意なノアは、身体の運び方と剣の扱い方を。つまりは基礎を入念に教え込まれていた。それらを指導してくれた主な人物は、フェネルである。

レオンは、どうやら指南役という堅苦しい役割があまり好きではないらしい。

時に指南役の役割を放棄して、学園内を歩く令嬢たちに声をかけに行ったり、女性教師を誘惑しに行ったりと散々だったが、一方でフェネルは黙々と、しかし丁寧に指導を行ってくれた。レオンよりフェネルのほうがよほど指南役らしい。

今日もまた、鍛錬の日。

教師から呼び出しを受けて少し遅くなるというノアを置いて、僕は一人鍛錬場へ足を運んだ。

鍛錬場にはすでに人影がいくつかあった。剣技大会が近いこともあって、人がいることに違和感はない。だが、やはりフェネルの存在は、その中で異彩を放っていた。

剣を振るっていても、彼は時に少女のように見える。ゆえに、周りで鍛錬を行う者たちの視線がちらりちらりと、フェネルに向けられている。

もちろん、そんな彼に突っかかるような者は誰一人いない。彼の剣先は滑らかに宙を切り裂く。その動作だけで彼が相当な手練《てだ》れであると窺《うかが》いしれるからだろう。

「……エリス、さん」

フェネルが気づいて、僕の名を呼んだ。

「だから、エリスで良いって言ってるじゃないか。歳だってそう変わらないんだから」

「無理です」

「……無理なら、仕方ないけどね」

フェネルは基本的に、短い言葉しか喋らない。

ほんの少し長い言葉でも、学習書に載っていそうな感情のない言葉ばかりだ。

それが不快というわけではなくて、ただ単にもう少し話してくれたらいいなと思うだけである。

「追いついた！　……エーリースー！」

振り返るとちょうどノアがこちらへ走ってくるところだった。

「あれ、ノア。随分と早かったな」

「いや、それが……先生から紙を受け取るだけだったんだよ。走ったら追いつくかなと思って走ったら、追いついた！」

「そうだったのか」

ノアは本当に足が速い。彼は満足げに頷いたあと、周囲を見渡してニカッと笑った。

「やっぱ、二人が並んでると皆の視線がすごいな！　フェネルとエリスって美人だもんなあ」

何でもないことのように言うノアに僕は「何をいまさら」と苦笑したが、ふとフェネルのほうを見ると、彼は恐ろしい顔をしてノアを睨みつけていた。

「今、何て言いましたか」

「え、いやだから……美人だって」

「やめてください。美人と言われるのは不快です」

「は……、はあ？」

今まで、お手本のような喋り方しかしなかったフェネルが、突如として感情を剥き出しにして話し出したから、ノアは驚いて声が裏返っていた。

そんなノアを無視して、フェネルは壊れたように「美人ではありません」「不快です」と繰り返す。徐々に肩で息をし始める彼に、僕は慌てて駆け寄った。彼が以前にそうしてくれたように背中を撫でて、落ち着かせようと試みる。

「落ち着いて」

できるだけ穏やかに言葉をかけると、フェネルはハッとしたように俯《うつむ》いて、木剣《ぼっけん》を強く握りしめた。目を瞑《つむ》り、辛そうに顔を歪める彼の背を撫で続ける。しばらく息を整えようとする彼の様子を見守りながら、僕はあることに気づいて、問いかけた。

「美人って、言われることがあんまり好きじゃないのか？」

「はい」

「……じゃあ、幼い頃の僕と一緒だな」

「……一緒？」

「ああ、一緒だ。でも今は、美人って言われても僕は不快ではない。どうしてか分かるか」

フェネルは少しばかり思案するが、結局は分からないと首を横に振る。そもそも分かるのなら、美人と言われるだけでこんな風にはならないはずだ。

自分で聞いておいて問うまでもなかったかと反省しながら、僕はもう一度口を開いた。

「今から、僕の考え方を言う」

「……？」

「別にこの考え方に賛同なんてしなくていい。違うと思うなら思うでいい。とにかく、この考えを聞いて、少しでもフェネルの気が楽になる可能性があるのなら、僕は自分の考え方を伝えたいと思う。いいか？　言うぞ？　……僕が美人なのは単なる事実なんだ」

「……はあ？」

フェネルは『意味が分からない』と表情で伝えてくる。僕はただ笑い返した。

「皆、僕のことを美人だと言う。それは『お前はお前だな』なんて当たり前のことを言われているのと同じだ。小さい頃から言われ過ぎて、その言葉は風も同然。僕にとってはあって当たり前。なければないでそんなには困らない」

フェネルはポカンと口を開いた。ついでにノアも口を半開きにしている。

そうだよな、こんな自惚《うぬぼ》れ野郎がこの世にいるのかと思ってしまうよな。聞く人によっては不快感を煽《あお》られるような考え方だろう。

「もちろん、こんな風に考えなくてはいけないわけじゃない。だけど、いつか悟る。人から見た自分を変えようなんて思うのは不毛なことだと」

こんな風に、偉そうなことを言っているが、僕はただ単に幸運だっただけだ。シモンが『美しい』という言葉の概念を変えてくれたから。

だから『美しい』だとか『美人』だとか言われることを不快に感じなくなって、今はこうして当たり前のように受け入れられるようになった。ただそれだけのこと。

「……美人と言われると、女の子みたいだと言われているような気持ちになるけどな。でも、見てみろ。ここに男前な美人がいるだろう？　これは、僕が大切な人から教えられたことだけど、美しいって言葉は何も容姿だけを指す言葉じゃないんだよ。フェネルは剣を振るっている時、凛々しくて見惚れるくらいかっこよくなる。そんな姿を美しいと賞賛する人間もいるってこと」

僕の話を聞いて、フェネルの表情は徐々に落ち着いた。僕の言葉が響いたのかどうかまでは分からないが、彼の心を落ち着かせるために話しているのだから、目標は達成されたとみなすことにした。

「悪意のない賞賛まで否定していたら心が疲れ果ててしまう。君は優しくて真面目だから、特に否定することが辛いのかもしれない。少しずつでいいから、受け入れられるように、考え方を変えられるといい。もちろん悪意のある言葉は受け入れる必要はないけれど」

一息に言い終えて、フェネルの目をまっすぐに見つめ返すが、彼は静かに頷くだけだった。

だが、もう肩は上下していない。落ち着いてはくれたらしい。

「僕はフェネルのことかっこいいと思うよ。この言葉に悪意がないことは分かるな？」

柔らかく肩を叩いてみると、フェネルは顔をあげて考え込む素振りをし、静かに頷いてくれる。それを見届けて、ノアに視線をやると、彼は何かに気づいたように「今度からは気をつけるから！」と一生懸命にフェネルに謝った。

「……ありがとう、ございます」

「いいや、こちらこそ、僕の話を聞いてくれてありがとう」

礼を返すと、フェネルの表情から、固さがとれたような気がした。

◆

次の日から、頑《かたく》なだったフェネルの表情筋が明確に緩み始めた。

冗談を言うと口角をあげるようになったり、無表情に少し変化が出て、喜怒哀楽が分かるようになったり。

「フェネルは、喜んでいる時が一番分かりやすい」

僕が言うと、フェネルは衝撃を受けたような顔をしながら「そう、でしょうか」と首を傾げた。

「ああ、口角があがって目が輝く。魅力的な表情だと思うよ」

「……あ、ありがとうございます」

なぜか頬を赤くするフェネルを見つめていると、レオンとノアが話に入ってくる。

「分かるのは、エリス君だけだよー。僕は全然分からない。雰囲気が柔らかくなったなあとかさ、それくらい」

「俺も分かんないよ」

そういえば、最近はレオンではなくフェネルに指南してもらうことが多かったから、もしかしたらフェネルに大きな変化があるのではなく、僕がフェネルのわずかな表情の変化がわかるようになっただけかもしれない。

そうだとしても、指南してくれる人間が何を考えているのか分かるようになったのは大変喜ばしいことだ。

「ありがとう、フェネル。最近は稽古するのが楽しいよ」

「そう、ですか？」

「うん。対人の試合はやっぱり苦手だし慣れることは難しいと思う。だけど一人で鍛錬するより誰かに教えてもらって、それができるようになると純粋に楽しいかな。……それに」

「それに？」

「フェネルが一人で素振りをしているところを見るのが好きだな、僕は。まっすぐ自分自身と向き合っている姿は、本当にかっこいい」

フェネルは剣を振るっている時が一番楽しそうで、輝いて見える。そう素直な気持ちを伝えると彼は嬉しそうに口角を緩やかに上げた。

「あ、喜んでる」

「え、うそうそ！　どのへん？　どのへんを見てそう思うんだ？」

フェネルを凝視《ぎょうし》するノアだったが首を傾げたり、彼の身体の周りをまわったり色々してみたものの、やはり分からなかったらしく「さっぱり分からん」と肩を竦《すく》めた。

「まあ、その内分かるようになるだろう」

そうは言っても、剣技大会まであと少し。ひと月を切っている。

気づけばそれだけの日数が経っていたのだ。

「……はあ」

「どうかしましたか……エリスさん」

「いや……なんでもないよ」

ふとこんな風に時間の経過を感じていると、思うことがある。

シモンは今、どうしているのかな、と。

「あー……駄目だ、駄目だ。今考えるべきことは違う」

「エリス、さん？」

「いや、すまない。本当になんでもないんだ。それより早く鍛練の続きをしよう」

「分かりました」

今は目の前のやるべきことに集中しよう。

「では、まずは素振りから始めてください。以前指摘したことは覚えていますか？」

「覚えている」

フェネルの問いかけに答えながら、僕は木剣《ぼっけん》を握る。

握った木剣《ぼっけん》の感触が今日はいやに冷たい。

寒い季節が深まりつつあることを実感したが、感慨に耽《ふけ》る暇もなく、フェネルの指南は今日も淡々と始まった。

◆

「エリス君、最近調子が良いみたいだね」

「そう？」

フェネルの指南を受けた後、木剣《ぼっけん》についた土を拭っていたところ、レオンが近寄ってきた。

「うん。剣技大会で活躍する君を見たら、将軍もお喜びになるんじゃないかな」

「喜ぶ？　シモンは僕が活躍したって『良くやったな』くらいしか言わないだろう」

「……そうかなあ」

レオンは意味深に呟いた後、にっこり笑う。

「ところで、エリス君」

「なんだ」

「君は……フェネル君のことをどう思う？」

レオンの質問の意図がさっぱり分からなかった。

「いきなりだな」

「いいから、聞かせてよ」

好奇心旺盛な光を湛《たた》え、爛々《らんらん》とするレオンに、僕は思うままを答える。

「とても良い奴だ。何度も言うけど、かっこいいと思う。剣の腕前については言わずもがな。僕も身軽さを活かしてあんな風な立ち回りができるようになりたいと思う」

「へー……そうですか」

「なんで、そんなあからさまにつまらなそうなんだ。お前が聞いてきたんじゃないか」

「違うんだよ。僕が聞きたいのはそういうんじゃないんだよ。もっと、こう……！　こう！　なんかないの！」

「お前の言いたいことがさっぱり分からない。それよりそろそろ帰る準備をしたほうがいい。申請した時間を過ぎて学園内に居座っていると、面倒くさいことになるぞ」

「ちぇっ……せっかく面白いことになりそうだったのになあ……」

なにやら頬を膨《ふく》らませていじけ始めたレオンだったが、鍛練場のすぐ傍に美しい女生徒を見つけるとすっ飛んで行ってしまった。

そんなレオンの後ろ姿を見て思う。

レオンとルーベンは、胡散臭《うさんくさ》い雰囲気がとても良く似ているが、決定的な違いがある。

それは女性に積極的か、否か。それだけが決定的に違う。

レオンは明らかに女性に積極的で、経験豊富な人間だが、ルーベンはそうではない。

軽いように見える彼だが、その実、彼は女性に対してとても一途だ。それを証明するように、彼は婚約者である令嬢をずっと愛し続けていると聞く。

シモンはどうだろう。

シモンはあの通り、見目も麗しく、男女問わず魅了する人柄をしている。時々意地の悪い事を言うが、基本的にはとても優しい。

そんな男だから、もちろん恋人がいたことだってあるのは、僕だって知っている。シモンの恋人になる女性たちは、ほとんどが聡明で美しいと評判の令嬢が多かった。

それでもって、彼自身は無意識なのだろうが、おそらく『発育のよい女性』が好きである。

シモンの歴代の恋人の特徴を、なぜか社交界の恋愛事情に詳しいカトレアに問いかけると、彼女は言いづらそうにこう答えた。

『そうねえ。……豊満な身体をしたお嬢さんたちが多いわよ。顔は可愛い系より妖艶系。ものすごく若い子と付き合う傾向にはないわね』と。

僕はそれを聞いてこう思った。

駄目だ、どれもこれも僕に当てはまらないじゃないか。豊満て。僕の胸なんて、これ以上耕したって甘美な果実の実ることのない……荒野だ。あるいは不毛の土地とでも言おうか。

顔は……妖艶？

妖艶って何だ。どうやったら顔が妖艶になるというのだ。

口紅を塗れって？

そんなもん塗って妖艶になれるんだったら、顔中にでも塗りたくってやる！

昔は胸に布を詰めてシモンに会いに社交場へ赴こうとしたこともあった。彼に恋人がいない間は、なんとか振り向いてもらおうと躍起になる時期もあった。その時は、今よりもっと酷くシモンに冷たくしていた頃だから、おそらく今以上に焦っていたのだろうと思う。

だが結局、胸に布を詰めたり、唇に口紅を塗って会いに行ったりはしなかった。

なぜそんなことをするのか聞かれても、どうせ僕はシモンに冷たく当たることしかできなかっただろうから。

「……あれ、エリス君。まだそれ、拭いてたの？」

気配も何もなく声をかけられ、驚いて振り返るとそこには頬に赤い紅葉のような手形のついたレオンが立っていた。

どうやらフラれてしまったらしい。

「ちょっと考え事をしていただけだ」

「え、なになに何を考えていたの？」

「……いや、男は総じて胸の大きな女性が好きなものなのか、と」

口走ってしまったが、こうして口に出してみるとそれがとても大きな事実のような気がして、気持ちが重たくなった。

「んー、男全員がそうってわけじゃないけど。小さなお胸が好きな男だっている。僕は大きいほうが好き」

「へー……そうなのか」

「君こそ、自分で聞いておいて心底つまらなそうじゃないか」

憤慨《ふんがい》するレオンを宥《なだ》めながら、僕は彼の頭上を越えた場所に見える青い旗を見上げた。

青い旗は軍神の加護を賜《たまわ》るための旗で、剣技大会では何十倍の数にもなって学園のそこら中に飾られることになる。

今は物思いに耽《ふけ》っている場合ではないのだと、身が引き締まるような心地がした。

◆

剣技大会当日。冴えわたるような空気の中で、熱狂的な歓声がやけに遠くに聞こえた。

僕とノアが木剣《ぼっけん》を携えて、会場——といってもいつもの鍛練場を整えただけ——に姿を見せると、遠くで聞こえていた歓声はより大きくなった。それに呼応するように青い旗が翻《ひるがえ》る。

『きゃあああ！　エリス様よ！　今日は一段と凛々しくていらっしゃるわ！』

『エリス様！　こちらを向いてくださいまし！』

『エリスさま！　わたくしたち、応援しておりますわ！　頑張ってくださいませね！』

精一杯声をあげて応援してくれる令嬢たちに手を振って答えると、『きゃあああああ！』と大きな歓声が波のように押し寄せてくる。

いつも二試合目で棄権する僕だが、今回真剣に鍛練している姿を誰かが見ていたのだろう。『エリス様は今回本気で剣技大会にお臨みになるらしい』と噂が広まってしまった。とはいえ、応援が嬉しくないわけではないので、もちろん彼女たちの声援には応える。

「相変わらずすごい人気だな」

「ありがたいことだよね」

「……エリスってこういう時、堂々としてるよなあ」

「僕みたいな人間は謙遜《けんそん》すると、逆に疎《うと》まれるんだよ」

軽口をたたき合っている間にも、ノアは終始視線を彷徨《さまよ》わせていた。緊張しているのだろう。

しまいには、会話の流れをぶった切って「ああ、ほんとなんて人の多さだよ。もしかしてエリス、お前のせいでこんなに人が多いのか？」とぶつぶつ弱音を吐く始末。僕はそんなノアの肩をそっと叩いた。

「今回は僕が真剣に試合するから、って理由だけでこんなに人が見に来ているわけではないと思う」

この学園には深窓の令嬢が多く、血なまぐさい戦闘を見て卒倒する者も中にはいる。だから、剣技大会では令嬢たちの姿を多く見ることはあまりなく、優秀な人材を確保するためか、軍の関係者が多く訪れるのが常だ。

しかし、今回はあのシモンが見学しにくる。

社交界ではお近づきになることすら難しい彼に、いつもの数倍は簡単に近づけるのかと考えると、俄然《がぜん》やる気が出るのだろう。

遠くに見える令嬢たちの顔つきは、今から試合に挑む僕たちなんかよりも、よほど勇ましいように見えた。

「ちなみにカトレアはいつも北側の……あの一番大きな青い旗の横にいる」

指をさして教えてやると、ノアは頬を赤く染めて「別に、聞いてない」と不貞腐《ふてくさ》れてしまった。

言わないほうが良かっただろうか。だけど、試合中にカトレアがどこにいるのか気になっているほうが問題だ。

それにノアのことだ。今はこうして緊張で弱っているように見えるが、やる時はやる。

あまり心配はいらないのかもしれないが、怪我をさせないために伝えておくに越したことはない。

しばらくして剣技大会に参加する面々が、その場に揃った。

賑わっていた会場を鎮めるように、僕たちの前に一人、初老の男が立つ。

この学園の偉い立場にいる人間だということは周知の事実だが、どれくらい偉い人間であるのかは、皆の知るところではない。

彼は、会場中の一切の音が鎮まるまで決して声を出さない。毎年そうだ。だから、皆すぐに押し黙る。剣技大会を見たことのない者には傍にいる者たちが教えてやる。会場内にはすぐに静寂が降りた。

「……ふむ、よろしい。今年も皆、懸命に励みなさい。それから、今回は特別な客人がいらしているから、くれぐれも失礼のないように」

初老の男は一度言葉を区切って、誇らしいような顔つきで、右手をさっと、とある方向へ向けた。

会場として整えられた鍛練場には東西南北に、簡素な門が設置されている。

男の右手が指し示すのは、東の門だ。

そこから数人の男たちが歩いてくる。

その姿はしばらく砂塵《さじん》に隠されていたが、明確に見えてきた途端、場内の空気が一気に熱を帯びて、そこかしこから黄色い歓声と雄々しい声が同時に上がった。

令嬢たちの滾《たぎ》るような視線は一直線に、東門から登場した人物——シモンへ注がれる。もちろん令嬢たちだけではない、この国の要である将軍に自分の雄姿を見てもらおうと渇望する男も多くいた。

一身に視線を受けながら、シモンは余裕の笑みを浮かべて手をあげ応える。

その後ろにはルーベンと、幾人かの軍人たちが付き従っていた。

『軍の関係者の息子達の中で特に優秀なのは誰なのか、見に来られたのではないか？』

『今回優勝した者にはシモン閣下直々に何か賜《たまわ》ることができると聞いたぞ』

『閣下の前で大活躍した奴は、将来軍に入った時優遇されると、俺は聞いた』

皆、それぞれに期待を込めてひそひそと話し合う中で、先の初老の男が一つ、咳払いする。しかし、皆意識をシモンに持っていかれているため、誰も静かにしない。

それに気づいたシモンが、ルーベンに何事かを耳打ちする。ルーベンは頷いて、腰に差した剣を鞘《さや》から引き抜き、地に向けた。

一層声が膨《ふく》らむ中で、シモンもルーベンと同じように腰に差した剣を鞘《さや》から抜く。そして剣を振り上げたかと思うと、ルーベンの剣に一気に振り下ろした。

甲高い音が、空間を劈《つんざ》くように鋭く響く。

膨《ふく》らむばかりだった声は、穴が開いたように萎《しぼ》んでいき、やがて再び静寂が降りた。

皆の視線がシモンへ集中する。

シモンは艶然《えんぜん》とした笑みを浮かべ、口元にゆっくりと手を当てた。

その仕草はまるで、情事中の愛しい恋人に「声を抑えるように」と示すような、情欲をそそるものだった。

ゆえに、その行為は場を鎮めるどころか、今まで以上に騒然とさせてしまった。

「エ、エリス……？　体調悪いのか？」

思わず鼻を押さえて上向いていると、ノアが戸惑って話しかけてくる。

違うんだ、ノア。むしろ体調は絶好調。気分はうなぎ上りで、天にも昇りそうである。

それは僕だけではないようで、周囲からパタリパタリと、人が倒れるような音が聞こえてくる。

気持ちはよく分かる。自分の見せ方を熟知している大人は本当にずるい。

「……だ、大丈夫だ。ノア。心配ないよ」

「なら、いいんだけどさ」

結局、シモンのした仕草のせいで人が何人か倒れてしまい、別種の悲鳴が響き渡ることになり、静かにはならなかった。

前に立つ初老の男は「やれやれ」といった風に肩を竦《すく》め、申し訳なさそうなシモンと一言二言交わし、去って行く。その背からは哀愁が感じられて、ついつい憐れんでしまった。

「なあ、エリス。あの人が、えと、シモン……将軍って人か？」

「うん、そう」

「へー！　やっぱかっこいい人なんだなあ。遠くからでも、なんていうのかな、すごく雰囲気のある人だって分かる」

そうだろう、そうだろう。シモンはこの国、いや世界一かっこいい男なのだ。

世界一かっこよくて、色っぽくて、優しい。皆から憧れられて、尊敬される。僕が幼い頃からシモンはそういう男だった。

親しげに接してくれたとしても勘違いしてはいけない。

近くて遠いのではなく、遠くて手が届かない距離。

それが僕とシモンの距離だ。

僕がシモンにもっと柔らかい態度を取れていたら、いつも何気なく気にかけてくれるシモンと、もっと仲良くなれていたかもしれないのに……

駄目だ。うじうじ考えるのはやめよう。

とにかく今は、一つひとつの試合に集中しよう。僕が成長したことを、シモンに見てもらう機会を無駄にするなんて、あまりにもったいないことだ。

「よし。頑張るぞ」

「お、やる気だな、エリス」

「もちろんだ。もしお前と当たっても手加減なんてしないからな」

「もちろんだ！　俺も手加減しないぜ！」

この大会、全力で戦ってみせる。

決意を込めて、僕は自らの拳を強く握った。

◆

試合開始前、自分の試合の順番が回ってくるまでの間、他の試合をじっくりと観察することにした。ここで勝った奴が、この先試合で当たる奴かもしれない。

情報が皆無のままで戦うのはいささか無謀が過ぎるから、各試合をできるだけ観察しておかなければ。

「はー、はやいな。あいつ、相手の顔を見ただけで木剣《ぼっけん》を置いたぞ。あの場合、評価はどうなるんだ？」

「一試合目で棄権すると、とても危うい。相応の理由があれば話は別だが……。一応剣を交えるくらいはしないと心証が悪くなるし、努力を怠ったと見なされる」

僕と同じく試合の出番が少し遅めのノアが興味深そうに、僕の顔を見つめる。

「エリスは、今まで一回戦で負けたことってあるか？」

「まだ、ないよ。たまたま一試合目の相手が僕より弱かった」

「……でも、一試合目の相手が皆弱いとは限らないんだろ？」

「それはそうに決まっている。去年の優勝者だって一回戦からの参加だからな」

「うへえ……それは聞きたくなかった。ちなみにそいつの歳は？」

「去年優勝した時は十六歳だった。だから今は十七歳のはずだ」

「うわあ。じゃあなに？　去年は自分より二つも年上の人間相手に勝ち進んだってことか？　はー……無理、無理だ。そんなの聞いたら余計に怖くなってきた」

　確かにノアの言う通りだ。

　そもそもこの剣技大会の参加可能年齢幅は十六歳から十八歳と非常に限定されている。年齢差による身体的な差はもちろんあるし、十八歳のほうが剣技大会に慣れていたり、剣の修業年数が長かったりで必然的に優位……なはずなのだが、去年の大会では十六歳の者が優勝している。

「ノアは、年下に負けたくはないか？」

「いや、そりゃ多少は悔しいって思うんだろうけど。俺は負ける云々《うんぬん》より、自分の実力を出し切れるかどうかが不安だ」

「……なるほど」

　全力を出して負けるのなら納得いくこともあるだろう。全力を出し切れず「全力を出していれば勝てたのに」と女々しいことを思うよりずっとマシだ。

　ノアは右手に握った木剣《ぼっけん》を舐めるように見て、溜息を吐く。それを何度も繰り返した。

　時間が経つごとに、試合への不安と緊張が高まってきているのだろう。そんなノアにどんな言葉をかけるのがいいのか考えていた、その時。

「あ、ここにいた」

声をかけてきたのは、ルーベンだった。

「久しぶりだね、エリス」

「ルーベン……お前、こんな所にいて大丈夫なのか？」

ルーベンは軍関係者のために用意された南門近くのテントに招かれていたはずだが。

「俺が動いても別に問題はないさ。シモンが動くほうがよほど問題だし。そんなに手間のかかる用件じゃないんだけど」

ルーベンは、いたずらっぽく笑った。

「シモンから伝言だよ。『あなたの活躍を楽しみにしている。……くれぐれも怪我などして俺を心配させないように』だってさ」

シモンがわざわざ、ルーベンを介して伝言してくれたことを嬉しいと思う。

だが僕が嬉しそうにしたらルーベンは面白がってシモンに伝えるだろう。僕はできるだけ無表情を装った。

「僕、もう子供じゃないんだけど」

「そうだね。十八歳と言ったらもう大人だ。だけどシモンは、幼く危うかった頃の君を知っているからね、心配するのも仕方がないよ」

「なら、伝えておいてよ。『お前が心配しても、僕が強くなるわけじゃない』って」

「もちろん伝えておくよ」

そうは言うものの、ルーベンは引き返して、伝えに行く素振りを見せない。

「ねえ、エリス」

その呼びかけには含みがあった。

「どうしてシモンが、急に剣技大会を見学したいなんて言い出したか、気づいているかい」

「なに？」

それは、数々の憶測を呼んだ話題だ。

どうしていきなりそんなことを。と聞こうかと思ったが、こういう時ルーベンは大抵「なんとなく」とはぐらかすことを僕は知っている。

「将来有望な若い人間を見にきたんじゃないのか。そろそろ軍は忙しくなる時期だから、今はまだ休んでいるべきなのに、よくやると思う」

もう少し先の実りの季節と呼ばれる時期になると、実りある地域と、実りの少ない地域との差が歴然とする。たとえ国土豊かなオリシヲンといえども、全ての土地が豊かな実りの色彩にあふれるわけではない。

実りの少ない場所に住む者は、寒い季節を少ない実りで越えることに不安を覚える。もちろん飢えて死ぬ者がないように、国が制度を整え、物資も支援されるのだが、オリシヲンの民は比較的贅沢を好む傾向にあるため、贅沢ができなくなることに不満を覚えることもしばしばある。

「自分たちの土地には実りがないのに、隣の土地はあんなに実って……」と、燻《くすぶ》る不満はやがて怒りへ成長し、理性の働かない行動をしてしまう。

その行動というのはつまり、実りある土地から作物を盗んだり、腹いせに枯らしたり、腐らせたりすることだ。それを取り締まり、国に措置を取るようにと進言するのが、軍の役目の一つ。すなわち、軍を指揮する立場にあるシモンの役目というわけだ。

だが、この時期にはまだそういったことはなく、実りの多い土地と実りの少ない土地の報告を受け、事前に国王陛下の側近や文官らが措置を考える時期。それゆえ、シモンはこれからの忙しい時期に備え、一年を通して唯一休むことのできるこの時期に体調を万全に整えておく必要があるのだが……

そんな貴重な休みの期間でさえ、未来ある若人の姿を見るのに費やすというのだから、本当に感心する。

「……エリスって、こういうことに限ってはほんとに鈍いというか何というか」

「なんだ、違うのか？　違うのなら、そう言えばいい」

ルーベンは首の裏を掻《か》いた。

「いや、まあ若人を見にきたっていうのは正解だし、今日シモンが休みだったのは確かだけど……」

ルーベンがモゴモゴと呟くと、今まで僕たちの会話を無言で聞いていたノアが、ふいに顔をあげて僕の服の裾を掴んだ。

「エリス、試合終わった。次俺らだろ？」

「ああ、そうか。それじゃあルーベン、僕行ってくるから」

「……うん。シモンと一緒に応援しているよ」

頷いて返事をすると、木剣《ぼっけん》を握りしめる。

ルーベンが何を呟いていたのか考える暇などなかった。

これから、僕の第一試合が始まる。

さすがに他の事に気を取られながら戦うのは不可能だ。ルーベンの態度に対する思考を無理やり振り払って、視界に映った試合相手に意識を集中させる。

――さあ、目の前に立つこの巌《いわ》のような大男を、どうやって倒したものだろうか。

◆

一試合目。剣技大会のために備えられた円形の舞台。それらが五つほどあって、各々が対戦相手と戦っていた。

僕の目の前には、巌《いわ》のような大男。その手の木剣《ぼっけん》が、棒きれに見えるほどの巨躯。彼の目は切れ長で、金の髪はそよぐ風に靡《なび》かぬほど短い。

「最悪だな……」

僕は今日、運の女神に見放されたのだろうか。

この男は確か軍関係者の息子で、去年の剣技大会で三位に入賞した奴だ。歳は十七。あのガタイの大きさで小回りは利かないが、一度打ち合ったが最後、その力の強さの前にひれ伏すことは明々白々。つまり、打ち合いになってしまえば僕に勝ち目はない。

だが、打ち合わずにどうやって勝てというのか。

まさか、俊敏性を活かしてあの男の股間の下に潜り込み、その金玉を剣で薙ぎ払えとでもいうのか。それとも蹴りをお見舞いして、玉を潰すとか？

いかん、金玉を利用して勝つ手しか頭に浮かばなくなっている。それはさすがに駄目なような気がするのだ。

この大会での勝ちの基準はぼやけたもので、どこまでやっていいのかが分からない。

相手の剣を落とす。相手の動きを封じる。それさえすれば勝ち。もちろん、危ない状況になれば審判が止めに入る。これが、剣技大会の大まかな仕組みだ。

剣さえ落とさなければ、体術を使ってはいけないこともない。だが、少なくともこの男を相手に、体術を使うなんて愚行はできまい。それは、金属の盾を素手で殴って粉砕しようと試みるくらい無謀なことだ。

「かの有名な小悪魔令息とやらか……相手にならんな。そんな細腕で何ができるというのだ」

大男は、明確に煽《あお》っている。

僕はそんな幼稚な煽《あお》りに乗せられるほど子供ではない……こともなかった。

「相手にならないかどうかは、戦ってから決めたらどうなんだ、クソ野郎」

「あんだと。もう一回言ってみろ！」

「お前みたいな無礼な奴に、なぜこの僕が同じ言葉を繰り返してやらないといけないんだ」

「……舐め腐りやがって。試合が始まったら速攻ぶちのめしてやる」

どうやらこの大男――名前は確かデボン――は、煽《あお》ることには慣れているのに、煽《あお》られるのには慣れていないらしい。当然か。これだけ強そうだったら誰も煽《あお》ったりなんかしないだろう。

デボンの顔は、試合前なのに既に興奮と怒りで真っ赤に染まっている。とっさに頭にきて煽《あお》り返したことを後悔しそうになったところで、一つ、良いことを思いついた。

このまま言葉で煽《あお》り続けて、相手の動きを乱せば勝てるかもしれない。これが、金玉を蹴る以外で、僕がこの男に勝てる唯一の方法になるのではなかろうか。

「……よし、いいぞ。ぶちのめされる前にぶちのめしてやる。お前みたいな奴を倒せたらさぞ気持ちいいだろうな」

デボンは一層顔を赤くした。頭から噴火しそうな勢いである。

互いの剣を交差させ、開始の合図を待つ。

一瞬、緊張で心臓が縮み上がる。

――平気にならなくていい。人に剣先を向けることに怯えてもいい。緊張してもいい。

何度も自分にそう言い聞かせながら、この三か月鍛練に励んだ。この不安定な心と向き合いながら剣を扱うことに、せめて慣れることができるように。

残念ながら完璧に慣れるまではいかなかったが、できることはやったと言い切れる。

あとは中途半端な戦いはしないこと。実力を出し切ることが、この試合で僕ができるはずのことだ。

そんな風に、僕が精神統一している一方で、デボンは「そのお綺麗な面に唾を吐きかけてやりたい」と暴言を吐きながら、僕を睨みつけている。

睨み合って数秒。

「試合、開始！」

僕はすぐに剣を払い、デボンから距離をとった。ここで打ちあえばすぐに負ける。悔しいがまずは引かなければならなかった。

「なんだ、強気だったわりに弱腰じゃないか」

こんな風に油断しそうになっている時が一番危険だということを、この男は知らないのだろうか。案の定、自分の力への過信からか、足元ががら空きになっている。

力任せに勝とうとする奴だから、わざわざ隙を作らせなくても、隙ができていた。

攻撃に転じる。

剣の切っ先を払い走って、奴の足元でもう一度剣を払うと、案の定デボンは「ぐっ……」と呻《うめ》いて、後退《あとずさ》った。

「お前こそ、弱腰なんじゃないのか？　身体はでかいのに、肝は随分と……小さいらしい」

挑発することも忘れずに鼻で笑いながら言ってのけると、デボンは木剣《ぼっけん》を握る手に血管が浮き上がるほど力を込めた。顔はより赤みを増し、わなわなと肩を震わせている。

「このクソガキ」

「僕より年下の癖して、クソガキだと？　ならお前は何になる？　クソ以下ということか――」

言い終える前に、デボンは大きな歩幅で一歩を踏み出し、ものすごい速さで剣を振り下ろした。

これは受け止めきれない！

姿勢を低くして、その一撃を避ける。するとすぐに次の攻撃がくる。それも避ける。それが一、二、三と続く。

「おらおらおら、どうしたよお！　さっきまであんなに強気だったのにもうへばってんのか、ええ!?」

ここは耐えるべきところだ。僕が煽《あお》られている場合ではない。

体力不足を自覚してからは、体力の強化に力を入れたが、それでも本番と練習では体力の消耗が著しく変わる。

四撃目。これも避ける。

五撃目。これもかろうじて避ける。

六撃目。デボンは疲れてきたのか、額から汗が噴き出していた。

「……そろそろ、崩れろやあ！」

叫ぶと同時に、ようやくデボンの足元がぐらついた。姿勢を低くして、かろうじて振り下ろされた七撃目を躱《かわ》し、崩れたデボンの姿勢を立て直させないように、剣を払う。

「ぐっ！」

僕の剣を避けたデボンの身体が後ろへ大きく傾いだ。喉元が晒される。間髪容《い》れず、その喉元に木剣《ぼっけん》を押し当てると、デボンの身体はついに地に、仰向けになった。木剣《ぼっけん》が乾いた音を立てて彼の手から落ちる。

とっさに木剣《ぼっけん》を握り直そうとデボンの腕が伸びる。だがその手が木剣《ぼっけん》を拾う前に、僕はデボンの手首に剣を振り下ろし、寸止めにした。

「……っ」

デボンは呻《うめ》いて、諦めたように右手をぐったりと下ろした。

「勝者、エリス・ヴァレヌヴェルチェ！」

審判が声をあげた途端、場内に歓声があふれた。

「くそっ！　くそっ！　くそおぉぉおおお！」

デボンの悔しがる声は、轟《とどろ》く歓声に掻《か》き消される。

勝った、と自覚すると同時に剣を放すと、たちまち手が震えだした。

勝つことができて嬉しいと思うと同時に、やはり剣を人に向けるのは尋常ではない精神力が必要なのだと改めて思い知らされた。勝たなければならないと思えばなおのこと、押し寄せる緊張は計り知れない。

これをあと何度繰り返せばいいのか。震える手を見つめながら、僕はほんの少し途方に暮れた。

◆

次の試合が始まるまでの時間。一人で控えのためのテントへ向かおうとすると、満面の笑みを浮かべたノアが「エリス～!!」と元気よく走り寄ってきた。

「ノア。その表情から察するに勝ったんだな……よかったよ」

「おうよ！　エリスと鍛練しといてよかったぜ。何もしてなかったら絶対に負けてた」

「それはよかった。それで、お前の出番は次いつだ？」

「今やってる試合が終わったらまた呼ばれるって」

「そうか」

「それで、エリスは試合どうだったんだ？　勝ったのは知ってるけどさ。相手はどんなんだったんだ？」

「身体が大きくて、力の強い奴だった。……すまない、ちょっと良いたとえが浮かばないんだが」

「いや、大体分かった！　で、そんな奴にどうやって勝ったんだ？」

「本格的に剣で打ち合ったわけじゃない。簡単に言うと、打ってきたのを躱《かわ》して、大きな隙ができたところを攻撃して終わった気がする」

　試合中のことは、断片的にしか覚えていないため、僕の説明が正確かどうか、定かではない。案の定、僕の自信のない答えに、ノアは首を傾げた。

「なあ、エリス、もっと詳しく――」

　と、ノアが言いかけたところで、誰かが僕の肩を叩いた。

「……エリス、さん」

「フェネル！　今日は来られるか分からないって言ってなかったか？」

　振り返ると、そこには線の細い美貌の男がいて、彼は気まずそうに視線を僕の顔の上に滑らせ、最終的にはあらぬ方向を見つめ始めた。フェネルが見ている方向を振り返るが、そこには何もない。

彼は今日、用事があると言っていた。

ちなみにレオンは「女の子とデートがあるから」という理由で来ていない。フェネルも来ないものだとばかり思っていた。

「……用事がなくなって、それで来てしまいました」

「そうか！　ありがとう、来てくれて。嬉しいよ」

「いえ」

相変わらず、短い言葉しか発さないが、その表情から嬉しそうなことが分かる。フェネルは剣が大好きだから、剣技の大会を見ているとやっぱり楽しいのかもしれない。

「僕とノアは一回戦に勝つことができたよ」

「勝ったぞー！」

ノアが僕の肩に手を置いてフェネルに笑顔を向ける。

フェネルは心底ホッとしたように、胸に手を当てた。

「それは……良かった」

「フェネルが丁寧に教えてくれたからだな」

「うんうん！　レオンさん一人だったら、こう上手くはいかなかったぜ！」

レオンは教えるのが下手なわけでも、雑なわけでもなかったが、別のところに気を取られる頻度がものすごく多かった。

鍛練中、何も言わずにどこかへ行ってしまい、しばらく帰ってこなかった時もある。その目的は推測するまでもなく女性を口説《くど》くことだった。

その時にはフェネルがいつも二人いっぺんに丁寧に教えてくれたから、こうして自信を持って僕たちは戦えるというわけだ。感謝してもしきれない。

「ありがとう、フェネル」

改めてお礼を言うと、フェネルは照れ臭そうにはにかんだ。

その時、テントの裏手から、重いものがテントとこすれ合うような音がした。

気になって、耳を澄ますと、数人の男たちの静かながらも、陰湿さをまとった声が聞こえてくる。

僕たちは顔を見合わせて、テントには入らずに、そのまま迂回して裏手へ走り、何が起こっているのかこっそりと様子を窺《うかが》った。

「なあ、頼むよ」

その一言が聞こえてきただけで、その場の状況が大体どんなものなのか分かった。

予想した通り、覗き見た先には一人の弱そうな男と、二人の屈強ないかにも軍関係者の息子であると分かる男たちがいる。この状況を見て、誰もこの三人の仲が極めて良いとは思うまい。

ヒョロヒョロとした弱そうな男は何も言わずに顔を俯《うつむ》かせたまま、屈強な男二人から肩に腕を回されて動けないでいる。

「別に返さないって言ってるわけじゃねえんだ。その腰につけてるそれ……高価なもんだろう？　安心しろよ。俺が今日の試合に勝って、将軍閣下に認められたら、親父からたんまりと褒美が出るんだ。それを少し分けてやるよ。だから、なあ、今だけそれを貸せよ」

二人の内の一人。そこそこ端整な顔立ちの身体の大きな男のほうが「なあ、分かってくれるよな？」と明らかに脅す口調で、怯えながら背中を丸める男の胸倉を掴んだ。

今時、あんな馬鹿みたいな脅しをする奴もいるのか。おそらく、この男は審判を買収しようとしているのだろう。

あるいは対戦相手に、奪った高価なものとやらを渡して、勝たせてもらおうとしているのか。

どちらにしろ、碌《ろく》な理由ではなさそうである。

「……これは……駄目」

意外にも断固とした態度を示されてイラついたのか、身体の大きな男が、背を丸めた男の頭に一発喰らわせようとして腕を引いた。

「おい、ちょっと待て！　そこの大きなお前！」

男は僕の声に驚いて、引いた腕をさっと下ろした。僕は怯える男の前に立ち、二人組の男たちからその姿を遮る。

「こいつに何か用か？　僕の友達なんだけど」

本当は全く友達などではないし、何なら顔も名前も知らない赤の他人だが。それは言わない。

「……お前……いや、あなたは」

気持ちの悪い笑みを浮かべながら見つめる男は、あきらかに僕のことを知っているようだった。

どうせ、僕に関わる可笑《おか》しな呼び名だとか、下世話な噂だとか、ろくでもないことを知っているだけだろう。案の定、男は身を引くどころか一層下卑《げび》た笑みを滲《にじ》ませて、僕の顔面を凝視《ぎょうし》してくる。

「へえ……噂通り、お綺麗な顔をしていますね。本当に男ですか？」

口調こそ丁寧に直したものの、問いかけ自体は失礼極まりないものだった。

「ああ、男だ。それで？　僕の質問にお前はまだ答えていない。こいつに何か用なのか？」

「いや……ああ、そうですよ。困っていたんです。こいつが俺の落としたその宝石を拾った癖に返さないから、それで」

男が言いかけた時、背後にいた男が「これは僕のだ」と呟いたのが聞こえた。否定できるのなら、僕が庇《かば》っていない時にしてくれ。

ほら見ろ、この男の真っ赤な顔を。

正直いつ殴られるか分かったものではない。

「……おい、嘘つくなよ」

真っ赤な顔の男の横に立っていた陰険な雰囲気をまとう男が、睨みつけてくる。

いかにも虎の威を借る狐らしい顔つきをしている。

「嘘、ついてない」

僕の背中ごしに男が否定した瞬間、顔を赤くした男は怒りに任せて筋肉で盛り上がる腕を伸ばしてきた。

「……エリスっ！」

ノアの声にとっさに動いたのは手ではなく、足だった。男の股の間にちょうどあった右足を振り上げる。もちろん右足の行き着く先は男の大事な大事な金の玉であった。

今は正式な試合中ではない。勝ちの体裁を気にする必要はなかった。

「うぎゃあぁぁああああああ！」

情けない悲鳴があがる。それでも振り下ろされた拳を僕は避けきることができなかった。

左頬に流れていく拳。勢いよく硬いものにぶち当たったような衝撃。

受けてなお何とか耐えて、踏みとどまる。

足元で大男が股間を押さえ悶絶する様に、思わず笑いたくなった。だが、できなかった。口の中に錆《さ》びた匂いが充満する。血の味だ。口の中が切れたらしい。

「……っ！」

唾と共に血を吐き出して見せると、陰険な顔つきの男はビビってしまったのか、地面でのたうちまわる男を置いてどこかへ行ってしまった。

なんて情けない奴なんだ。せめてこの股間を押さえている情けない奴を担いで逃げてやれよ。

「おい、エリス！　大丈夫か！」

走り寄ってきたノアの顔は真っ青だった。

「大丈夫だ。……それより、お前は大丈夫なのか？」

背後を振り返って問いかけると、背中を丸めていた男は「ありがとうございます」と小さな声ながらも丁寧にお辞儀をした。

「大事な許嫁《いいなずけ》からの贈り物だったのです……本当に助かりました。あの、今、急いで先生を呼びに」

そう言って、男が駆け出そうとする。

「いや、そんなことしなくていい。大したことないよ」

だが、立ち上がろうとすると、左足首がわずかに痛んだ。

どうやら股間を蹴り上げて踏ん張った時に、小石で姿勢を崩してしまったらしい。だから本来避けきれるはずだった拳を受けてしまったのか。

「エリス、さん。足を」

心配そうに足を見ようとするフェネルの声を遮って、僕は苦し紛れに笑う。

「血、吐いたらすっきりした。もう緊張も吹っ飛んだし、第二試合は余裕で勝てる、はずだ」

「エリス、お前次の試合……」

ノアが言いかけた時、「エリスの姿を見なかったか」と僕を捜す声が聞こえてきた。

第二試合のために呼びに来たんだろう。心配そうに見つめるノアとフェネルの視線を遮って、僕は「ここに！」と大きく声を張り上げて答える。

「エリス、駄目だ。ちゃんとその頬を冷やさないと」

「第二試合が終わってからな」

「エリス！」

「あまり大袈裟に声をあげるな。これくらい本当に、大したことはない」

そう言ってもなお心配そうなノアをこの短時間で説得するのは無理だと諦める。僕は呼び止めるノアとフェネルの声を無視して、案内に来た人間の後について第二試合へ向かった。

やり通すと決めたことはやる。

それに今日はシモンが見に来ているんだ。わざわざルーベンを通して、期待しているとまで言ってくれた。

失望なんて絶対にさせたくない。

二試合目。僕の目の前に立ったのは普通の男だった。

顔は前髪で隠れて見えないが、その体型や雰囲気は普通も普通。先の巨漢のインパクトが強かったせいか、どうにも目の前の男が普通に見えてならない。

だが、僕は知っている。この男は、デボンよりさらに厄介な人間だということを。

『ねえ、エリス様のお相手って』

『ええ、確かそのはずよ』

こんなに不運なことがあるだろうか。よく知りもしない人間を助けて、殴られて足を挫《くじ》いてしまうのは、仕方がない。それは自分が決めたことの結果として起きたことなのだから、あまんじて受け入れる。

だが、どうして僕は二試合目にしてこんな奴と戦う羽目になるんだ！

『あの方って確か、去年優勝なさったという……。案外普通の方ね。お名前は何だったかしら？』

『あなた、第一試合を見ていらっしゃらなかったの？　普通なんて失礼よ』

『お名前は、クレイ様だったと思うけど……本当に地味ね。エリス様と並ぶと本当に地味だわ』

令嬢たちから散々、地味だと言われているこの男こそ、去年の優勝者、クレイ・アシェリーロだった。

詳しくは知らないが去年の試合では軍関係者を唸《うな》らせるほどの素晴らしい剣技を見せ、一部令嬢方を熱狂させたという、あの。

度重なる不運の連続。第一試合の勝利に慢心する暇もない。

「あの、その顔どうしたんですか？　少し赤くなっていますよ」

向こうから声をかけられるとは思わず、一瞬言葉に詰まった。

鏡なんて見る暇がなかったから、自分の顔がどうなっているのか全然分からない。だが触った限りでは、まだ腫れている様子はなかった。クレイから見ても少し赤くなっている程度だということは、観客席からは僕の顔がどんなだかは見えないだろう。

幸い、脚のほうの怪我にはクレイも、誰も気づいていない。

さて、しかし……何と答えたものか。

ここで殴られたと言うのは心配してほしいみたいで、厚かましい気がする。

「……転んでしまっただけだよ」

「手加減しましょうか？」

「痛みはないから、必要ない。気を遣ってくれたことには感謝するよ。ありがとう」

我ながら苦しいが、今は気の利いたことを言う余裕がない。

「分かりました、では全力でいきますね。……いつも遠くから見ていましたけど、女性たちがあなたを慕う気持ちがよく分かりました。本当に美しいですね」

そこで言葉が途切れたのは、互いに意図したわけではないと思う。ただ、会話の流れ的にこれ以上話すことなんてなかっただけ。

互いの剣を交差させ、試合開始の合図を待つ間、吹く風がよそよそしく耳を撫でる。うっすらと冷気をまとう風はやがて通り過ぎ、肌が痛くなるほどの静寂が落ちた。

「試合、開始！」

審判の声が鼓膜を震わせた瞬間。

僕が木剣《ぼっけん》を払う前に、クレイは仕掛けてきた。

「……っ！」

息を呑む暇すらない。

迫りくる剣を受け止め、なるべく左足に負担をかけぬよう、右足で踏ん張る。その代わりに口は堅固さをなくして、節操なく開いた。

「くそ、馬鹿力だな！」

思わず呻《うめ》き睨みつけると、クレイは前髪を吹く風になびかせて、その顔面を露わにした。

青白く、どことなく儚げな顔。

簡潔に表現するならば『薄幸そうな美少年』である。

フェネルはどちらかと言うと怜悧《れいり》な印象を受けるが、クレイには怜悧《れいり》という印象はない。強烈な容貌《ようぼう》ではないのに、その目に宿るのは苛烈なまでの勝利への執着だろうか。

目だけが異様に浮いて見える。それが恐ろしい。

「あなたは、意外と口が悪いんですね。上品なお顔をしていらっしゃるのに」

「……っ！」

左足に鋭い痛みが走った。

だが、バレるわけにはいかない。試合に出ると決めた以上、負傷していると相手が察してしまった時点で僕の負けだ。相手の良心につけこんで勝っても意味はないのだから。

心臓が二重にバクバクと早鐘を打った。

緊張も、不安も、悟られるわけにはいかない。

「くそ、本当に……馬鹿みたいに強い」

軽口を叩くと、心拍が少し落ち着いた。

剣を何度か打ち合って互いに距離を取る。

どうやら、試合をすぐに終わらせる気はないらしい。クレイは余裕の笑みを口元に浮かべながら、木剣《ぼっけん》をまるで歴戦の英雄が血を散らすように払った。

「……見た目にそぐわず、なかなか荒い言葉遣いですね」

「もっと上品に喋れとよく言われる」

答えた瞬間、クレイは凄まじい速さで僕の胸元に迫った。

なんて速さだろう。僕の動きを遥かに上回っている。本当に恐ろしく強い。去年十六歳で、すでに十七歳から十八歳までの猛者《もさ》を倒しているのだから当たり前だが。

それにしたってこの度胸は一体どこで身につけたんだ？

鼻先まで迫った剣を何とか迎え撃つ。

衝撃で両腕に痺れるような感覚が走った。

このままでは確実に押し負ける。意地でも体勢を整えなければならない。だが、クレイだってそれくらいのことは百も承知だ。全く隙を与えてくれない。

こうなったら、一か八か。これが成功しなかった場合、僕は確実に負ける。

だけど、ここで勝負しなかった場合の僕の勝率はないに等しい……というか、ない。

心の奥底で『負けても仕方がないのではないか』と考えている自分がいる。なんてかっこ悪い。情けない。ここで勝負しなかったら、本当に男が廃《すた》ってしまう。

「……っは」

「っ……！」

クレイの押し返す力が強まった瞬間。力を抜き、自らの体勢を崩す。ここで倒れたら負けだ。

「っ……」

左足の痛みを堪えて、腰を低くし、クレイの顎下を狙って剣先を払い、ここで一気に畳みかける！

そう、意気込んだ時には、すでに右手から木剣《ぼっけん》の感触が消えていた。

負けたのだ。と頭が理解するのに数秒。

しかし、遠くで鳴ったのは僕の木剣《ぼっけん》が飛んで落ちただけの音ではなかった。とっさにクレイの右手を見ると、そこにも木剣《ぼっけん》がない。

瞬時に理解する。崩れた体勢のまま僕の剣を受け止めたせいで、クレイの剣も飛んだのだ。つまり、今のところは引き分け。

この場合、先に剣を取って、攻撃に転じたほうが勝ちだ！

立ち上がろうとした――だが、できなかった。

左足が動いてくれない。かろうじて右足で立つが、膝が頽《くずお》れる。怪我のせいというよりも、先に頭が『負けた』と判断してしまったせいで、身体の力が抜けてしまったのだろう。

「くそ！　早く動きやがれ！」

口はこんなにも汚く動くというのに。

「僕の勝ちですね」

気づいた時には、僕の喉元にはすでに木剣《ぼっけん》の切っ先があった。

――僕の負けだ。

「勝者、クレイ・アシェリーロ！」

虚しく審判の声が響くと場内に雄々しい歓声が轟《とどろ》いた。

今やっとデボンの気持ちが分かった。負けた時のこのクソったれな気分をどうやって鎮めればいいのか。

自分への怒り、勝利への渇望、勝者への嫉妬。色んなものが綯《な》い交ぜになる。

加えて無様にも僕は今自分で立てなくなっていた。せめてここは立ち上がって平然としているべきだというのに。

口からまた汚い言葉が出そうになった時。ふいに身体が宙に浮いた。

「…………は？」

「俺を心配させるな、と伝えたはずだが？」

一瞬、その声の主が誰か、脳が理解することを拒んだ。別にその声が嫌だったわけじゃない。ただその声の主――シモンが、今僕をどんな風に持ち上げているのか、理解できなかった。

衝撃を受けて、思考がこんがらがった。

「おい、ちょっと待てシモン！　なんで！」

なんで、僕は抱っこされているんだ？

お姫様抱っこでも、ましておぶわれているでもない。これは紛れもなく、幼い頃両親や姉にされたような、いわゆる『抱っこ』である。

シモンと触れ合えて嬉しい……って今はそんな場合ではない。

こんな大勢の前でこの男は一体何を考えているんだ！

「は、離せ、シモン……僕を子供扱いするんじゃない！」

「なら、じっとして」

「い……」

嫌だ。と言おうとしたのだが、シモンの眼差しがあまりにも真剣そのものだったから、二の句が継げなくなってしまった。

周囲の声がざわざわと揺れる中で、額に汗をかいた数人の大人――教師たちが駆けつけてくる。その中にはこの学園に常駐している医者の姿もあった。医者の証である瑪瑙《めのう》の首飾りが遠目にも煌《きら》めいている。

「おい、なんでこんな大事《おおごと》にしたんだ」

僕の呟きに、シモンは悟ったように一言「俺にとってあなたの左足とその頬は、なにものよりも大事だからだ」と、僕の背中を撫でた。

こんなに大勢が来ては、僕が怪我したことが皆にバレてしまうではないか。するとクレイが僕に勝ったのは、僕が怪我をしていたからだと言う者が出てきてしまうではないか。

それは違う。怪我をしたのも、負けたのも全部僕の実力だ。短絡的な思考に陥らず、己の怪我の具合を見て出場を辞退すべきだった。しても遅い後悔をしても仕方がない。頭の中では分かっているのに、体力が削られたからか、なかなか思考の切り替えが上手くいかない。

「そういじけるな。……彼のことが気になるなら、俺が埋め合わせをしておこう」

「埋め合わせって……」

「今は自分の心配をしなさい。もっとしっかりと俺の首に腕を回して」

これ以上何か言ったとして、シモンは同じ言葉を繰り返すだけだろう。

仕方なく言われるがまま、彼の首に腕を回す。

いつもならここで反発するのだが、今日はそんな元気はなかった。

負けた余韻だろうか、悔しさからか、シモンに身を委《ゆだ》ねると決めた途端に、泣きたくなる。

シモンの優しい温もりが、負けた悔しさに喘ぐ心が、身体の温度を上げる。涙がこぼれないように、思わずシモンの胸元に顔を押しつけると、彼の優しい吐息が首筋にかかった。

「よく、頑張ったな」

初めて会った時のように、背中を優しく叩かれる。

「……別に、頑張ってない」

「あなたは本当に素直じゃないな」

「素直じゃなくて何が悪いってんだ」

「……素直じゃないあなたも俺は好きだよ。だけど、たまには素直なあなたも見てみたいかな。もちろん、無理にとは言わないけれど」

「……っ」

今、シモンがさりげなく僕のことを『好き』だと言った。

それはたぶん僕の求めている『好き』ではないけれど、それでもその言葉がなにものにも代えがたく嬉しいと、こんな時だというのに心が歓喜に震える。

だけど「素直なあなたが見てみたい」と言われて急に素直になれるほど僕はまっすぐな性分ではなかった。だからせめて、シモンの首に回した腕の力を強めて、耳元に唇を寄せる。これが今の僕にできる精一杯だった。

「……疲れた。早く休みたい」

耳元で囁《ささや》くと、彼は「おつかれさま」と労わりを込めて、かすかに笑った。

医務室に運ばれ一息つくと、試合の途中では鈍痛だった痛みが、さらに強くなった。

自分が思う以上に、足のほうはひどい挫《くじ》き方をしてしまったらしい。

改めて渡された鏡を見ると、頬のほうはまだ腫れてはいないものの、想像以上に赤くなっていた。

これでしばらくは、寮か、侯爵家の邸宅で療養ということになるだろう。

「……それで、一体何があったんだ」

医者が去って、様子を見に来てくれたノアやフェネル、カトレアを含む令嬢たちが去り、シモンだけがその場に残る。というのも、一通りの治療が済んだ後、何があったのか問い詰めようとしてくる教師たちを体よく部屋から追い出して、「二人で話そう」と改めて彼が提案してくれたのだ。

ぎゃんぎゃんと喧《やかま》しい教師たちがいたのでは休めないと気遣ってくれたのだろう。

寝台で上半身だけを起こす僕の視線に合わせるように、シモンはあらかじめ用意された椅子に腰かけた。

「絡まれている奴がいたんだ。それで僕が間に入って足を捻った。それだけだ」

シモンは僕の言葉を聞いて、大体のことを察したのだろう。深い溜息を吐いた。

「思考する前に、身体を先に動かす癖をどうにかしなさい。あなたのその勇ましいところは尊敬に値するところだが……」

シモンはそこで言葉を区切り、それきり何も言わなくなってしまった。

何を言おうか考えているのではなく、むしろ怯えているような複雑な表情をして、すぐに顔を俯《うつむ》かせてしまった。

「シモン？」

名前を呼ぶと、彼は表情を改めて、僕と目を合わせ、真剣な表情で口を開く。

「人を助けることをとやかく言うつもりはないが。怪我をしたのなら、試合に出るような無茶をするんじゃない」

「……はい」

反省を表わすために俯《うつむ》くと、頭を大きな手が撫でた。

「全く……少しの間席を外して戻ったら、あなたが立てなくなっていて……心臓が止まるかと思ったよ」

「え、試合見てなかったのか」

思わず情けない声で聞くと、彼は申し訳なさそうに眉尻を下げた。

「王都から機密情報を携えた早馬が来てね。人前で使者に報告させるわけにはいかないから、一度テントを辞していたんだ」

それは……仕方のないことである。責められるものではない。

諦めて短く息を吐くと、頭を撫でる手が離れた。

「……それで？　一体どうしてこんなことをした」

問われても、僕はすぐに答えることができなかった。いつもならもう少し頭が回るのだが、今日は相当疲れているらしい。上手い理由が見つけられなかったから、黙るしかなかった。

「どうした、なぜ黙る」

「……僕がどんな理由で頑張ろうと勝手じゃないか。なんでわざわざお前に言わないといけないんだ」

「俺には言えない理由でもあるのかい」

ああ、あるとも。シモンにだけは言えないに決まっているじゃないか。

お前に失望されたくなくて、頑張りたかったとは死んでも言えない。

「ある。だから言わない」

はっきり告げると、シモンは一瞬目を見開いて、僕から視線を外すとわずかに息を吐いた。

「分かった。それなら無理には聞かないが……。今後こういうことがあったら、真っ先に怪我の治療を優先しなさい」

「うん」

「今回暴力を振るった生徒を見つけ出して厳罰を下すように進言しておこう」

「シモンが進言するのか？」

「何か問題が？」

「いや、問題はないけど」

国の要とも言われる大将軍から「厳罰に処すように」と進言される教師の心痛はいかばかりか。

どれほど重い罰にすればいいのか。いっそ退学させるのがいいのか。可哀相にそんなことを何度も審議しなければならないのか。

　だが、今回はあえてそうしてもらおう。さすがにこんな怪我までさせられて、庇《かば》ってやれるほど僕はお人好しではない。

「じゃあ、任せるから」

「ああ……」

　シモンは頷いて、優しく微笑みながら、僕の頭を再び優しく撫でた。

「……おつかれさま。今日はよく頑張ったね」

「何度も言ってるんだけど。僕、もう子供じゃない」

「ああ、よく知っているよ……」

　気のせいではなかった。

　シモンはやっぱりどこか寂しそうな顔をしていた。僕が子供じゃなくなって寂しいのだろうか。

　それは……少しありえるのかもしれない。

　シモンとは何だかんだ、僕が小さい頃からの付き合いだ。付き合いの期間と僕の子供の頃の期間はほぼほぼ被っていると言っても過言ではない。

　それに幼い頃の僕は、今と比べたらまだ素直なほうだった。シモンに抱き上げられることに反発はしなかったし、父に連れられて王宮へ行った時には「遊べ」「抱っこしろ」「撫でろ」と何度もせがんだ。それが今や、こんなに生意気になったのだから。

　それは寂しくも感じるだろう。

「僕が子供じゃなくなったから、寂しいか？」

意地悪く問いかけると、彼は悩ましげな様子で答えた。

「ああ、寂しいな」

その言葉に他意はないだろうが。心臓がほんの少し強く脈打つ。

「……子供の頃の僕のほうがいい？」

「今も昔も、あなたならそれでいい。ただ、昔のように『抱っこ』とせがまれなくなったのは悲しいかな」

「なに、それ」

今度は僕が苦笑を零す番だった。

疲れているせいだろうか。シモンを前にして、表情筋がいつもの数倍は緩くなっているような気がした。シモンは「本当のことだよ」と照れ臭そうに無精髭をなぞる。

なぜだろう。歳の離れた大人の男……しかも大将軍にこんなことを思うのは可笑《おか》しいことかもしれないが、そんな様子が愛くるしいと思う。

いつも僕ばかりが翻弄《ほんろう》されているから、この反応があまりにも新鮮で、もう少しだけ翻弄《ほんろう》してみたくなった。

「じゃあ、子供扱いしてもいいよ。……幸い、僕は今弱っているから、好きなようにすればいい」

そう言えば、シモンがもっと照れてくれると思った。

あまりに幼稚な考えだろうか。

でも別に本当に子供扱いしてほしかったわけではない。

だが予想に反して、シモンが驚くことはなく、動揺する素振りも見せなかった。

「そうか？　なら、そうさせてもらおうかな」

「え」

動揺してしまった僕に対して、今度は意地悪くシモンが笑った。彼は寝台に乗り上げると、僕の左足を労わりながら、背後に腰を降ろす。

背後から太い腕で身体を抱き寄せられると、優しいぬくもりが上半身を包み込む。痛みで強張《こわば》っていた身体がわずかに楽になった。

冗談で言ったのに。まさか本当にこんなことをするとは。

僕は夢でも見ているのか？　今のこの状況は、あまりに妄想臭くて、現実味がない。

「おい」

「なんだ」

「なんだじゃない。さっきのは……」

冗談だ。と言おうと思ったのだが、言えない。

今の状況が自分にとってあまりにも美味しすぎて言えなかった。心が「わー！」だの「きゃー！」だのと、騒がしく歓喜の声を挙げている。

夢にまで見たシモンの胸板が後頭部にある。このまま思い切り後頭部をぐりぐりしたいが、さすがにそれはできない。興奮を抑えるために短く息を吐くと、シモンの手が投げ出されていた僕の手を取って、優しく撫で始めた。

「な、何を、しているんでしょうか」

「好きなように、子供扱いをしているんだよ」

なるほど、これが子供扱い……いや、これは本当に子供扱いだろうか。

甘やかすような仕草に、特別な意図を感じるわけではないものの、きっとこの場面を誰かが見たら「二人は恋人同士なのか」と誤解を与えかねない状況であることには違いない。

「頬は痛くないか？　足は？」

「お、お前が近づいたくらいじゃ痛まない。でも、その、まさか……ここまでするとは思わなかった」

ため息交じりに呟くと、シモンは静かに笑った。落ち着き払ったその笑いに、胸が切なく疼く。

「あなたをこんな風に抱き込んでいる時が俺は一番安心する」

「……なにそれ、どういうこと？」

「幼い頃……いや今のあなたもそうだが。危うい人だから、本当はずっとこうして腕の中にいてもらいたいんだよ」

まずい、これは本当に夢なのかもしれない。だけど夢だったとしても夢がある。

だってこんな……僕に都合のいい言葉ばかりをシモンの素敵すぎる声で聞けるのだから。

シモンは僕の腹に腕を回して抱きしめ、首元に無精髭の生えた顎を乗せた。

「……くすぐったい」

「ん？」

「ん？　じゃない。お前の髭がくすぐったい。なんでちゃんと剃らないの？」

「剃ってもすぐに生えてきてしまうんだよ……それに、よく似合うだろう」

自信満々に言い切って首元から顎を離すと、シモンは僕の右手を取り、無精髭の生えた頬にすっと押し当てた。右の手のひらにジョリジョリとした不思議な感触。

少し視線を後ろへやると、間近には背後から覗き込むシモンの恐ろしく整った顔と色気の滲《にじ》む紫の瞳。

その瞳に僕の顔が小さく映っている。

そういえば今、僕の左頬は幅広のガーゼで覆われているのだった。

「あ、あまり見ないでほしいのだが」

「無理だな」

「じゃ、じゃあ、手を離して」

「嫌だ」

「嫌だじゃない。見るならもっと……こう、なんていうのか、美しい時にして」

「おや、なかなか言うようになったな。だけど、あなたは今も十分美しいよ」

聞き分けのないシモンに、僕はどうしていいのか分からない。

紫色の瞳を見ていると、自分の殴られた顔がどれだけひどいものなのかを思い出して、とてつもなくいたたまれなくなる。

「馬鹿野郎」

「なんとでも言ってくれ」

その答えが若干むかついたので、無精髭の生えた頬にあてがわれている右手を滑らせて、顎をくすぐってやった。背後にいる人間の顔を触っているから動きは鈍いが、それでも効果は絶大だったようである。

「……こら、やめなさい」

シモンはくすぐったそうに身を捻る。

そんな様子を可笑《おか》しく思って、しばらくくすぐっていると、僕の右手は再びシモンに取られてしまった。

「手が、小さいな」

艶然《えんぜん》と微笑んだシモンは、僕の右手を大きな右手で包むように被せて、僕の中指を何かいけないものを扱くような動作で、撫で始めた。

「……っ……」

「細い指だ」

「やめろ、馬鹿。お前、僕が子供の頃こんなことしてないだろ」

「ああ、そうだったな。あなたが子供の頃はよく耳に息をふきかけて遊んでいたね」

ふっと、生温い息を吹きかけられて、背筋がゾクゾクする。

「ん……っ」

変な声がこぼれてとっさに口を噤《つぐ》むと、シモンは面白そうに喉を鳴らす。腹を抱えていた手が離れて、僕の背筋をすっと撫でる。思わず身体を震わせた途端、耳元でまた甘く囁《ささや》かれる。

「っ……シ、シモン、ちょっとお前調子にのるな！」

「調子になどのっていない。必死なだけだよ」

必死なだけ。その言葉の意味を問いかねている間に、耳元にまた吐息がかかり「耳が敏感なのか……」と甘く蕩けるような言葉が耳の奥深くに流し込まれる。

「……っ……」

「あなたの耳は柔らかくて美味しそうだな。食べてみたい。いいかな？」

「だ……、……っ……だ、めだ……」

「どうしても？」

貞淑な乙女さえ節操なく欲情させてしまうであろう、低く腰に響く声音で問いかけられて、理性を崩さない者などいないだろう。

まして彼に対して重たい気持ちを抱える僕にとって、それは媚薬以上に理性を根こそぎ奪おうとする性質《たち》の悪い薬だ。注ぎ込まれた甘い問いかけが、血と共に体内を巡る。

「……っ……ぐ……ぅ……」

「ん？」

ああ、駄目だ。やっぱり……

この甘やかすような、問いかけるような、それでいて答えがもう分かっているかのような意地の悪い短い問いかけは、脳と腰によく響いて、欲求を押しとどめていた理性を決壊させるのに十分な威力を持つ。それをシモンは分かってやっているのだ。

ずるいと思う。だが、抗う選択肢など、僕にはない。

「……耳……す……少し、だけなら、ゆるし、てやる」

何を言ってんだ、馬鹿野郎。これでは僕がとんでもない変態だとばれてしまうではないか。

懸命に猫を被ろうとする自分が警告してくる。

だが背後から糸がピンと張った時のような「っ……」と緊張感のある音が、シモンの口からこぼれたのを僕の耳が拾うと、何もかもどうでも良くなった。

理性を奪われたのは僕だけではないと直感が告げたから。

「エリス……」

「……んあっ……」

名を呼んで、シモンが僕の右の耳たぶを甘く食《は》んだ。

耳元から粘着質な音と、いやらしく熱を帯びたシモンの息遣いがまた耳に流し込まれて、脳は蕩けきって、身体は足元から来る快感の波に身を委《ゆだ》ねようとしている。

僕の手に絡んだ彼の手に指を這わせると、その手も熱を帯びていることに気づいた。

シモンは僕の手の感触に気づいているのかいないのか、好きなようにさせてくれた。

脳がぼんやりとしてきて……もう何も、考えられない。

「は……っ……あなたの耳は柔らかくて、甘いような気がする」

「あ、……シモン……んん」

耳殻を舌で舐められる。

丁寧に撫でるように、時々強くこすりつけるように。淫靡な水音が鼓膜を打つ。耳の穴に舌が当然のように挿入されて、腰が恥ずかしげもなく揺れる。

ひどい羞恥心が襲ってきて、とっさに舐められていたほうの耳を塞ぐと、シモンは「まだだ」と呟いて、張りつけた手をゆっくりと引き離されて、また耳の穴を犯される。

興奮したようなシモンの手つき。

それでも、怪我をした足と頬には決して触れることなく、時折「痛くはないか」と問いかける。

今は痛みよりも、興奮が強すぎてよく分からない。

「……痛く、ない」

やめてほしくなくてそう答えたのだが、シモンは我に返りでもしたのか耳を舐めるのをやめると、一層僕の腰を強く抱き寄せて「すまない、少し待ってくれ」と何かに耐えるみたいに僕の首筋に顔を埋《うず》めた。

甘えているようなその仕草に胸を高鳴らせていると、ふいに腰のあたりに硬いものが当たっていることに気がついた。

「シモン？」

「……ん、ああ」

僕の視線を受け止めて、シモンは自らの下半身へと目を向ける。

すぐに理解した。僕の腰にあたっていたものが、何だったのか。

シモンは戸惑うような僕の視線を受けて、今まで見た中で一番官能的な笑みを浮かべた。

「……はしたなくて、すまない」

その笑みを見た途端、鼻の奥が異様に熱くなって、次の瞬間には視界が真っ赤に染まっていた。

「エリス!?」

衝撃を受けて揺れるシモンの声が耳に残る。

ああ、ついに、シモンの前で鼻血を出してしまった……

脳の唯一冷えた部分でそんなことを考えながら、僕はそのまま目を閉じて昇天した。本当に昇天したわけではないけれど、気持ち的には昇天したも同然の気分だった。

◆

僕は眠りについた状態で、療養先——侯爵領の邸宅に運ばれた、らしい。

らしいというのは、運ばれた記憶が全くなくて、父様から聞いた話だからだ。

幸い、怪我は大したこともないし、顔に傷も残らないとのこと。

学園では脅迫まがいの行為をした生徒は一時的な謹慎処分を言い渡され、のちに学園から退学処分が言い渡されるであろうことが伝えられた。

自分の傷がひどくないことは分かっていたけど、殴ってきた男たちに同情する気は微塵《みじん》もない。

それに正直言って、どうでもよかった。

そんなことよりも、悩ましいのは、シモンとの甘い逢瀬のことである。

あれは……夢か？　それとも妄想か？　あるいは白昼夢か。

あまりに現実感のない出来事で、僕は悩んだ。

『あなたの耳は柔らかくて美味しそうだな。食べてみたい。いいかな？』

思い出すのは、艶《つや》やかな水音と、共に響くシモンの甘い声。

寝台で本を読んでいる時、湯で身体を洗う時、食事をしている時でさえ、あの生々しい記憶が唐突に蘇《よみがえ》る。

ここのところ、父様と母様が心配するくらい、僕の挙動は急に可笑《おか》しくなることが増えていた。

背中をまさぐる手。熱い手のひら。絡む指。それらを思い出すたびに羞恥が込み上げてきて「わー！」と声をあげてその場にしゃがみ込む。それをたびたび繰り返していた。

このままでは、破廉恥《はれんち》なことばかり考えすぎて、堕落した人間になってしまう！

追い詰められた僕は、シモンに直接あの時の意図を聞こうとも考えた。

だが、剣技大会以降、シモンは任務のために地方を駆けまわっているらしい。見舞いに来てくれたレオンが教えてくれたので、さすがに仕事を邪魔するのは憚《はばか》られて、思い留まっている。

では、シモンに聞けないのなら、いっそのこと考えることをやめてしまおうか。

そんな投げやりなことも考えたのだが、そういう訳にはいかなかった。なにせ頭の中が砂糖を煮詰めているような状態で、何をしていても、していなくても、シモンに囁《ささや》かれた言葉を思い返しては悶絶してしまう。考えないなど到底無理な話だった。

「……だからって、自分一人で考えていてもどうにもならないんだけど……」

ぼんやりと呟いて、窓の外を眺める。

出窓のようになっているそこに腰かけながら、侯爵家自慢の花園を眺めていると、数回扉を叩く音がした。短く「どうぞ」と答える。入ってきたのはリディアだった。

「あら、エリス様。また、そんなところにお乗りになって……降りてくださいまし！」

リディアの顔があまりに恐ろしい形相なのですごすごと降りる。

「さあさ、頬と足の怪我を見ましょうね」

促されて寝台に腰かけると、リディアは満足げに笑って頬と足の怪我を見始めた。

「うん。随分と、治ってきましたね」

「ほんと？」

「はい、大丈夫そうですね。幸い、お顔に傷跡は残りませんでしたし。足もお綺麗なままです」

「足が綺麗ってなに？」

「エリス様は全てお綺麗ということです」

「……なら、よかったよ」

これなら、すぐに学園に戻れるのかもしれない。

「とにかく今は療養を」と言われ続けて、なるべく足に負荷のかかることはしないようにしているが、さすがにずっと屋敷の中にいるのは精神的に参る。

両親は心配症で、庭の散策をするにも少しの時間しか許してくれないし、リディアも例外ではない。

だから、僕は今もこうして大人しく自室で過ごしているわけだが、こんな風に部屋に籠って暇にしていると、どうしてもシモンのことばかり考えてしまう。

彼のことを考えている時間は確かに幸せだが、同じ場所に留まって同じ思考を繰り返すと、どんどん淀んでいきそうな気がして怖い。

だからとにかく忙しくしていたいのだが、屋敷の中では本を読む以外にやることがなくて、正直困っているところである。

「なあ、リディア。もうそろそろ一人で庭に出てもよくないか？」

「一人ではいけません。お庭を散策されるのなら、私を伴っていただきませんと。侯爵様よりあと数日はお一人で行動することは控えるようにと言われておられますでしょう？　ですので、もうしばらくは我慢なさいませ」

リディアは有無を言わさぬ笑顔でそう告げて寝室から出て行った。

「……はあ。学園に戻るのはもっと先になりそうだな」

思わず溜息が出る。

父様は温厚な人で、基本的に僕と姉様の行動を制限したりすることはない。だが僕たちが怪我や病になったりすると、彼は途端に過保護になってしまう。

子供の頃であればまだ納得できるが、あまりにも長い療養期間を申請されては、勉強の進みが遅れてしまうし、なにより残り少ない大切な学園生活の時間がなくなってしまう。加えて、せっかく剣の鍛練で体力をつけたのだから、その努力の成果を水の泡にしたくなかった。

「今夜にでも……父様にお願いしてみるか」

父様の渋る顔が目に浮かぶが、このままでは人として怠惰になってしまう。

晩餐で「せめてもう少し長く庭園を散策させてほしい」と頼んでみよう。そうと決めて僕は、今だけは大人しく寝台の上で横になることにした。


二週間と少しの後。僕は侯爵領から王都へ向かっていた。

学園に戻る前に、シモンとルーベンにお礼を言いに行くためだ。フェネルとレオンは何度か見舞いに来てくれたため、すでに礼は言い終えていた。

だが、彼ら……特にシモンとルーベンは王都に戻る時間すらなく、手紙を送ろうにも、手紙を送った翌日には別の場所に移ってしまう可能性が高いため手紙すらも送れない日々が続いた。

だが数日前、シモンとルーベンが王都に戻ったと知らされた。

各地は徐々に落ち着きを取り戻し、部下に警邏《けいら》を任せて王都へ戻り、地方を巡っている間に溜まった執務をする予定だ。と、リディアの顔を見たくて侯爵邸へやってくるレオンが教えてくれた。

僕が礼を言いたがっていると、レオンは二人に伝えていたらしく、今日なら都合がつきそうだだということで、僕はリディアと共に王都へ向かっていた。

シモンは息つく暇もないだろうに、レオンを経由して、容体を心配してくれた。だから直接「回復したぞ」と伝えたい。

だが、その前に一つ僕には心配事があった。

僕はまだシモンと顔を合わせた時に、どんな顔をすればいいのか決められていないのだ。

これが問題である。

僕がシモンに状況を説明して「どうしてあんなことをしたのか」と聞いたとする。もし現実であれば何も問題はない。その先の甘い展開を少しは期待してもいいと思う。

だが、問題は、夢や妄想だった場合だ。あまり考えたくはないが、白昼夢という可能性も捨てきれない。

もしそうであった場合「エリスは妄想癖のある変態だ」とシモンに思われてしまう可能性が高い。いや、シモンのことだから、そんなひどいことは思わないだろうが、少なくとも僕がシモンとの破《は》廉恥《れんち》な夢を見るくらいには欲求不満なのだと思われてしまう。

では、どうしたらいいのだ！

「ああ、駄目だ……。こういうことをうじうじ考えるのが嫌だから、直接聞きに行くんじゃないか。しっかりしろ、僕！」

「エ、エリス様。どうなさいました？」

急に大声をあげる僕に、付き添いとして来てくれたリディアが困惑ぎみに問いかけてくる。

「すまない、なんでもない」

とは言ったものの、やはり気は急《せ》いてしまう。

「今日は、馬車の進みがやけに遅くないか」

「いえ……いつもと変わりないと思いますが」

「……はあ、そう。そうか。ごめん。ちょっと可笑《おか》しくなっているんだ。気にしないでくれ」

「なにか、お急ぎのことでもあるのですか？」

「いや、ただ……この頭の中のもやもやを早く晴らしてしまいたいんだ。できれば今すぐに」

「……もしよろしければ、私がお聞きいたしましょうか？」

リディアに優しく話すように促されて、僕は迷った。

王都まではまだしばらく時間がかかる。今までずっと一人で抱え込んで解決することばかり考えていたが、他人の客観的な意見を聞くことで、考え方が変わるかもしれない。それに、少しくらいなら、気持ちが楽になるかもしれない。

そう思い、僕は内容を少しだけぼかして、リディアに相談することにした。

「……それじゃあ、リディア。相談に乗ってくれるか？　たとえばの話だけど。もしリディアに好きな男がいたとして、その男と、その……まあ、口づけをしたとするだろう？」

本当は口づけなどしていないが、さすがに耳を舐められたなんて具体的なことは言えない。

「は、はい」

「でも、リディアはその後すぐに気絶してしまうんだ。まあ、色々あってそうなったと思ってくれればいいんだけどさ。それでその後目が覚めて、好きな男と口づけしたのか、してないのか、よく分からなくなる。つまり夢と現実の境を彷徨《さまよ》っているような状況だ。こんな時に、どうして口づけをしたのか、その男に直接聞いてもいいものだと思うか？」

「……は、はあ」

全く訳が分からないという顔をしながらも、リディアは必死に考えてくれているようで、目を伏せて思案に耽《ふけ》っていた。しばらくして彼女は顔をあげると「その好きな人、とは恋人同士ではないのですか？」と問いかけてくる。

「ああ、すまない、説明が不足していたな。恋人同士じゃないよ」

「……なるほど。だとすると、私でしたら向こうが何か言ってくるまでは何も聞けないと思います。あなたと口づけをした？　なんて、恋人同士なら普通に聞けますけれど。ただ私が想っているだけの人なら、難しいですね。もし現実ではなくて、一方的な想いで見た夢だとしたら、向こうも気まずいかもしれません」

「……だよなあ」

「だよなあ、って。まさかエリス様にもついにお慕いする方が!?」

驚愕の表情を浮かべるリディアに、苦笑を零しながらも頷いた。

「父様と母様には内緒だよ。根掘り葉掘り聞いてくるだろうから」

「もちろんでございます！　私、たとえ棺に入ったとしても言いません」

「……そう？　それは安心だ」

喜ばしい顔をするリディアに、僕も笑い返す。でも心の中は少し暗くなった。

『恋人同士なら普通に聞けますけれど。ただ私が想っているだけなら……難しいですね』

確かに、そうだ。僕はそれを考えていなかった。いつものように無表情で聞けば、シモンは優しく答えてくれると思い込んでいた。だがリディアの言う通り、もし聞いてあれが夢だと判明したら、シモンが気まずい思いをするかもしれない。

それは駄目だろう。僕が朦朧《もうろう》としていて覚えていないのが悪いのであって、シモンが悪いわけではないのだから。

では、このまま聞かないほうがいいのか。

「……ありがとう、リディア」

「お役に立つことができたのでしたら光栄でございます」

リディアは嬉しそうに笑った。

僕は危うく自分の気持ちを優先させて、問いかけて、シモンに気まずい思いをさせるところだった。それは本意ではない。

今日は考えるのをやめて、シモンから何も言ってこない限りは、心配をかけたことについてちゃんと礼をするだけにしよう。

そうと決めて、やっぱりいつもより進みが遅いように感じる馬車の中で、気分を晴らそうと窓の外を眺めた。

だが不幸なことに、空模様はどんよりと暗く、気分が晴れるどころか空模様にひっぱられるように、僕の心は一層暗くなってしまった。

王宮に辿《たど》り着いてすぐに、ルーベンが迎えに来てくれた。

驚いていると彼は「また君に怪我をさせるわけにはいかないからね」と苦笑した。前回、王宮を訪ねた時には物騒な輩《やから》に絡まれ、上手くあしらえないところをシモンが通りかかって助けてくれた。

今回わざわざルーベンを寄越すという措置を考えるに、僕が想像する以上に、シモンは僕のことを心配していたらしい。ありがたいと思いながら、ルーベンに礼を言おうと口を開くと、彼にしては珍しく真剣な表情で僕の顔を凝視《ぎょうし》していた。

「元気になったようで良かったよ、エリス」

「……ルーベン、どうした。何かあったのか？」

「……いや」

「顔が強張《こわば》っている」

「そ、そうかな……。そんなことないと思うけど、ははは。そんなことより、その……今日はさ、あの子が来ていてね。それにこの後にもシモンは用事があるから。だからたぶん、今日はあまり時間が取れないと思うんだけど……」

「あの子？」

「そう。ほら、剣技大会で君が戦っていた子だよ。シモンが埋め合わせするって君に約束したんだろう？」

「うん。ああ、何だ。今日埋め合わせをしてくれることになっていたのか。僕が来るとまずかったかな？」

「いや、いいんだよ。シモンは今日しか休みがなかったから、どちらにしろ今日じゃなきゃ無理だったしね」

「……そうか。それで結局、埋め合わせって何をしてくれることになったんだ」

「指南だよ。あの子……えーと、あ、そうそう、クレイにね。シモンが何か埋め合わせをって言ったら、剣の指南をしてほしいって言ったんだ。それで」

「なるほどな」

「うん。それでまあ……うん、そうなんだよ」

ぎこちない様子で「そうなんだけどさ」「まあ、うん、そうなんだけどね」と繰り返すルーベンに、ますます不信感を募らせながらも歩き進めると、遠目にも分かるほどの満面の笑みを浮かべたレオンが走ってきた。

「エリス君！　元気そうでよかったよ！　もう足は痛くないのかい？」

「ああ、大丈夫。見舞いに来てくれてありがとう、レオン」

「指南役として当然のことをしたまでだよー」

明るく返事をしながら、レオンはリディアに話しかける。

彼はいつも軽い調子だが、熱心に僕の見舞いに来てはリディアに話しかけていた。

もしかしたら、本気なのかもしれない。

そう思うのだが、剣技大会前のすぐ傍を通りかかる美女にちょっかいを出しまくっていた姿を思い出すと、そうでもないのか、と思い直す。

だが初めて会った時よりもリディアの表情に緊張はなく、どこか嬉しそうにも見えるので、安易に邪魔はできない。

「そうだ、ルーベン。礼の品を馬車に積んであるから、軍の宿舎宛てにあとで届けようと思うのだけど、いいか？」

「……あ、ああ。ありがとう、エリス」

ルーベンの様子が本当にいつもと違う。一体、どうしてそんな挙動不審なのか。

「それで？　シモンとクレイはもう鍛練場にいるのか？　直接礼を言いたいし、クレイに迷惑をかけてしまったことを謝りたいのだけど」

「彼らはもう鍛練場にいるよ」

そう言ってルーベンはまたぎこちなく歩き出す。リディアも不審に思ったのだろう。僕と目を合わせて、一緒に首を傾げた。

「おい、ルーベン。本当にどうした？　僕が来たら不都合なことがあるなら、言ってくれないか。今日は帰るから」

「……違うよ。君が来て迷惑なことはないけど。その……」

ルーベンは一瞬、口ごもって意を決したように口を開いた。

「エリス……あのさ」

言いかけたところで、「ねえ、何してんの？　早く、将軍とクレイ君のところへ行こうよー」とレオンが急《せ》かしてきた。ルーベンは諦めたようにまた口を閉ざしてしまった。

彼の言いたかったことが気になりはしたが、あとで聞いても問題はないだろうと思い、レオンに急《せ》かされるままに、僕たちは鍛錬場へ向かった。

辿《たど》り着いたのは、鍛錬場の奥。木剣《ぼっけん》がぶつかり合う音が聞こえてくる。

その音が響けば響くほど、クレイの剣がシモンの剣捌《さば》きにしっかりと応えているのが分かった。

「クレイの腕前は、軍人から見ても素晴らしいものか？」

この問いかけに、レオンが「うん、彼はすごいよ」と意気揚々と答えるが「まあ、僕のほうがすごいけど！」と付け足した。

それを無視して進むと、二人の姿が見えてくる。

クレイの木剣《ぼっけん》をシモンが軽々と受け止めて、今度はシモンが耳に心地よい音を立てて打ち込む。クレイの木剣《ぼっけん》を握る手が甘くなったところを狙ったのだろう。気づくと、彼の手から呆気なく剣が離れた。

どれだけ指南を受けていたのか、クレイの顎からは汗が滴っていた。シモンも同じように汗を流している。

そんな姿もかっこいい……と今までなら胸を高鳴らせていただろうが、今日ばかりは緊張してしまう。

そういえば僕は、どんな顔をしてシモンに会おうと決めてここに来たのだったか。

「どうかな、クレイ？　シモンの指南は。分かりやすいかい」

ルーベンが優しく問いかけると、クレイは顔を輝かせて「はい、とても勉強になります」と笑った。その笑顔は屈託なく眩しい。試合の時は不敵な印象が強かったが、ここで見ると、ただ剣に熱心な年頃の男のように見える。

にこにことルーベンに笑いかけていたクレイは、僕に視線を移して、爛々《らんらん》と目を輝かせた。

「エリス先輩が将軍閣下に頼んでくださったんですよね？　ありがとうございます。おかげで貴重な体験ができました」

「あ、いや……僕が頼んだわけじゃなくて、シモンが埋め合わせの提案をしてくれただけだ」

クレイの言葉に答えると、ふと視界の端の違和感に気づく。僕が近づいても、なぜかシモンがこちらを見ない。いつもなら優しい笑顔を向けてくれるのだが……なにやら考え込んでいる風である。

「悪かったな。せっかく勝ったのに、僕が試合直後にへたり込んでしまったせいで……晴れやかな気分にはならなかっただろう。何か言われたりしてないか？」

「誰にも何も言われていません。僕が強いことは皆が知っているので、挑発するようなことは今後も言われないと思います」

「ははは、それもそうか。君は強いものな」

「エリス先輩も僕のこと強いって思いましたか？」

こうして話していると、クレイはただ剣が好きな青年だ。試合中とは全く印象が違っていて、驚くしかない。

「思ったよ。……君は、試合中とは印象が変わるな」

「あ、それよく言われます。こういう事に関しては負けず嫌いなものですから。印象悪かったですかね。すみません」

「その負けず嫌いは、いい負けず嫌いだね。見ていてとても気持ちがいい」

褒めたたえると、クレイはほんの少し照れたように洟《はな》をすすった。

「なんだか、エリス先輩も印象が変わりますね」

「え、ああ……試合の時とか？」

「はい……あ、いえ、もちろんそれもそうなんですが。普段、学園で見かける時とこうして話す時の印象が全然違うと思います。学園で見かける時はいつもたくさんのご令嬢に囲まれていて、僕みたいに暗い人間とは相いれないというか……。でも、こうして話してみると、優しいし、親しみやすくって。やっぱりものすごい美人さんですし、ご令嬢たちに人気があるのも納得できます」

「あ、ありがとう……」

「はい！」

素直な笑顔を向けられ、嬉しくなる。

クレイは自分のことを暗いと評しているが、そんなことはないのではないかと思う。少なくともこの素直で屈託のない笑顔には暗さなんて微塵《みじん》もなく、好感が持てた。

……それにしても、ここまで会話をしてさえ、不自然にこちらを見ないシモンに僕はとうとうしびれを切らした。

「ところで、シモン。さっきから何でこっちを見ないんだ？」

なぜかずっと他所《よそ》を見ているシモンに話をふってみると、彼は「ああ」としか答えない。

どうして見ないのか聞いてるのに返事が「ああ」って。いつものシモンらしくない。

「はあ……シモンもルーベンも一体、どうしたんだ？　今日は二人とも様子が可笑《おか》しいぞ」

指摘すると、シモンはすっと僕のほうに視線を流した。

なぜかその瞳に異様なものを見た気がして、思わず一歩後退《あとずさ》ると、彼の浮かべる表情にしては珍しく自嘲の色が浮かんだ。

「……もう身体は大丈夫なのか」

「うん、大丈夫だよ……」

シモンは少し黙って「そうか……それは良かった」と極めて静かに頷いてから「俺はこれから用事がある。すまないが、ルーベン。あとは頼むぞ」と言ってその場を去ろうとした。

僕はまだシモンにお礼も言えてなければ、礼の品を後で軍の宿舎に届けさせることも伝えていない。

引きとめようと口を開くと、その前に「将軍閣下！」とクレイが呼び止めた。

シモンは立ち止まり、クレイが駆け寄るのを待って、彼に笑って答え、そしてこちらに視線を寄越しもせずに本当にどこかへ行ってしまった。

僕の問いかけに対する反応とはあまりに違いすぎる。

というか、僕の問いかけにはまだ答えすら返してなかったのだが！

「……ちょ、シモン！」

呼びかけたが、既にシモンの背は遠く、上げた右手は虚しく宙を切った。

「……本当になんなんだ」

足元にあった石を蹴り上げる。

結局、悩む必要なんてなかったのではあるまいか。こんな風に冷たく接するということはつまり、あれは全部夢幻だったということだ。あるいは僕の妄想が生み出したただの破廉恥《はれんち》な幻影か、幻聴か、白昼夢か。どれでもあまり変わらない。

何であったとしても、あんな甘いことをしてきた人間が、急にこんなに冷たくなる理由などないではないか。少なくとも僕にはその理由が見当もつかない。

「エリス……」

「なに」

苛立ちまじりに返事をすると、ルーベンは何とも言い難いような顔をした。

「……いや、なんていうか。シモンも大変なんだよ」

そこまで言って、ルーベンはまた黙りこくってしまった。本当に一体全体、今日はルーベンもシモンもどうしたって言うんだ！

いや、待てよ……

はたと、僕は現状を顧《かえり》みる。今は憤《いきどお》っている場合ではないのではないか？

僕が今日ここを訪れた目的を忘れてはいけない。今日は剣技大会の折に助けてくれた礼をするためにここを訪ねたのだ。この後にシモンは用事があると言っていたが、門答をする時間はなくても礼を伝える時間くらいはあるだろう。

顔を見て一言「助けてくれてありがとう」と言えばいいだけだ。そうすれば……シモンはいつものように笑ってくれるかもしれない。そんな期待がふいに湧く。

「あ、ちょっと！　エリス、どこへ行くんだ！」

いてもたってもいられずに踵《きびす》を返した僕を、ルーベンは慌てて呼び止める。

「シモンを追いかける。今日は礼を言いに来たのにまだ言えていない」

「それなら、次に会った時でも……」

「僕とシモンが次に会えるのは、冬の休暇だ。お前、その時まで僕に待てと言うのか？」

ルーベンは聞き分けのない子供を前にしたように困り果てた顔をした。実際、聞き分けがないのは百も承知だったが、ここで引くことはどうしてもできなかった。

「ほんと、エリス君って、真面目だよねえ。そんなところがご令嬢方の心を射止めるのかな？　可《お》笑《か》しいなあ。僕だって真面目なのに……どうしてエリス君みたいにちやほやされないんだろう」

レオンが茶々を入れてくるが無視して、僕は次のルーベンの言葉を待つ。

別に真面目なわけではないのだ。礼を欠いたことをしたくないというのは、ただの建前。

本当はこのままの状態で、またしばらくシモンの顔を見られなくなってしまうのが嫌だっただけだ。

そもそも本当に礼を欠きたくない人間なら、国の根幹を支える敬意と畏怖を示すべき人間に毎度毎度あんな態度を取れるわけがない。

ルーベンだってそれは分かっているだろうが、今は押し切るために綺麗な建前を使うほかなかった。汚いやり方だと分かっているが、相手の要求を断り辛くさせることで、ルーベンに譲れないことを示したつもりだった。

「……分かったよ。君が納得する形にしよう」

案の定、ルーベンは折れてくれた。

「エリス様。私はこちらでお待ちしております。……レオン様もいてくださいますから、ご心配には及びません」

「……ああ。レオン、リディアとここで待っていてくれないか」

「もちろん、そのつもりだよ。引き続きクレイ君の指南をするように将軍閣下から言われているしね」

珍しく真面目な顔で「任せてくれ」と胸を叩くレオンに、僕は頷き返す。

「じゃあ、行こうか」

渋々といった体《てい》で歩き出すルーベンの背を、苦笑しながら僕は追いかける。

「怒ってる？」

追いついてから問いかけると、ルーベンは一瞬だけ視線を寄越して、気まずそうに首を竦《すく》めて見せた。

「怒っていないよ。気になるんだろう？　シモンのあの態度が。君自身が問いただしてくれるほうが、助かるよ。俺は答えられないからさ」

ルーベンはそう言って誤魔化すように笑い、そのまま無言になる。

しばらくは見慣れた王宮の廻廊《かいろう》を歩いていた。やがて廻廊《かいろう》を外れて辿《たど》り着いたのは、全体的に暗く湿った洞窟のような通路だった。幼い頃に何度も王宮探索をしたが、こんな場所に来るのは始めてだ。

物珍しくてしばらくは忙《せわ》しなくあたりを見渡していたけれど、同じような風景が延々と続き、とうとう飽きてしまう。

空白になりかけた思考を埋めるように、僕はシモンの素っ気ない態度について少し考えてみることにした。

嫌われるようなことをした覚えはない……なんてことは残念ながら全くない。なんならいつ嫌われても可笑《おか》しくない態度を取っていたから、心当たりなら無限にある。

だけど、シモンは今まで僕がどんなに失礼な態度をとっても、ありがたいことに今まであんな風に素っ気ない態度を取ることは一度もなかった。

つまり、さっきの態度は今までの僕の態度を不満に思ってのことではないと考えたほうがいい。まさか急に不満に思い始めたわけでもあるまい。とすると、最近でシモンと顔を合わせた日は、剣技大会のあの日だ。

少なくともそれまでは、シモンとの会話には何の問題もなかった。ということは、シモンのあの態度は剣技大会に関わりのある出来事によるものだと考えるべきだろうか。それとも僕と関係なく、ただ虫の居所が悪かっただけなのか？

だけど、シモンは虫の居所が悪いからといって僕にあんな態度を取る人間ではないだろう。

そうだとすると残りで考えられるのは……

「……なあ、ルーベン」

「なんだい」

「シモンはどこか具合が悪かったりするか？」

「いや、そんなことはないと思うけど」

「そんなことはないけど、なんだ」

「悩んではいるみたいだね」

「悩み？」

「うん」

「……へえ」

ここで「何の悩みなのか」と聞いても、ルーベンは彼が先に宣言した通り答えないはず。

彼はそのまとう雰囲気から軽く見られるが、本当のところは、実直な上に口の堅い男で、人の事情を本人の許可なくペラペラと喋るような人間ではない。だから、シモンも信頼を寄せている。

そういう男だと分かっているのに、あえて知らないふりをして、シモンに関する個人的な悩みを問うのは酷だ。だからこれ以上ルーベンに問うことはやめて、ただ彼の隣を歩くことにした。

すぐにシモンを追いかけたはずなのだが、彼の大きな背中は未だに見えない。

もしかしたら暗くて見えないだけなのかもしれない。

「……あのさ、随分と暗いところだけど……ここってどういうところなの？」

「ああ、君は知らないんだったね。軍の宿舎の裏口に繋がる近道さ。薄気味悪いと思うかもしれないけど我慢しておくれよ。……それにしても、可笑《おか》しいな。まだシモンの姿が見えないや。もしかして別の道で行ったのかな」

僕がシモンについて深く聞いてこなかったことに安堵してか、ルーベンの舌はいつもより滑らかになる。

「この通路は、最初は何の用途で造られたんだ？」

他愛もない話をするのは無言になりたくなかったからでもある。

ルーベンとは気心が知れた仲ではあるが、今はどうにも彼との間に薄い壁があるようで、無言という形でそれを表に出すことは避けたかった。それはルーベンも同じのようで、なんてことはない問いかけに対して大真面目に答えてくれる。

「使われていたのは随分昔のことだからはっきりとはしないんだけど。軍のお偉いさんたちが恋人や愛人をこっそり呼び出すときに使っていたと言われているよ」

「……なにそれ」

嫌悪を露わにすると「怒らないでよ」とルーベンは眉尻を下げた。

「今は栄えているこの国にだって腐敗していた時代くらいある」

「……そう」

ルーベンの言う通り、今でこそオリシヲンは栄えているけれど、かつては国政を担う中枢が腐っていた時代もある。その時代、もし軍が力を持っていたのだとしたら、好き勝手にこういった用途の通路を造ることだってできたかもしれない。

「怖いかい？」

「怖いとは思わないけど。ただ暗すぎて、足元が見えないのは不便だと思って」

「随分と天気が悪くなってきたからね。普段は入り口と出口から太陽光が入ってもう少し明るいんだけど。……あ」

ルーベンが顔を上げて立ち止まったのは、洞窟のような通路を抜けてすぐの開けた空間だった。それに倣《なら》って空を見上げると、白糸のような雨が静かに降り始めているのが分かった。

通路を抜けたばかりだから、そこに屋根はない。

開けた場所は、小さな庭園のようだったが、枯れ葉の積もった花壇や古びた東屋《あずまや》しかない。全体的にくたびれた印象のある庭園で、目を楽しませてくれるようなものは何も見受けられない。

ルーベン曰く、ここは宿舎の第二庭園であるらしい。とはいえ、見ての通り何もないから、軍の上層部にいる人間が時折昼寝をする以外には人は寄り付かないらしい。

そもそも花を愛でるより、酒や恋人に心の安らぎを求める人間が多いから、庭園を整える必要はないのだと言う。

「ここを走り抜けるにしても、滑りやすい石畳の上だから、慎重に行かないと駄目だよ」

「ああ」

ルーベンの言に従って、石畳の上を慎重に歩く。何度か滑りそうになったが、そのたびにルーベンが支えてくれたため事なきを得た。

「見えてきたよ。あれが軍の宿舎」

雨降る灰色の景色の奥、背の高い木々の向こうにあるのが軍の宿舎だ。遠目にもその建物は大きく、鍛練場と同様に堅牢な煉瓦《れんが》造りだと分かった。

「君の言いたいことは分かるよ。まあ、優雅さの欠片《かけら》もないよね。だけどあれでも、大昔の将軍が王宮で使っていた邸宅ではあるんだよ」

ルーベンの解説を聞きながら、滑りやすい石畳の上を何とか歩き終えて、背の高い木々に囲まれた道に出る。幸い雨は木々の葉に遮られて僕たちには届かない。

「別にそんな失礼なこと思ってないけど」

本当に「優雅さの欠片《かけら》もない」なんてことは思っていないのだが、ルーベンには何か言いたいことがあるらしい。

「何が言いたいんだ？」

率直に問うと、彼は誇らしげな顔で歩きながら徐々に近づく宿舎を見上げる。

「ほら、見てよ。あそこに見えるバルコニー」

ルーベンは宿舎の上層を指さした。どこかのバルコニーを見てほしいようだが、宿舎には屋根付きのバルコニーやベランダが部屋ごとに設置してあるらしく、すぐには正解が分からなかった。しばらく視線を彷徨《さまよ》わせていたところを、やっとそれらしきものを見つけて指さす。

「あのバルコニー？」

「そうそう。花の咲いた蔓《つる》が巻きついているところね」

そのバルコニーは、二階の向かって右の角にあった。ルーベンの言う通り、花の蔓《つる》が連なり、白い花と赤い花が柵からこぼれて咲いているのが遠目にも分かる。堅牢な建築物の一部に設置された妙に優雅なバルコニーだった。

違和感はあるが、趣味が悪いわけではない。

しかし一体どうしてあのバルコニーだけ、他と様相が異なるのか。

「あのバルコニーがどうかしたのか？」

「あのバルコニーには素敵な逸話があるんだよ」

「……へえ」

特に興味はなかったのだが、ルーベンの顔には「語りたい」と書いてあった。案内してもらっている手前、無下にもできずにどうしてなのか聞くと、彼は朗々と歌うように語り始めた。

曰く、あのバルコニーは大昔の将軍が、妻となった姫君のために造らせたものであるらしい。ではさぞ夫婦仲が良かったのだろうと思っていると、実はそうではなかったそうだ。

「元々は、政略結婚で二人の仲は悪かったらしいよ。将軍はとても好色な男だったらしくて気位の高い姫君には見向きもしなかったらしい」

好色な将軍。なるほど時代が違えば、色々な将軍がいるものだ。

僕の中で将軍と言えばシモンだから、好色と言われるとひどく違和感がある。シモンは確かに大勢の女性に慕われているし、恋人がいる期間もたくさんあったが、複数の女性と同時期に浮名を流すことはなかった。

「まあ、当時の価値観は、色好みであればあるほど良い、というものだったからね」

「……逆に女性の不貞行為は大罪と言われていた時代だろう？　家督問題もあったのだろうけど。それでも僕は……あまり好きになれない」

「……そういう健全な価値観を持っているところが、君が令嬢たちから好かれる理由の一つなんだろうね」

「潔癖だと正直に言ってくれて構わない」

「そんなことは思わないよ。ただ当時そういった価値観を持つ人は少なくてね。皆が夫や恋人の浮気に悩まされていた。だから仲が悪かったのに、なぜか突然将軍が姫君だけを一途に愛するようになって皆が二人を羨《うらや》んだ」

「なんで将軍は唐突に一途になったんだ？」

「さあね……それは誰にも分からない」

「はあ？」

一番気になるのは将軍がどういう経緯で姫君を一途に愛するようになったかじゃないのか。それも分からないのによく「素敵な逸話だ」と言えたものだ。

「まあまあ、そんなにがっかりしないでよ。経緯が分からないからこそ素敵なんじゃないか。俺の婚約者はこの話が大好きでね。たまに、自分で創作した将軍が姫君に一途になった経緯を夢中になって話してくれるんだよ。その時の彼女の活き活きとした顔が、俺は昔から大好きなんだ」

結局、ルーベンは婚約者とののろけ話がしたかっただけらしい。呆れて溜息を吐くと、彼は悪びれもせずに謝った。

「ごめん、ごめん。こんな話をしている場合じゃなかった。さ、宿舎に入ろう」

ルーベンは忙《せわ》しなく頭を掻《か》いて、辿《たど》り着いた宿舎の裏口の戸に手をかけた。金属と金属が擦れ合う音がして、開いた扉から中に入る。

「シモンを見なかったか？」

通りがかった部下らしき人間に、ルーベンはさっそく声を掛けた。

「いいえ、見ておりません」

「すまないが、将軍を見かけたら僕が捜していたと伝えてくれないか」

「かしこまりました」

端的に答えた男は一瞬だけ僕に目を向け頬を赤く染めたが、ルーベンの鋭い視線が刺さると、気まずそうにそそくさと去って行った。

「……エリス、悪いけど二階に応接室があるからそこで待っていてくれないか。中からちゃんと鍵をかけて。この時間はまだ皆外にいるけど、誰もいないわけじゃないからね」

ちゃんと鍵をかけて。その言葉を鼻で笑うほど、僕は自分の容貌《ようぼう》を軽んじてはいなかった。たとえ男だとしても、食指が動いてしまい愚かな行動に出る輩《やから》がいないとは限らないことを、僕はよく知っている。

一緒に行くと目立ってしまうことも重々承知しているから、ここは素直にルーベンの言う通りにする。

「……ごめん、エリスには屈辱的なことを言うようだけど」

「いや……僕が我儘《わがまま》を言ったのに、配慮してくれてありがとう」

僕の答えに頷いたルーベンは、周囲の様子を窺《うかが》いながら応接室へ案内してくれた。

「じゃあ、捜してくるから、待っていてね」

扉が音を立てて閉まる。同時に内側から鍵をかけて部屋を見回してみた。

奥に執務机と、古い本棚。出窓の傍には革張りの椅子。その横にベランダへ通じる玻璃《はり》のはめ込まれた扉。手前に応接用の長椅子とテーブル。

余計なものがない空間は、応接室にしては随分と質素だ。

他に何か変わったものはないか見渡しながら、革張りの椅子に腰かけて息を吐く。

軍の宿舎に来たのはこれが初めてだ。シモンは普段ここで生活しているのだろうか。それとも、しばしば王都郊外の屋敷に帰っているのだろうか。

どちらにしろ、シモンと関わりの深い場所であることは確かで、落ち着かない気持ちになる。

もっと見て回りたいとも思うが、そう浮かれている場合でもないことを思い出して、邪念を振り払うように頬を二、三回叩くと、不意に雨音に混じって話し声が聞こえてきた。

「……なんだ？」

雨音に混じっているせいで、よく聞こえない。

行儀はよろしくないと重々承知しているが、隣の部屋の壁に耳をつけてみる。何も聞こえない。

では廊下側かと思い、鍵を閉めた扉の前で聞き耳を立てるが、声はより遠ざかった。

では、どこから聞こえてくるのか。

とりあえず部屋の真ん中に立って耳を澄ますと、執務机のすぐ傍、ベランダへ通じる扉から声は聞こえてくるようだった。近寄ると、扉がごくわずかに開いていて、外からわずかな雨が入り込み、重い青色のカーテンを湿らせていた。

「うわ、早く閉めないとまずいな」

だが、慌てて閉じようとして伸ばした手は、扉にかかる前に宙を切った。

「……お久しぶりです」

聞き間違いかと思った。聞こえてきた声は確かにシモンの声なのに、降る雨が浸透したかのように冷たく、重い。まるで別人のようだった。

「随分と早いご到着で驚きましたよ」

冷え冷えとした声がまた聞こえてくる。本当にこれはシモンの声なのか。姿を見たくなって閉じるはずだった扉に手を掛けて、様子を窺《うかが》う。

二人の人物は左隣のベランダに立っていた。こちらに背を向けているのは女性。その女性を神妙な面持ちで見つめている男は、間違いなくシモンだった。

「ごめんなさいね」

背を向けている女性の容貌《ようぼう》は見えないが、僕より年上であることは分かった。

灰色の空の下でも陰りのない銀の髪を束ねる宝飾品は、主に妙齢を過ぎた女性がつける落ち着いたデザインのものだ。背は高くないが華奢《きゃしゃ》で姿勢も良く仕草の一つひとつに品と落ち着きがある。令嬢というより貴婦人の装いをしているところを見ると、シモンよりわずかに年下くらいか。

「急に会いたいなんて、どうかしましたか」

「あら、まるでそう思ってはいけないみたいね」

「そんなことは言っておりませんよ」

ベランダの手すりに置かれたシモンの手を、白くたおやかな手が包み込む。

「……おいおいおい」

なんで僕がこんな場面を目撃せねばならんのだ。

明らかにこの二人は恋人……にしてはシモンの態度が冷たいから、元恋人か。少しのやり取りを聞いただけで、二人が濃密な時間を過ごした仲であることが分かってしまう。

経験がない癖に、僕にはこういった男女間に流れる微妙な雰囲気を察知する能力が備わってしまっていた。正直いらないのだが、だからといって捨てられるものでもない。

「まあ、そんなことを言って……顔にはどうでもいいと書いてありますよ。薄情な人」

「どうでもいいなんてことは思っておりませんよ」

「嘘……」

視線で何かを語り合っているのか、二人はしばらく無言になる。

本当に。何度経験してもこういった生々しい会話を聞いてしまうと動揺するし、胸が苦しくなる。

シモンの幸せを願える人間でいたいと常々思っていたが、こんな場面を見るたびに、実際自分はそう簡単にまっさらで綺麗な人間にはなれないのだと実感する。

人の根本が悪か善かと問われたら、今の僕は間違いなく「悪」だと答える。どろどろした汚い感情が、脆いばかりの自負を覆い隠して、脳天を突いてあふれそうだ。

「……最低じゃないか、僕」

短い悪態をついている間に、二人は視線での会話を終えたのか、再び口を開いた。会話は降る雨のようにしとしとと進んでいく。雨脚が弱まったのか、今度ははっきりと二人の会話が聞こえるようになった。

水神だか雨神だが分からないが、こんな配慮はしてくれなくて結構である。

「恋人がいらっしゃる身でこのようなことをしてはいけませんよ」

シモンがそっと重ねられた女性の手を剥《は》がす。

「あら、知っていたのね」

「ええ」

「私にまだ興味がおあり？」

挑発するような問いかけに、シモンは少しも動揺する素振りを見せなかった。

「ありませんよ」

冷たく言い放ったシモンに、心臓が縮み上がると同時に、愕然とする。かつてこんなに冷然とした彼の声を聞いたことがあっただろうか。思い出そうとしてみたものの、気が動転しているせいだろうか、まったくそんな記憶はなかった。

「そうね。あなたは私に興味がないわ。だって興味があったら、私と彼の婚約関係が解消されたことだって知っていたはずだもの」

「解消？」

「ええ、最近ね。彼は私に甘えてほしかったようだけど……自分より年下で、しかもお兄様の部下である彼に甘えるなんて私にはできなかった。彼はそれが不満だったみたい」

「……そうでしたか」

「ひどいわ。冗談でも、それならもう一度付き合おうとは言ってくれないのね」

「そんな軽口を叩ける歳ではありませんよ。俺の歳をお忘れですか」

「忘れるわけないわ。以前よりも熟してもっと良い男になったと思うの。ねえ、私のことはもうお嫌い？」

「好きでも嫌いでもありません。率直に言うと、あなたに対する関心がすでにない」

「それなのに、私が会いたいと言ったらこうして会ってくれるのね」

「多少なりとも恩がありますから」

「あの頃はお砂糖より、蜂蜜より甘い言葉をくれたのに。他に慕う方ができたからそんなに冷たいのかしら」

「それは――」

いけない。ここからは耳を塞いでおかなくては。

わずかばかり残っていた良心が疼き、慌てて耳を塞ぐと雨音もシモンの声も全て消えた。

無色のベランダ。

灰色の景色。

雨の匂い。

シモンの口がはっきりと動くのが見えたが、それに対する女性の背中は何も語ってくれなかった。

結局シモンが何と答えたのか分からないまま。そっと塞いだ耳から手を離すと、雨音だけがまた静かに耳に戻ってくる。

「……はあ」

溜息を吐きながらぎりぎりのところで好奇心を抑えて踏みとどまった自分の理性に少しばかり感心していると、入り口付近から人の足音が聞こえてきた。

「エリス、遅くなってごめん！　鍵を開けてくれるかい」

ルーベンの声だ。慌ててベランダに続く扉を閉じて、鍵を掛けた入口の扉を開けると、髪の毛を濡らしたルーベンがしょんぼりと肩を落としていた。

「ごめん、約束の時間はまだだったはずなんだけど。もう隣の応接室に入ったって、部下から知らせが……」

息を切らしたルーベンの濡れた肩をハンカチで拭いながら「知っている」と、伝える。

「今も、隣のベランダで話しているよ」

「え？」

ルーベンがキョトンとした顔で首を傾げる。ベランダへ出る扉に視線をやると、彼は気まずそうに視線を泳がせて、しどろもどろになっていた。

シモンの印象を悪くしないために弁明しようとしているのだろう。

だがちゃんと分かっている。シモンは必要以上に彼女に優しく接しようとはしなかった。彼女の中に未練が残らないようにしたのだ。彼女を愛する気のない己を想い続けることのないように。不毛な時間を過ごさせないように。

それはとても正しいことである。

ルーベンに弁明される必要もなく、僕は先まで目の前で繰り広げられていた状況を冷静に把握していた。いや、幼い頃から同じような光景を何度も見ているから、かろうじて冷静でいられたと言うべきか。

「……仕方ない。あの二人は話が長くなりそうだし、また今度会った時に礼を言うことにするよ。すまなかった、ルーベン。……我儘《わがまま》を言うべきじゃなかった。お前は優しいからな。甘えてしまった」

未だに濡れているルーベンの髪をハンカチで拭いながら謝ると、彼は眉間に皺《しわ》を寄せた。

「エリス……あの、彼女とシモンは……」

どもりながら事情を話そうとするルーベンに、そんなことはしなくていいと伝える。

「ルーベン。お前は人の事情を話せないとさっき言っていたじゃないか。自分の信条に逆らってまで僕に説明する必要はない」

それに二人の関係は聞かなくても分かる。これからどんな会話をするのかも大体想像がつく。だが、残念ながらこれ以上踏み込む資格を僕は持っていない。

押し黙って申し訳なさそうにするルーベンに、僕は一つ頼み事をすることにした。

「ルーベン」

「なんだい」

「僕がここを訪ねてきたことはシモンに報告する必要があるんだろうけど、二人の会話を聞いたことは内緒にしておいてくれないか。興味本位で聞き耳を立ててしまったことは申し訳なく思うけど……。僕としても気まずいし、何よりああいう会話を聞かれるのは、シモンとしても不本意だったろうから」

「……分かったよ」

彼は頷き、そして静かに「ごめんね、エリス」と謝った。自分の信条を押し通すことを申し訳なく思っているのだろう。だが信条とは誰が相手でも押し通すものだ。別に悪いことなどなにもない。

「なんで謝るんだ？　お前のそういうところが、僕は人として好きだよ」

「……うん」

ルーベンは力なく頷いた。彼は何が心配なのか、リディアが待つ場所まで僕を送る道中もずっと様子を窺《うかが》うように意味深な視線を向けていた。

どうした。まだ何か気になることでもあるのか。そう問うことだってもちろんできたが、僕が聞いてもきっと彼は何も答えないだろう。

分かっているから、僕は何も聞かなかった。

結局、シモンには碌《ろく》な礼もできずに帰ることになってしまった。

王宮の入り口で荷馬車に積んだものを軍の宿舎に届けるように手配し、全ての荷物を運び終えたところを見届けて、僕とリディアは馬車に乗り帰路につく。

「……はあ」

口からこぼれた溜息に自分で驚く。無意識に期待していたのかもしれない。あの一時が現実で、シモンは僕の顔を見たら甘く笑んでくれるのでは、と。

いや、心のどこかで僕は確実に期待していた。そうでなければ、こんなに落胆することはなかったはずだ。

「あの、エリス様。どうかなさいましたか？　先ほどから暗い顔をなさっておられるようですが……」

「いや、なんでもないよ」

溜息を吐いておいて「なんでもない」はずはない。言っておいて、自分で呆れてしまった。

「……左様でございますか」

沈んだ声音を出すリディアに僕は苦笑する。

「すまない。こんな分かりやすい嘘を吐いてしまって」

「いいえ、あの……もしや、先ほど言った私の言葉が、エリス様を苦しめているのではありませんか」

先というと、恋人同士だったら聞けるけれど、一方的に想っている人にだったら聞けないと言ったあれか。

「違う。むしろリディアに話を聞いてもらって心が楽になったんだ。今考えていたのは……」

真剣に心配してくれるリディアにこれ以上嘘を吐くことができなくて、僕はできるだけ穏やかな口調で答えた。

「……シモンの態度が、よそよそしかったのが気になっただけだ」

「まあ！　……確かに、そうですわね。シモン様は、エリス様とお会いになると楽しそうに笑っていらっしゃることが多いのに、今日は少し様子が違っていらっしゃいました」

「……楽しそう？　シモンが？」

いつもあんなに冷たい態度を取っていたから、てっきり困っているだろうとばかり思っていた。だが、実はそうではないのだろうか。

「はい。時折社交の場でエリス様のお伴をさせていただいておりますが、その時にお見かけするシモン様はエリス様のお顔をご覧になるたびに微笑んでいらしたと記憶しています。……きっと今日は体調が優れていらっしゃらなかったのでしょう」

「……シモンは、忙しいものな。一応、心配していると手紙にしたためて送るか」

「はい。……それがよろしいかと思います。この時期は本当に……軍部の皆様はピリピリしていて恐ろしいとレオン様も仰っていましたし」

しんみりしながら頷くリディアを見ていると、確かに、彼は疲れていたとも考えられる。ルーベンはシモンの体調が悪いことを否定していたが、もしかしたら僕に気を遣わせないようにそう言ったのかもしれない。

　贈り物の中に滋養のあるものをもっと入れておけば良かったかな、と少し後悔する。

だが、本当に体調が優れなかった……だけだろうか。気になるのはいつもと違う態度だけでなく、あの一瞬向けられた強い視線もだ。

　苛烈な何かを宿した目だった。それが怒りなのか、それとも別の何かなのかまでは分からない。探ろうとして逸らされたあの紫色の瞳がどうしても忘れられない。まるで身体の中の全てを吸い寄せられるようだった。

　あの一瞬で身体の中身全部、心の中身全部を持っていかれたような気がする。それなのに、感覚的にはおもだるい。つまるところ、訳の分からない状態だ。

「落ち込むことはございませんよ、エリス様」

「ん？」

「今度は、冬の休暇中に開かれる国王様主催の宴でもお会いになれるはずです。その時にはまたゆっくりとお話しすることもできることでしょう」

「……ああ、うん、そうだな」

　そういえば、そうだった。リディアは僕の気持ちを軽くするつもりで言ってくれたのだろうが、『国王様主催の宴』という言葉が逆に、僕の気を一層重くした。

　冬の休暇中に開かれるそれは、貴族の責務を負わず、学業に専念するために設けられた『学生』

という身分を国王陛下へ返上し、改めて王室に対する忠誠を誓うために催される……宴とは名ばかりの非常に畏まった場だ。

そのような場で、僕と同年代の令息、令嬢たちは皆それぞれ、最上級の正装を身につけて国王陛下にご挨拶しなければならない。

しかもこの挨拶はただのご機嫌伺いの挨拶ではなく、一つは国王陛下の御代《みよ》に対する祝いの言葉、そしてもう一つは身分返上の宣言を意味する。

今まで僕たちは、貴族や軍人の子息であるにもかかわらず、領地や王都を離れて学ぶことを許されていた。それは国王陛下が僕たちに学生という身分を与えてくださっていたからだ。

そのことに対する感謝と共にその身分を返上し、生まれながらに有している元の身分に戻り「学ぶことで養った誠実な心をもって王のために尽力致します」と国王陛下に改めて忠誠を示す。オリシヲンにおいて第二の社交界デビューと呼ばれる場であり、卒業を祝賀される場でもある。

そんな大切な行事が迫っていることを、リディアの言葉で思い出すなんて……どうやら僕は、恋に現《うつつ》を抜かし過ぎていたようだ。こんなことではいけない。シモンに相応《ふさわ》しくありたいと願い剣技大会に全力を注いだというのに、こんなに腑抜けていては本末転倒も良いところである。

「……僕は、気持ちを切り替えないといけないね。リディア、ありがとう」

自分に言い聞かせるように、リディアに感謝を伝えると、彼女は嬉しそうに「はい、それがよろしゅうございます」と笑って頷いた。

療養を終えた僕は、明日、学園の寮に戻ることになった。

今日は療養期間中最後の、家族との晩餐だ。三人で腰かけるには長すぎるテーブルの前に腰かけて、並べられた料理にフォークを刺す。それを口に運ぶ。それを繰り返す。

頭の中では不規則に色んなシモンの表情が浮かぶ。唐突に甘い笑顔が浮かんだ時にはうっかりナイフを落としてしまった。

なんだこれは。僕は恋する乙女か。つい先日、恋に現《うつつ》を抜かしている場合ではないと自覚したばかりではないか。それなのにまた恋煩《こいわずら》いでぼんやりして、ナイフを取り落とすだなんて、ありきたりすぎて笑えない。

「おやおや、大丈夫かい？」

「大丈夫だよ、父様。少しぼうっとしていました」

時折こんな風に心配されながらも、僕は食事を続ける。

その間、母様が何か言っていたような気がするけれど、僕はそれに曖昧な返事をするだけで、今日食べた肉や野菜、デザートがなんだったのかよく分からないまま、自分の部屋へ戻った。

品のある水色と白、金色の装飾品や調度品が並ぶ馴染《なじ》みのある部屋とは、またしばらくさよならだ。

「……エリス、ちょっといいかしら？」

扉の向こうから母様の声がした。「いいよ」と答えると遠慮がちに、扉が開く。

「少し、お話でもしましょうか」

静かに微笑む母様はそう言って、背後に控えていたメイドにお茶の準備をするように伝える。準備が整うと、母様は椅子に腰かけて、僕にも座るように促した。いつになく憂いを帯びた顔が不安になって問いかける。

「急にどうしたの、母様」

「……先ほどの話なのだけどね」

そう切り出された途端、ひやりとした。

まずい。先ほどの話と言われても、母様が何を話していたのか全く覚えていない。

だけど、覚えてないなんて言ったら、母様は怒るだろう。正直言って今はこれ以上自分の気分を落ち込ませたくない。

だがここで知ったかぶりをして話が複雑になるとそれはそれでまずい。

「ごめん、母様、聞いていなかったんだ」と怒られることを覚悟で口を開いたのだが、しかし、その前に母様は喋り始めてしまった。

「あのね。もし、あなたが嫌だったらいいのよ？　自分で言っておいてあれだけれど、そんなに焦る必要はないと思うの……ごめんなさい、せっかくあなたが決めたのに、こんなことを言って。でも心配なの」

ああ、なんだ。学園に戻る話か。そう思って、僕は安心して笑顔を向けた。

「どうして。いい加減、まずいと思うよ」

元々、大した怪我ではなかった。頬はほんの少し腫れただけだったし、足も数日痛みが続いただけだった。もう完全に身体は癒えているのだから、学校に戻れない理由はない。

「まずいなんてことはないわ。でも、あなたがなんだか心ここにあらずな様子だったから……。本当は嫌なんじゃないかと思ったの」

「本当にもう大丈夫だよ。母様にもいっぱい心配かけたね。でもこれ以上は、皆に置いていかれてしまうから。それに卒業も近いし、僕も焦っているんだよ」

「そう、そうね。確かに……皆さんにはもうとっくに……だし、卒業も近いものね」

母様は深刻そうにぶつぶつと呟いて、僕の頭をそっと撫でた。

「……でも、やっぱり心配だわ。それにとても寂しい」

「……何、どうしたの。そんなに寂しがることかな」

「そうだけれど。それでも……」

毎年来る夏と冬の休暇が終わる時でさえ、母様は平気そうにしていたというのに。一体、どうしてここまで寂しがる必要があるのだろう。

ああ、でもそうか。今回は僕が怪我をして帰ってきたから、一層心配なのかもしれない。いつもは厳しい母様もこの療養期間中は殊更優しかったし、父様なんか今の時期は王都を行ったり来たりで忙しいはずなのに、毎日見舞いの花を届けに来てくれた。

「あれ、そういえば、今度の冬の休暇には姉様も帰ってくるよね。この前飛ばしてきた手紙にそう書いてあったこと伝えたよね？」

「ええ、ちゃんと聞いているわよ。言われてみればもうそんな時期だったわ……ローリエが帰ってきた時のために、豪華な晩餐の支度をしなくてはね」

「うん。姉様はきっと変わらないんだろうな。というより、月に二回も手紙を送ってくるものだから、いつもすぐ傍にいるような気がして……あまり寂しくはなかったな」

「あの子は本当にあなたのことが大好きだから。でもそろそろ、あの子の弟好きもなんとかしないと。何かあれば弟、弟って。遊学に行ったのはもちろん次期当主として成長したいからっていうのもあるのでしょうけど、誰とも婚約したくないから、というのもあるんでしょうね。……全く姉弟揃って親を心配させてばかりなんだから」

母様はまた複雑そうに、何かを噛み締めるように僕を見つめた後で、若干冷めた茶を口に含んだ。どうしてこんなに複雑そうな顔をするのかさっぱり分からない僕は、とにかく不安そうな母様を安心させるために、「心配するな」と言葉を尽くすしかなかった。

母様は、こんなに心配症な人だっただろうか……？

◆

足と頬の治療が終わり学園に戻ってくると、顔なじみの令嬢たちが心配して駆け寄ってきた。

『もし何かあれば、肩でも足でも何でもお貸しいたしますわ。遠慮せずに私達を頼ってくださいましね』

『そうですわ。痛みなどあればすぐにお知らせくださいませ。私たちが医務室までお運び致します』

　君達のその細腕で運ばれてたまるか。とは言わずに僕は微笑み返した。その微笑みが痛ましく見えたのか、彼女たちは一層心を打たれた様子で『エリス様を全力でお守りしましょう』と頷き合う。

　僕が席につくと、カトレアが駆け寄ってきた。

　まずは心配から。そしてカトレアはさすが幼《おさな》馴染《なじみ》と言うべきか、僕の曇った表情を見てすぐに確信めいた様子で「何かあったんでしょう」と問いかけた。

　僕が経緯と共に「シモンの態度が少しよそよそしかった気がする」と話すと、カトレアはこれでもかと目を見開く。

「嘘でしょう？　あのシモン様が、あなたに冷たかった？　ありえない。本当に？」

「だから、そうだと言ってるじゃないか」

「……変ねぇ。シモン様ってどんな方に対しても冷たく接することはあまりないはずだけど。ある意味そんな態度を取られたってことは特別ってことじゃない？」

「一体何が特別だって言うんだ……。クレイとは普通に話をしていたんだけどな」

「え、クレイって……あの、あなたが最後に試合した子？　どうして？」

「いや、僕があからさまに立てなくなったからな。クレイが悪者にされないか心配していたら、埋め合わせをしておこうって言ってくれたんだ」

「……随分とお優しいのね。そこまで親切にしてくださるのは、やっぱり……」

「ん？」

「なんでもないわ……」

カトレアは、気を取り直したように「それで、どうしてか本人に聞かなかったのね？」と再び口を開いた。

「聞いたよ。今日は様子が可笑《おか》しいって」

「そしたら？」

「何にも答えてくれなかったな。ただ、身体はもう大丈夫なのかって聞き返されただけだ。質問の答えにはなってないだろ」

「……あなた、シモン様の機嫌を損ねるようなことをしたの？」

「……思い当たることが多すぎる」

そもそも、僕は元々素直な性分ではないから、シモンへの言葉遣いは自覚している通り乱暴だ。今までシモンが普通に……というかかなり優しく接してくれていたからあまり気にしていないのかと思っていたのだが……。表面を取り繕《つくろ》うことは誰だってできる。シモンならなおさら、表面を取り繕《つくろ》うなんて息をするより簡単なことかもしれない。

「あなたの言葉遣いがあの方の前では乱暴というか、少し偉そうになっちゃうのは仕方のない事よ。好きな子の前では意地悪になっちゃう幼稚なお子様と同じようにね」

「君には僕を慰めるつもりがないな」

「慰めてもいるし、事実を言ったままでよ。もう少し大人になりなさいってことね。でも、シモン様はあなたのそんな幼稚な部分に怒るような器の小さな男性じゃないって、私は知っているつもりよ。

だから、それ以外のことで何か、気に障るようなことをした覚えは？」

　カトレアにそう言われて、僕は顎に手をやって考えてみた。僕の乱暴な言葉遣いが原因ではないとすると……。他に、シモンを怒らせるようなことといえば。

「そういえば、シモンは僕が怪我したまま、試合に出たことに呆れていたな」

「理由は言わなかったの？　……あなたのことだから、どうせシモン様の前でカッコつけたかっただけなんでしょうけど」

「失望されたくないというのは最たる理由ではあったけど……それを聞かれたって、答えられないだろう」

「そりゃ本人には言えないわよね。あなたの前でかっこつけたかったからだなんて……でも、理由を教えてくれないからって、あの方が怒るとも思えないわよねえ。その時はどんな表情してらしたの？」

「んー……」

　あの時のことを思い出してみる。僕が怪我をしたまま試合に出た理由を問われて「ある。だから言わない」と返した時、シモンはどんな顔をしていたか。

「複雑そうな顔をしていたな」

「複雑……？　随分抽象的ね。具体的にはどんな？」

「さあ、分からないけど。でもその後気にした風もなく、笑っていたぞ」

「……そう」

「変ねぇ」と首を傾げるカトレアを見つめながら、僕も深く考えてみるが、本当に何も思い当たらない。

考えるのをサボっているのでも、まして考えたくないわけでもなく、本当に考えても考えても、何も思いつかない。思わず頭を抱えると、カトレアが肩を竦《すく》めた。

「……こうなったら、国王様の宴で、本人に直接聞いてみるしかないわね。……あの方は、国王様主催の宴には、いつも必ず出席なさっているから、会えるはずよ」

つまり、冬の休暇に入るまでずっとこんな風に悶々《もんもん》としたままということか。僕はなんだか投げやりな気持ちになって、だらりと姿勢を崩し、カトレアに弱音を吐いた。

「なあ……」

「なによ」

「ただ単に、僕のことを嫌いになったからじゃないかと思ってしまうんだ。あんまりにも横暴な態度だったから、さすがのシモンも呆れて関わりたくなくなったのではないかな」

カトレアは目を見開いて、首を傾げる。

「今まであなたが横暴な態度をとっても、私が見ている限り、シモン様が不快に思っているような表情をなさったことなんて一度もないわよ。むしろ、そんなあなたが可愛くて仕方がないみたいな顔をしてらしたと思うけど？」

「なんだ、それは……」

「何で急に嫌いになるとかいう発想が生まれてくるのよ」

「だから、なんとなく嫌われたのかなあ、と思うんだよ。僕もよく分からない」

「意味が分からないわ。あなたらしくないわよ、その考え方。不安になるのは分かるけど、投げやりになるのは良くないわ」

「……はあ、全くもってその通りだよ」

ため息を吐くと、カトレアが若干口調を明るくして「元気出しなさいよ」と言ってくれる。それに頷いた時、ちょうど、ノアが教室に元気よく入ってくるのが見えた。

「おお！　エリス！　ようやく良くなったんだな！」

肩を叩いてくるノアに「うん。心配かけたな」と返して、僕はまた長い期間勉学に励むことになった。

◆

悶々《もんもん》と過ごした学園生活が終了し、冬の休暇に入った。

次に皆と会えるのは、国王様主催の宴になるだろう。

そしてその宴をもって、皆、学生ではなくなる。

とはいえ宴が終わっても、ふた月ほどは退寮の準備などで学園に居残るから、現段階で感じる寂しさはまだない。

ノアも冬の休暇の間はこの国に留まるというから、冬景色を楽しめる北方の大きな湖とその周辺の観光地を案内する約束をして、僕は侯爵領に帰るための迎えの馬車に乗った。

　この国は比較的暖かな気候の国だが、寒さが深まる時期になると、雪は当然のように降り、地上に雪化粧を施す。しかも昼と夜の寒暖差が激しいため、昼には凍っていなかった小さな泉が明け方には全て凍っているという、そんな現象も当然のごとく起きていた。

　今はこうして馬車で走る分には問題のない積雪量だが、これもまた降り積もって徐々に馬車の往来はなくなることだろう。

　侯爵領に入ると、雪はまだそれほど降り積もってはいなかった。だが、温暖な気候に馴染《なじ》む身体には、刺すような寒さが辛い。馬車に敷き詰められた毛布を肩と膝にかけながら、僕はぼうっと流れる侯爵領の風景を眺めていた。

　学園は大きな丘陵の上にあり周囲も田畑しかなかったが、侯爵領にはそこそこ大きな街がいくつかある。

　雪が降っているとはいえ、街には人も多いからか人が良く通る道は、雪に覆われてはいない。煉《れん》瓦《が》の道の両脇には露店もまだ並んでいるし、酒場の主人らしき男が看板を出して空を見上げながら嬉しそうに笑い、白い息を吐いている。

　寒い日には皆身体を寄せ合って酒を呑むのもまた楽しい。と、いつだったかルーベンが言っていた。

　彼はああ見えて軍内での位は高く、王宮を歩けば深く頭を下げられるような立場にいるが、時折身分を隠し、シモンと共に忍んで王都の隅にある酒場へ行って、民と酒を酌み交わしているという。

誰にでも平等に接する彼らしいお忍びだ。

そんなことを思い出しながら、しばらく馬車に揺られていた。侯爵邸が近づき門を抜けると、馬車の速度は緩やかになり、やがて停止する。

御者に手をひかれて降りると、玄関前には毛皮の肩掛けを羽織った母様と、嬉しそうににこにこと笑う父様が立っていた。

家族の歓迎を受けて自室に戻ると、すでに部屋の暖炉がついていて、暖かい。

寝台に腰をおろして目一杯に息を吸い込んでいると、扉を叩く音が聞こえた。「いいよ」と返事をすると、入って来たのは満面の笑みを浮かべるリディアだった。

「エリス様、おかえりなさいませ」

「リディア、元気だったか？」

「はい、ご覧の通りとても元気です。すぐに晩餐とのことですので、準備が整い次第、食堂へ来るようにと旦那さまが仰っておられます」

「ん、分かった」

準備と言っても楽な格好に着替えるだけだ。ゆっくりと着替えて、部屋を見渡す。相変わらず綺麗なまま。リディアが丁寧に掃除をしておいてくれたのだろう。

晩餐の席につくと、香ばしい香草の香りが鼻腔を満たす。肉料理と、瑞々しい果物、彩り豊かな野菜。濃厚かつ芳醇なチーズ料理。それはもう盛りだくさんである。

「いつも言ってるんだけど……食べきれないんだからこんなに用意しなくていいよ」

「そんなことを言わずに、今日だけだから」

父様の柔らかい声に促されて、ナイフとフォークで肉を切り、口へ運ぶ。葡萄酒を楽しむ両親は療養期間以来の僕の帰宅を喜びながら、学園生活はどうだったのか、学業はもう十分修められたのか、友人関係はどうなのか根掘り葉掘り問いかけてくる。

この調子だと、姉様が帰ってきた時には、彼女が苦労することになるだろう。

苦笑をこぼしていると、母様は葡萄酒がまだ残るグラスをそっとテーブルに置いて「ねえ」と僕の顔を見据えた。

「なに、母様」

「……覚えていて？　母様との約束」

なにか約束したことがあっただろうか。首を傾げる僕に母様は深い溜息を吐いた。

「全く、都合の悪いことはすぐに忘れるのだから。療養を終えて学園に戻る前日の夜に言ったでしょう？　……卒業する前に、あなたには縁談のお相手と会ってもらうって」

「…………はあ？」

「はあ？　じゃないわよ。約束ですからね、守ってもらいますよ」

「冗談じゃない！　絶対に無理だ！」

「絶対に無理と言っても、先方からも了承を頂いているのよ。今回ばかりは我儘《わがまま》を言わないで頂戴ね」

僕の馬鹿野郎！　なんでもっとちゃんと母様の話を聞いておかなかったんだ⁉

今さら後悔してももう遅い。先方と約束してしまったのなら、母様と父様の顔を潰さないためにも会わなければ……。え、本当に？　僕はシモンが好きなのにか？

だけど、それってどうなんだ？

その気もないのに縁談を進めることのほうがよほど相手に失礼なのでは？

混乱する頭で、それでも断る理由を数百通りも考えていると、母様が片眉を吊りあげる。

「あなたの言いたいことは分からないわけではないけれど。……私たちをほんの少しでいいから、安心させて頂戴」

「……安心？」

「そうよ」

母様は深く頷き、グラスに入った葡萄酒を一口呑んだ。

「……あなたは家督を継がない。だから何も無理に結婚する必要はないわ。だけど親心として、あなたにずっと独り身でいてほしくないのよ。分かっているでしょう？　もうあなたは学生ではなくなるし、これからの選択はあなたの好きにしていいと言ったけど、孤独にだけはなってほしくないの」

真面目な顔で、寂しそうな顔でそんなことを言う母様に、一体何を言い返せるだろう。

姉様は家督を継ぐ。僕はそれを支えるか中央の文官、神官として働くか、選択は自由にしていいと言われている。

母様が言いたいのは、自由と孤独は紙一重だということだろう。若い頃は自由に羽を広げて目一杯に外を見ればいい。だけど、年を取ったら？　羽が老いて、休める場所すらなかったら？

僕が何かの不幸に見舞われない限り、先に逝くのは母様と父様で、僕は一人になってしまう……

そう言われたら、本当に何も言い返すことができなかった。

「……分かった」

僕が渋々と頷くと、父様と母様は顔を見合わせて、苦笑した。

「エリス」

呼びかけてきたのは、父様だった。

「あまり気負うことはない。今回、縁談とは言っているけれど、お茶会のようなものだ。お相手の方もそれは承知しているよ……それに」

「なに」

首を傾げると、言い淀んだ父様は肩を竦《すく》めた。

「いや、なんでもないよ。とにかくお茶を楽しみながら、お相手とほんの少しお話ししてみなさい」

いつも僕の意見を優先させる父様が、こう言うのだ。今回は覚悟を決めるしかないようである。

別にむりやり結婚しろと言われているわけではないのだから。

二人の望みが「縁談をすること」なら、それくらいはしよう。

「……分かった」

僕が渋々頷くと、父様と母様は分かりやすく安堵の表情を浮かべた。

縁談当日。僕は客間の長椅子に身体を沈めながら溜息を吐いた。

もうそろそろ縁談相手が来る頃合いだからと、父様と母様は応接室から既に退出している。

部屋の中には僕とリディアだけ。リディアは緊張した面持ちで、茶と菓子の準備をしていた。差し出されたティーカップを受け取り、口に含む。ほんわりとした柔く軽やかな茶葉の香りが口の中いっぱいに広がった。

ソーサーにティーカップを置き、天井をぼんやりと見つめる。

天井に描かれた天使は、美しい羽をいっぱいに広げて、微笑んでいた。

父様曰く、今回の縁談に訪れる女性も天使のように美しいらしい。そして連綿と続く歴史の中でも、多くの武勇を誇る者を輩出する家の令嬢なのだとか。

『で、どこの家のお嬢さんなわけ？』

問いかけると、父様は茶目っけたっぷりに笑って「それは会ってからのお楽しみだ」と片目を瞑《つむ》った。

父様は時々、意味のないことをする。

今日何度目か分からないため息を吐いた時、扉の外がざわついた。

縁談相手が到着したのだろう。母様の落ち着いた声と、父様の声ではない、柔らかな紳士の声が聞こえてくる。慣れ親しんでいるような雰囲気が扉越しに伝わってきた。

ほんの少しして、扉の外がしんと鎮まる。扉を叩く音がして「どうぞ」と促すと同時に、リディアが扉を開けた。

　リディアと共に入ってきた令嬢を見て、僕は愕然とした。

「フェネル!?」

「お久しぶりでございます。……エリスさん」

　優雅に頭を下げ、銀杏《いちょう》色のドレスを身にまとったその姿に唖然としていると、フェネルは曖昧に微笑んでおずおずと口を開いた。

「申し遅れました。私の本当の名前は、レティシア・フルールと申します」

　はにかみながら、フェネル――レティシアは深々と頭を下げた。

「……フェネル・フルールは私の兄です。剣の指南の際には、兄の名前を借りてあなた様の指南役となりましたこと、……誠に申し訳ございませんでした」

　彼女の口から紡ぎ出されたことは信じ難かったが、この期におよんで実直な彼……いや、彼女が嘘をつくことも考えられなかった。つまり、彼女は本当のことを言っていて、僕の指南役は間違いなく彼女がしていたということになる。

　そういえば、父様から届いたもう一人の指南役を寄越すという手紙には、指南役の名前が書かれていなかった。おそらくそれは、嘘を吐きたくないという、父様らしい心の表れだったのかもしれない。

「僕の指南役をしていたのはレティシア嬢ということか……」

「はい。そうなのです」

緊張の面持ちで、しかと頷くレティシアに「そうか、そうか」と頷いていると、彼女は首を傾げて「あの」と問いかけてくる。

「……お怒りにならないのですか？」

「なぜ、僕が怒るんだ。怒ったりなんてしない。驚いてはいるけれど」

笑いながら答え、席に座るよう促すと、レティシアは申し訳なさそうに首を竦《すく》めながら、淑女らしく長椅子に腰かけた。

「本当に、すみません」

「そんなに申し訳なさそうにする必要はない。僕は、フェネ……違った。レティシア嬢のことを尊敬しているんだよ。そんなに頭を下げられると居心地が悪くなるからやめてほしい」

「……尊敬？　なぜですか」

心底不思議そうに問いかけてくるレティシアに、僕は真面目に答える。

「あれだけ剣の腕を磨くというのは、努力が必要だったと思うんだ。この国では、女の子が剣の腕前を磨くのは珍しいことだろう？　おそらく、周りからも色々言われただろうと思う。でも、あんなに頼もしく剣を扱えるのは、精神的な強さと努力があってこその成果だろう。そんな君を、尊敬せずにはいられないよ」

オリシヲンの軍が勇猛果敢だというのは、大陸中に知れ渡っていることではある。

だが、この国ではまだ軍人というと男、という印象が強い。古代には稀《まれ》に女の兵士がいたみたいだが、それにしたって古代の話だ。近年ではもっぱらそういう人物は現れていない。

だからこそ、今目の前にいるレティシアが、その類稀《たぐいまれ》な存在になるのではないか。そんな風に思えるほど、レティシアの剣技は素晴らしかった。

身振り手振りも加えて思っていたことを伝えると、彼女は照れ臭そうに頬を赤く染めた。

「……あ、りがとうございます」

「僕こそ、改めて礼を言わせてほしい。二試合目で負けてしまったけれど、レティシアが指南してくれなかったら、あそこまで戦えなかったと思う。おかげで悔いのない試合ができたよ。ありがとう」

「い、いえ……そんな」

レティシアは動揺しながらも、僕の感謝を受け入れてくれた。相手が慣れ親しんでいた人だと分かって安心した僕は、話したいことがたくさんあって、しばらく談笑を続けていたが、時間が経つごとにレティシアが落ち着きをなくしていくことに気がついた。

「どうしたんだ？」

「あの……ところで、エリスさん」

「うん？」

「この縁談についてなのですが……」

そういえば、そうだった。一体、どうして僕の縁談相手として、レティシアがここにいるんだ。

そこから説明してもらわなければならないのだった。

「そうだ、どうしてレティシアが僕の縁談相手なんだ？」

「……実は、指南役を務めてはくれまいかと、エリスさんのご両親から頼まれたのが事の発端なのです」

「父様と母様が？」

「はい。……詳しくお話ししますと」

レティシアはそう言って、淡々とした表情で事の真相を語った。

「エリスさんのお母様は元々、私の父と同じ学園の同級生でいらしたそうなのです」

ああ、そういえば、そんな話をされたことがあるな、と思い出し僕は相槌を打つ。

「それがつい最近、社交界で再会を果たしたのですが……私はその時父の隣におりまして『レティシアは兄弟の中で誰よりも剣の才に恵まれているのだが……そのせいで、縁談の話が全くこない』と父がぼやいたのです。それを聞いたエリスさんのお母様……エレーヌ様が『ちょうど、うちの息子がもう一人指南役を寄越せと言ってきたところなんですの。ぜひ、お嬢さんと顔合わせを』と仰って……」

「それは、指南役というより……顔合わせが目的だな」

縁談を嫌がる僕に痺れを切らした結果ということか……

「なるほどな」

経緯には納得した。だが同時に新たな疑問が湧く。

「性別を偽ったのは……どうしてだ？　お互いを知ることが目的なら、性別を偽る必要はなかっただろう」

「『まずは、お嬢さんがエリスをどう思うかが大事だから』とエレーヌ様が」

つまり、本格的な縁談の前に、レティシアに僕のことを知る機会を与えたというわけだ。

しかしそれでは、性別を偽る理由としては足りないように思われるが、レティシアもそれは分かっていたのか、間を置かずに補足してくれる。

「実は……縁談についてはあまり乗り気ではなかったので、私は顔合わせをするよりも、今回は指南役をやり遂げることに力を注ごうと考えておりました。女の指南役では侮られ、指南を拒絶される可能性もありますから、性別を偽ることにしたのです」

「……なるほどな」

「申し訳ありません。こんな身勝手な理由で……偽ってよいことではなかったと今では反省しております」

「君が謝ることではないよ。別に、誰が謝ることでもない。ああ、でも僕は謝らないといけないね。レティシアの詳しい事情も知らないで偉そうなことを言ってしまった」

男であるのに、美人と言われることが嫌だという気持ちが、痛いほど分かるから。だからあんな風に力説してしまったが。レティシアが女性となると、また話が変わってくる。

では一体なぜ、彼女はあれほど「美人」と言われることを厭《いと》うていたのか。

疑問に思ったが、これは彼女にとってとても繊細な事柄だろうから、僕からは聞かないほうがいいかもしれないと考えて、あえて自分から問わないと決めた。

「いえ、むしろ嬉しかったですから。それこそお気になさらないでください」

「嬉しかった？　なぜ？」

「……恭《うやうや》しくされるのが嫌なのです。ですから、本当に大丈夫ですよ」

「そうか？」

「はい」

「じゃあ、このままの喋り方でもいいかい」

「はい」

きっぱりと頷いたレティシアに、ホッと胸を撫でおろす。

知らなかったとはいえ、令嬢に対していささか失礼な態度を取ってしまったと今さらながらに思い出して冷や汗を掻《か》いたが、レティシアにそう言ってもらえると大分心が軽くなる。

勝手だとは思うが、レティシアをフェネルだと思っていた頃から、友人のような気がしていたから、そのままでいいと言われて嬉しかった。

「それで？　今回は縁談って話だけど……。僕は君のことを大切な友人だと思っているから、縁談と言われてもあまりしっくりこないな」

少し気が楽になって、笑いながら言うと、レティシアは生真面目な顔のまま。

「私は……ちゃんと縁談として、お話を進めたいです」

「うん、そうだよな。やっぱりちゃんと縁談は別の——え？」

聞き間違いかと思った。だが、慌てて見たレティシアの表情に冗談めいた気配はない。

「ちゃんと、縁談を進めたいって……」

「駄目でしょうか」

レティシアは、ぎゅっと膝の上で拳を握り込む。彼女の真剣な眼差しが突き刺さる。頬を赤く染めたままのレティシアは「私は……」と口を開いては閉じ、開いては閉じを繰り返し、ようやく意を決したように顔をあげた。

「私は、エリスさんとなら……結婚してもいいと思っています」

「……いや、それは……僕たちまだ出会って少ししか経っていないし」

「これから時を重ねていけばいいと思うのです」

「……それは」

思わず眉を顰《ひそ》めると、彼女は悲しそうな顔をした。

「やはり私では駄目なのでしょうか。女の子らしくもなく、愛想の欠片《かけら》もない私では……」

「おいおい、そんなんじゃない。レティシアが駄目とかそういうわけではないよ」

「では……どうして」

必死な様子で言い募るレティシアに否が応でも思い知らされる。

レティシアは僕のことを憎からず想ってくれているのだ。そんな彼女に、僕は何と答えればいいのだろう。

一応とはいえ、この縁談という場で「元々、そんな気はなかった」だなんて言うのは、失礼な話だ。そもそも、こんな風に真摯《しんし》に思いを伝えてくれている人に対して、誤魔化したり、嘘をついたりするのは、絶対に許されることではない。

では一体、何と答えればいいのか。

答えを模索していると、レティシアはわずかに表情を明るくして「では、まずはお互いを知ることから始めませんか？」と提案してくる。

彼女の気遣いに感謝したいところだが、これには「否」と答えるべきだと思った。

この提案には少なからず僕が彼女のことを女性として好きになる可能性への期待が込められている。だが、そんな可能性はない、と断言できる。

友人としてならすでに好きになっている。だがこの先、恋愛対象として見ることは、決してない。断言できるのは若さゆえなのか。そう問われると、それも要因の一つだと考えざるを得ないけれど。今こうしてレティシアと向かい合って痛感した。

僕は、どうしてもシモンただ一人しか想えない。

それは、この先もずっと変わることはないような気がする。そんなことはありえないだろうか。だが少なくとも僕はもう十年以上、シモンを想い続けている。

だから、この先また十年、二十年想い続けることだって、今までと大して変わらないことだと思うのは、当然のことではないだろうか。

「……ごめんな、レティシア。僕は、君の気持ちには応えられない」

「友人から始めるのでもいけませんか？」

「……恋人に発展することはないと分かっていても、君は僕と友人でいようと思えるのか」

そう静かに言うと、レティシアは黙り込んだ。

友人から始める。レティシアはそう言うが、僕は友人で終わらせるつもりなのだ。その意をはっきり伝えるのは心苦しいが、ここで甘い返事をすれば、それこそレティシアの時間を無駄にしてしまう。彼女は僕と同じでまだ若い。

彼女は十年以上、片想いを続けて悶々《もんもん》としている僕なんかよりもっと良い男と添い遂げることができるはずだ。

「はっきり言う。僕には子供の頃から好きな奴がいるんだ。レティシアが僕に向けてくれる気持ちと同じ気持ちを、ずっと向けている相手がいる」

レティシアは顔をあげて、目を見開いた。悲壮な表情に心が痛むが、耐えて言葉を続ける。

「だから僕は、君の気持ちには応えられない。……本当に、すまない」

まっすぐに、レティシアと目を合わせる。中途半端なことはしたくなかった。ここでもし「分かった。友人から始めよう」なんて答えるのは、罪深い男のすることだ。

レティシアは僕から視線を外し、俯《うつむ》いて静かに頬を濡らした。

そんな彼女の姿に、さらに心が痛んだ。だが、ここで優しさを見せるわけにはいかない。僕はただ、彼女の言葉を待つしかない。その間、脳裏に思い浮かんだのは、先日見たばかりの、冷たく女性をあしらうシモンの表情だった。

静かな部屋にレティシアの頼りない泣き声だけが響く。

「……エリス、さん」

「うん」

しばらくして顔をあげたレティシアに、僕は静かに相槌を打つ。

「お願いがあります」

「うん、なんだ？」

「どうしてもお伝えしたいことがあります。ですからどうか、気持ちだけでも聞いてくださいませんか。聞いてくださるだけで、いいのです。期待を込めてそうするのではなく、ただお話ししたいだけなのです。お話しすることができたら、そうしたら……この気持ちは手折《たお》ります。もっと、好きになってしまう前に……諦めます」

「……ああ」

普段、言葉数の少ないレティシアは、おそらく、話すことそれ自体が苦手なのだと思う。

それなのに、気持ちを話したいと言うのだ。それも僕への気持ちを手折《たお》るために。

断る理由はどこにもない。

僕のことは早く諦めるべきだと思うから、僕は頷いた。

「エリスさんの言葉で忘れられない言葉があるのです」

「僕の？」

「はい。私にとって何物にも代えがたい大切な言葉です」

そんな大切なことを、僕は言っただろうか？

首を傾げるとレティシアは微笑みを浮かべた。冷えた池で固く閉じる蓮《はす》の蕾《つぼみ》が開く時を目撃したような、そんな気持ちにさせられる。普段淡々とした表情しかしないレティシアの、表情が変わるところを、僕は今日何度、目にしただろう。

「『人から見た自分を変えようなんて思うのは不毛なことだ』と、あなたは私に言いました」

そういえばそんなことを言った覚えがある。レティシアがノアに「美人」と言われて、怒った時のことだった。

「うん」

「……私はずっと、美人だと言われるのは嫌だと頑《かたく》なにその言葉を拒んできました。……でも、あなたになら美人と思われたいと……こんなに堂々としている美しい方に想われたら、どれほど幸せだろうと。そんなことを考えてしまったのです」

レティシアは、僕の目をまっすぐに見据えた。剣を指南している時と同じくらい真剣なその瞳は、真摯《しんし》な光に満ちている。

「……そうか」

「はい。美人と言われるたびに『せっかく美人なのに、どうして剣の腕ばかり磨くのか』と言われているようで、嫌でした。幼い頃から散々同じ言葉を聞かされてうんざりして、窮屈だと思っていました。エリスさんを想うようになって、楽になったのです。だから……お礼を言わせてください。本当に……本当にありがとう、ございました」

レティシアは深く頭を下げて、穏やかな微笑みを浮かべた。

彼女がなぜあれほど「美人」と言われることを嫌がっていたのか、ようやく分かった。

自分のとても繊細な部分を打ち明けてくれたことを嬉しく思う。だが、ここで共感を示したら、せっかくの彼女の決意を踏みにじることになる。だから、僕はただ「うん」と頷くに留めた。

◆

「ねえ、ちょっと！　カップ傾いているわよ！」

「え……ああ」

カトレアの困惑する表情が目に飛び込んできて、手元に目を向けると、確かにカップから紅茶が今にもこぼれそうになっていた。

そういえば、僕は今カトレアの屋敷に来ていたんだった、と思い出す。

茶に誘われて来たが、ぼんやりしていて自分がどこにいるのか忘れていた。

慌ててカップを、ソーサーの上に置く。室内だから寒くはないが、指先が少し冷えていた。

「ねえ、もしかして……縁談のこと気にしてるの？」

一瞬、カトレアの問いを理解するのが遅れる。

「は⁉　なんで、僕の縁談のことを、君が知っているんだ⁉」

椅子を蹴飛ばす勢いで立ち上がると、カトレアは「まあまあ」と落ち着き払った様子で、手を上下にだらしなく振った。あの日からまだ七日も経っていないというのに。

「もう、貴族の間じゃ周知の事実よー」

「だから、なんでそんなことになっているんだ」

「あのねえ、社交場では他人に興味ないふりをしながら、実は聞き耳をたてているご婦人がたくさんいるのよ？　それに向こうの親戚の方がうっかり口を滑らせてしまったのかもしれないじゃない」

「……意味が分からない。僕の縁談の噂なんて、何も面白くは……いや、面白いのか？」

「ええ、十分面白いわよ。その容貌《ようぼう》と性格で数々の令嬢たちを虜《とりこ》にしているあなたが、今まで頑《かたく》なに拒んでいた縁談についに前向きになったっていうんだから、気にならないわけがないわ」

「はあ……」

「それで、それで、どうだったのよ。縁談は」

ずいと身を乗り出して問いかけるカトレアに、僕は虚しく首を振った。

「うまくいかなかったよ」

真実は僕がレティシアの告白を断ったのだが、互いに話し合って「話が合わなかった」ということにした。互いの両親も、一応はそれで納得してくれたのだが……

ほんの少し残念そうにしていた。あの表情を思い出すと、心が軋む。

「どうして、そんなに元気がないのよ」

どうして、僕は元気がないのか。僕にもよく分からない。僕には落ち込む資格もましてレティシアの心配をする資格もない。

分かっていたはずなのに、一生懸命な気持ちを拒否することは辛い。

忘れた頃にまた改めて思い知らされる。

これだから、シモンにだって絶対に告白なんてできないのだ。

こんな思いをさせると分かっていて告白してしまったら、僕は自分への怒りと嫌悪で、憤死してしまう。

「……はあ」

俯《うつむ》くだけで何も答えない僕に、カトレアはほう、と嘆息して、僕の頭を撫でた。

「なにさ」

「……もう、この話はやめにしましょうか。それより卒業までの冬の休暇の過ごし方でも話しましょう。そういえば、その頃にはあなたのお姉様も帰られるのではなかった？」

「うん」

カトレアの言う通り、僕の姉様がそろそろ遊学から帰ってくる。

彼女は明朗快活を絵に描いたような人で、幼い頃から僕に目一杯の愛情を注いでくれた。暗い顔を見せては心配をかけてしまう。

「お姉様とたくさん楽しんで、気持ちの切り替えができるといいわね」

「……そうだな」

カトレアは優しく微笑んで、僕の顔を見つめた。

いつもは気の強い幼《おさな》馴染《なじみ》に気を遣わせて心が痛んだが……もうしばらくは、無理に笑わずにいられる時間を過ごしたかった。

◆

国王様主催の宴が王宮で開かれる半月前に、姉様——ローリエは遊学から帰ってきた。

僕と同じ亜麻色《あまいろ》の髪と青色の瞳。瓜二つとまではいかないまでも、同じような顔立ちをしている。

どちらも母様によく似ていると周囲は言うが、姉様曰く、鼻の形は父様に似ているらしい。

そんな姉様が、馬車から降りてくる。

遊学に行った一年前と変わらず、姉様は美しくそして相変わらず僕の顔を見ると輝くような笑みを浮かべて、元気いっぱいに飛びついてきた。

「私の愛しいエリスちゃん！　元気だった？」

「姉様、お帰りなさい」

ぎゅうぎゅうと強い力で抱きしめられる。相変わらず彼女は抱きつくのが大好きなようだ。遊学から帰っても変わらないその姿と態度にひと安心していると、背後から母様の大きな溜息が聞こえてきた。

「いい加減になさい。あなたを年相応の落ち着きある淑女にするために隣国へ行かせたのよ。いつまでも弟大好きなままで……いつになったら、結婚できるやら……」

「まあ、母様ったら！　私は元々年相応の淑女でしたわ。それにエリスを愛する心が、遊学に行ったくらいで壊れるはずございません。御冗談はおよしになって」

バチバチと視線を交わして火花を散らす二人。相変わらず仲が良いのか悪いのか、よく分からない。父様はそんな二人を宥《なだ》めるためなのか、それとも宥《なだ》める行為自体を無駄だと思っているのか「まあ、まあ」と曖昧な言葉を発するだけだった。

「姉様、まずは中に入ろう。疲れただろう」

「ええ、ええ、疲れたわ」

姉様は僕の腕に抱きつきながら屋敷の中に入る。相変わらず元気で愉快な姉のままで帰ってきてくれたことに安心していると、姉様が小さな声で「エリスちゃん、何かあった？」と問いかけてきた。

やっぱり、一年間離れて暮らしていたからといって、この姉が僕の表情のわずかな機微《きび》を見過ごすことはなかった。

「少しね」

「お姉様にも言えないことかしら」

「……あとで話すよ。どうせ姉様、夕食が終わったら僕の部屋に突撃してくるつもりだろ」

「あらん、ばれちゃった」

「ばれちゃった……って。いい加減にその癖は直すべきだ」

呆れる僕を見て、姉様は「いいじゃないの～。一年ぶりなんだから、直接あなたの顔を見て話せる幸せに浸りたいのよ～」と頬を擦り寄せてくる。確かに、この一年間はずっと手紙でのやりとりだった。

だがこの姉は、月に二度も手紙を寄越してきたのだ。

だから途中で面倒臭くなってしまって「返事するの面倒くさいから、ひと月に一度にしてくれ」と送ったものの、変わらず手紙は月に二度届けられた。

というわけで、姉の近況については家族の中で僕が誰よりも詳しい自信がある。直接話すことなんて、僕にはあるとしても、姉様にもあるのだろうか。

「それで、ローリエ。あなた遊学中には何をしていたの？」

晩餐中、母様の質問に、姉様は口元を押さえて「あら、やだ。お母様ったら、エリスから手紙を見せてもらっていませんの？」と質問に質問で返した。

姉様が僕にかなりの頻度で手紙を送っていたことは両親も知っている。母様は溜息を吐いて「あのねえ」と呆れたように、姉様のキョトンとした顔を睨みつけた。

「手紙であなたの近況については知っていますよ、もちろん。だけど、こういうのは娘の口から直接聞きたいものなの」

母様の言葉に、父様も「うんうん」と頷く。

姉様は納得した風に頷いて、フォークをステーキにぶっすりと刺して口に放りこみ咀嚼すると、葡萄酒で飲み下してから話し始めた。

「とりあえず周辺諸国二か国の言語と、あとは船の操縦方法を学んできましたよ。農耕については途中までは学びましたけれど、あれは本で勉強するより、実際にやってみたほうがよさそうだったので、直接農園に行って学びました。他の時間は全部、領地の経営についてですわ。隣国は豊穣な土地などなくとも領民を守る堅実な制度が整備されていますもの。とても勉強になりました」

　さらりと言っているが、その勉強量が半端ではないことはわかる。話を聞いていると、姉様は『遊学』と言っていたが、実際には『留学』に近いものだったのかと感心する。

　彼女は幼い頃から後継ぎとして勉学に励み、淑女としての振る舞いも血の滲《にじ》むような努力をして身につけていた。

　全ては、侯爵位という重いものを背負うために。

　姉様は人を導く求心力と指導力を持っているし、女性としての魅力も十分に持ち合わせている。完璧だった。

　そう、完璧すぎて並の男では歯が立たず、姉様の容姿だけを見て近寄ってきた男たちは皆、自尊心を塵も同然にされて、玉砕した。

　言い切れる。この国の誰よりも、姉様は『後継ぎ』として優秀だ。そんな姉を誇りに思うと同時に、僕はいつも心配している。

「よく、勉強してきたね」

　父様の褒め言葉に、姉様は「楽しかったですわ」と和やかに返答する。

　晩餐を続けながら、母様も自分の娘に久しぶりに会えて嬉しかったのだろう。

　いつも浮かべている厳しい表情をほんの少し和らげて、葡萄酒を傾けながら姉様の話に静かに耳を傾けていた。

　久しぶりの家族揃っての食事は、和やかなまま終わった。

そして食事が終わると、案の定、姉様はメイドたちを引き連れて僕の部屋に突撃してきた。

「さあ、さあ料理長に頼んで、マドレーヌ、チョコレートマフィン、ケーキをたくさん作らせたから、食べながら存分にお話ししましょうね！　ああ、そうだわ！　あなたへのお土産もたくさんあるのよ。それも運ばせるからもう少し待っていて頂戴ね！」

満面の笑みを浮かべた姉様は、暖炉付近に置かれた椅子に、令嬢らしからぬ所作で腰かけた。

メイド達が茶とテーブルの準備をして、執事長が色とりどりのリボンと紙で包装された箱を、少し離れた寝台の傍に置いていく。

「姉様……手紙にも書いたけどね、土産はこんなにいらないよ」

「ええ。いらないって言っていたから、これだけにしたのよ」

これだけ、と指差した箱は、シモンから送られてきたお菓子の量ほどではないにしても、山のように積み上がっていた。もし「いらない」と言わなかったら、どれだけの量になっていたのか。考えるだけでゾッとする。

「そんなに買うものがあったのかい」

「ええ！　隣国には面白いものがいっぱいあったわよ！　あなたに似合いそうなお洋服もいっぱい買ってきたし」

姉様は、箱の中身を僕に見せながら、満足そうな顔で隣国の話をしてくれた。

手紙にあれだけたくさんのことを書いていたのに、改めて話すことなんてあるのか？

そう思っていたのだが、手紙では書ききれなかったことがまだまだあったらしい。

言われてみれば、姉様は手紙でも僕の心配ばかりだった。こうして直接顔を合わせている今、やっと話せることがあるのだろう。

「色とりどりの花がね、その泉に筏《いかだ》を作っていてね。それはもう美しい光景だったの」

うっとりと話し続ける姉様の話を熱心に聞いていると、ふいに姉様はカップをソーサーの上に置いた。「どうしたの？　疲れた？」と聞くと、姉様は肩にかかった亜麻色《あまいろ》の髪を手先で払いあげ「……それで？」と首を傾げる。

「それでって、なに」

「私が遊学している間にあなたは何をしていたの？」

「手紙に書いたじゃないか」

「嘘よ、私ばっかり手紙を書いて、あなたはほとんど『姉様が元気そうでよかったよ』ばっかりで、自分のことは全然書いてなかったわ。縁談のことも教えてくれないなんて、薄情ね」

姉様は手を腰にあてて、怒ったふりをする。確かに、自分のことを綴《つづ》った記憶はあまりない。

「そうだったな」

「……あなたは昔から人の心配はする癖に、自分のことはおざなりなんだから」

そんなことはない。人並程度に自己嫌悪はするものの、僕はそれなりに自分のことを愛しているから、おざなりにしているなんてとんでもない。

そう反論しようとした時、すいと姉様は立ち上がり、僕の頭を柔らかく撫でた。こんな風に頭を撫でられていると、胸の内に溜まった悩みを打ち明けたくなる。

僕と大して背は変わらないのに、大きく思えてならないのは、きっと僕にとって姉様がずっと大切な存在であり、精神的な支えとなってくれているからだ。

「……姉様はさ」

「うん？」

「誰かを好きになったとして……、相手にその想いを伝えたいと思うか？」

姉様はわずかに目を見開いて、何かを察したように真面目な表情になった。

普段は茶化して態度ばかりの姉様だが、僕が大真面目な顔をすると、いつも真剣に答えてくれる。

姉様は元の椅子に座ると、考えを巡らせるようにティースプーンで紅茶をかき混ぜた。

「そうねえ……。私は、伝えたいって思うかしら」

「だけど、相手は絶対に僕の想いを聞いたら苦しむはずだ」

「どうして、そう思うの？」

「……その人は、僕のことをそういう風には見ていないから。子供としか見ていないと思う。この間、僕のことを慕ってくれた子の想いを断った時、すごく胸が苦しくなった。こんなことを強いるくらいなら、言わないほうがましだと改めて思ったんだよ」

令嬢たちから告白されることは、これまでに数えきれないほどあった。彼女たちの真摯《しんし》な告白を受けるたびに、それを断るたびに難しいと思ったし、辛いと思った。

でも、一番辛いのは断られた彼女たちだから、「辛い」なんて言葉は、口が裂けても言えない。

人の想いを拒絶する行為は、胸が切なくなるし、相手を思えば余計に悲しくなる。

分かっていたはずだった。それなのにレティシアの告白を断って、僕はまたそのことに気づかされたのだ。

「告白して傷つきたくないから、っていう理由じゃないところが、あなたらしいわね」

不敵に笑う姉様に、僕は苦笑する。

「いっそ告白したら楽になるだろうと思って、実際告白しかけたことはあるよ。何も考えていなければ、そのまま告白していたと思う。だけど、しなかった。告白を断る側の気持ちが分かっていて……告白しようとする自分に愕然としてしまった。もしあのまま告白していたら、僕は自分の身勝手さを我慢できなくて、胸を掻《か》きむしっていたかもしれない」

「……あなたは、そういう子よね。人の気持ちばかり考えてしまう。『優しい』ところはあなたのいいところだけど、そんなふうに思うのなら呪縛だわ」

「……そうだね」

『優しさとは、唯一無二の尊いものである』という父様の言葉の意味が分かって以来、僕が卑屈になることはなくなった。だけどそのかわり、その言葉が呪縛となって、僕の行動を制限していることも確かだった。

「ねえ、エリスちゃん」

「なに？」

「自分を傲慢だとは思わない？　あなたは自分の気持ちと他人の気持ちが同じだと決めつけてしまっている」

「それは……」

「告白を受けてあなたのように辛いと思う人もいるけれど、自分を好きになってくれたことを感謝する人間もいるのよ。はっきり言って、他人の事なんて頭で考えているだけじゃ分からないものよ。まずはその人の目をしっかり見て、本心から向き合って、触れ合って……それでようやくその人の持つ一つの側面が見えてくる。そして年月が経って初めて、その人は、いくつもの側面を見せてくれるようになるの」

「……」

「それからね、人の気持ちを知ろうと思うのなら、まずは自分のことを伝えることも大切なのよ。別に告白しなさいと、言っているわけじゃない。ただ、ほんの少し素直になれば、相手のことが見えてくる。その上で告白するのかしないのか決めるべきだと、私は思うわ」

確かに人の気持ちなんて、頭で考えていたって分からないことばかりだ。

だから向き合ってみるべきだという姉様の言葉が胸に深く刺さる。

ここ最近、頭で考えるばかりでシモンに直接聞こうとも、まして自分の本心に近い言葉で話そうともしていなかった。頭の中ではずっとこのままではいけないと分かっていたのに。

それを改めて突き付けられて、結局僕は、姉様に何も言い返すことができなかった。

もう逃げてばかりではいられないのだ。このままでは堂々巡りを繰り返すばかりだ。今まで自覚していても行動に移せなかった事実を改めて突き付けられて、呆然とする自分が情けなかった。

「エリスちゃんは、頭で考えすぎるところがあるわね。たまには心の赴くままに振舞ってみることも大切なのよ？」

「……姉様みたいにかい」

「ええ、そうよ。私みたいにね。心の赴くままに振舞うことで、固執した考えから抜け出せるなら、同じ場所で同じことを考えるよりずっといいわ」

見透かしたような目で見つめられて、無意識に拳を握りしめる。追いつかない決意より、先に行動するべきだと言われたような気がした。

「……そうだね、その通りだと思うよ」

随分と遠回りをしてしまったけれど、いい加減向き合うべきだ。気持ちの折り合いをつけるにしても、諦めるにしても、自分の本心に近い言葉を用いて対話をするなりして、シモンとの心的な距離がこれ以上離れないようにするべきである。

もう、シモンの優しさに甘えずに、自分から向き合う努力をするべきなのだ。

告白をするのは自分の本意ではないから、今度会った時にはまず、シモンと穏やかに会話をすることが僕の身近な目標になるだろう。

「姉様と話していると自分のやるべきことが分かって助かるよ。ありがとう」

「……また悩みがあったらいつでも相談するのよ」

帰ってきてそうそう、僕の悩みを聞いて導いてくれるとは……姉様は本当にすごい人だ。

そんな風に思いながら、優しく微笑む姉様に、僕は決意を込めて頷いた。

姉様が帰ってきてからというもの、屋敷の雰囲気は一変した。

姉様のいない屋敷は平穏そのものだったが、彼女が来た途端、春一番のような風が吹いて、とてもいい意味で、屋敷の中は荒れに荒れた。

メイドの服が少し古い型だからと、新しい型にしてみたり。

カーテンの色合いも流行《はやり》があるからと市井《しせい》に出かけて自らカーテンの生地を選んでみたり。

周辺国で流行《はや》っている帽子のデザインを、信頼の置けるデザイナーを呼び寄せて、提案したり。

海上商人を呼び寄せて、新しい宝飾品を取り寄せたり。

ビーズを編み込んだ新しい型のバッグを作り、懇意の雑貨屋で販売したり。

賑やかな姉様の帰宅に乗じて、それはもう様々な人間が屋敷に出入りするようになった。しかしここ数日は、それも途絶えていた。

「ねえ、エリスちゃん。このデザインはどーお？　なんだか古臭いわよねえ」

姉様が見せたのは、僕の正装につける装飾品のデザイン画。

「なんだか、けばけばしいな。簡単なリボンでいいよ」

「そうねえ。リボン……それなら、やっぱり青がいいかしら。それとも白？」

「青がいい」

「そうね。それじゃあ……このリボンは青にしましょう。エリスちゃんの目の色に合わせるのがいいわね」

姉様はデザイン画を描きながら、うんうんと唸《うな》り、時々僕の言葉を求めてはまたうんうんと唸《うな》るのを繰り返す。

僕を含む卒業間近の学生たちは皆、今の時期は正装や式典での口上の準備に追われていることだろう。

『エリスちゃんの正装の準備は、この私に任せて頂戴ね！』

そう意気込んでいた姉様は、隣国へ行く少し前に、デザイン画を信頼のおける仕立屋に預け、僕の正装の服を縫わせていた。

そして、今こうして出来上がったところに刺繍を足したり、リボンを足したりしているのだが、どうにも納得がいかないらしい。連日テーブルにへばりつくようにして、姉様はすでにでき上がりつつある正装を睨んでいた。

「姉様、頑張ってくれるのはありがたいけど、少しは休んでほしい。社交界には姉様と会えることを楽しみにしている人たちだっていっぱいいるんだ……。社交場に出るたびに『君のお姉様はいつ帰ってくるのかな？』と聞かれているんだよ。姉様が隈の濃い顔で出席したら、皆心配してしまう」

「あら、人の顔しか見ないで近寄ってくる馬鹿な男なんか、ドン引きしていればいいのよ」

不機嫌に唇を尖らせて、姉様は僕から視線を逸らした。彼女は僕と同じく異性から好意を寄せられることが多い。

だが姉弟といえども、その対応には大きな違いがある。

姉様は、言い寄ってくる紳士の自尊心をへし折っては高笑いし「私にふさわしくない」と言葉でとどめを刺す。一時期、第二王子に好意を寄せられていたこともあるというが、姉様はそれすらも意に介さず、第二王子にも甘い態度は取らなかった。

　こうすることで、二度と安易な気持ちで言い寄るなと、言外に忠告しているのだという。

　だから遊学する前にはほとんど言い寄る男はいなくなっていたが、気が強く知性的で誇り高い姉様の心を射止めたい方々は、きっと自分を磨いて、遊学から帰って来た姉様にまた言い寄るつもりだろう。

　そうでなければ『君のお姉様はいつ帰ってくるのかな？』なんて聞いてこないはずだ。

「どうする？　本当に、姉様に相応《ふさわ》しい男が現れたら」

「そんなの、いるわけないわよ」

　姉様はこういうことに関しては少し意地っ張りになる。床に散らばるリボンを拾いながら「もっと美しい青色はないのかしら」とぶつぶつこぼす姿に、苦笑した。

　こうなったら、姉様は止められない。仕方がない、ここは無理にでも休憩を取ってもらおう。

　姉様が大好きなカモミールティーと菓子を持ってくるよう、メイドに頼むために、僕はベルを鳴らした。

◆

　国王は、御年七十になる。聡明であり、かつ温厚な性格で国民の信頼は厚い。在位期間はすでに四十年を超えている。

民を思いやる執政を行う人物であり、臣下の心を掴む人たらしでもある。何度か顔を合わせたこともあるが、言葉も態度も全てが柔らかく、それなのに冷然とした威厳もあって、王になるべくしてなった人だと感じさせる人物だ。

そんな国王陛下の御代《みよ》が四十年続いていることを祝うと同時に、僕たちはそれぞれ元の立場に戻る。僕の場合は『侯爵令息』に戻るというわけだ。

実際のところ、意識的には退寮をもって『卒業』という認識だが、形式上はこの宴で『卒業』となる。

そして今、僕はその宴に参加するため、侯爵領から王都へ向かう道中、馬車の中にいた。

普段使いする馬車ではなく、侯爵家の紋章が入った豪奢《ごうしゃ》な馬車だ。小さな窓の枠にさえ、見事な金細工が施されている。馬車にしては広い天井にも凝った星空の画が描かれていた。

「エリスちゃん、エリスちゃん。もう一回こっち見て頂戴よ！」

瞬くはずもない描かれた星々を眺めていると、姉様が情緒もへったくれもないことを言ってくる。

「もう、姉様……いい加減、大人しくしてくれ」

姉様は自身がデザインした正装を着ている僕が殊の外、気に入ったみたいだった。僕も姉様のデザインした衣装を気に入ってはいるが、それにしたってこのやりとりも二十を数えると、うんざりしてくる。

「今日のパーティーは、エリスちゃんが皆の視線を独占しちゃうわね。さすが私の弟だわ！　小悪魔令息なんかじゃなくて、大天使令息よ。皆思い知るといいわ～！　ほーほっほっほっほっほ！」

「……姉様、頼むから……。その偉そうな調子のままで王宮に入らないでくれよ。不敬罪で捕まってしまうかもしれない」

「あ～ん、そんな冷たいこと言わないで頂戴！」

姉様は、王宮につくまでずっとこの調子だった。

だが、さすがと言うべきか。馬車が王都に入り、王宮の翡翠《ひすい》屋根が見えてくると、姉様は表情を落ち着かせて、眼差しには凛とした光が宿った。素早く切り替えができるところは素直にかっこいい。と思うのだが、同時に疲れないのかと疑問にも思う。

「さあ、エリス。エスコートして頂戴」

王宮へ着くと、睫毛《まつげ》を伏せて艶然《えんぜん》と微笑みながら、姉様は僕の手を取り馬車を降りた。

人はまばらにいるが、すでに多くの人は中央の広間へ集まっているのだろう。二人で王宮の廻廊《かいろう》を歩いていても、すれ違う人は少なく、そのほとんどが連れのない僕と同じ年頃の者だった。

オリシヲンにおいては本来、卒業を祝賀する場に血縁を伴うことはほとんどない。昔からの習わしでそうなったのだが、実は何代か前の国王陛下が倹約家であらせられて、いくつかの宴の小規模化を計ったことがきっかけとされている。

招く人数が多ければ多いほど、宴を主催する側の負担は大きくなってしまうから、今回のような宴には、ほとんどの者が一人で参加する。

ならば、なぜ、姉様は僕の隣に並んでいるのか。姉様といえども、国王陛下の招待を受けていなければこの場にいられるはずがない。

そうなのだ。驚くべきことに、姉様のもとには国王陛下の招待状がきちんと届いていた。

国王陛下からと言うが、その招待状を代筆したのは第二王子であるらしい。第二王子は姉様に懸《け》想《そう》していたようだから、それが関係しているのか。

そんな勘ぐりをしていたのだが、姉様はあっけらかんとして『あなたの門出を間近で祝えるなんて嬉しいわ』と喜んでいたから、水を差すのはよくないと考えて、あえて何も聞かないことにした。

「何を、考えているの？」

静かに響いた姉様の問いかけに、僕は「なんでもないよ」と答える。

すでに広間の扉前だ。無駄なことを話している場合ではない。わずかに視線を伏せて待っていると、案内役がすかさず扉を開けてくれる。

シャンデリアの光が扉からこぼれでた。眩しくて目を細めていると「久しぶりの宴ね、わくわくしちゃう」と姉様が茶目っけたっぷりに笑いかけてくる。

「……あまり、はしゃぎすぎないようにね」

苦笑しながら注意すると「ええ、もちろんよ』と頼もしい答えが返ってきたことに安堵して、大広間へ続く扉の向こうへ、僕たちは踏み出した。

会場に足を踏み入れた途端、視線が矢のように突き刺さる。僕は早々に、国王陛下への祝辞と宣言を済ませたのだが、視線の数は一向に減らなかった。

そのことに満足しているのか、姉様は上機嫌に「ふっふっふ」と笑っている。近くで聞いていると何とも不気味な笑い声だが、遠くから見るとさぞ艶《あで》やかな笑みに見えるのだろう。周囲から分かりやすい感嘆の声が上がった。

多くの男たちが、こちらへ熱い視線を送ってくる。しかし姉様はそれを完全に無視して、何を見つけたのか「ねえ、ねえ」と興味深そうに耳を寄せるように指示してくる。僕は、姉様の望む通りに、耳を寄せた。

「あの人だかり。久しぶりに見たけれど、中心にいらっしゃるのは、シモン様でしょう？　相変わらずものすごい人気ね」

姉様に促されてあえて見ないようにしていた人だかり——といっても令嬢ばかりだが——に視線を流すと、そこには社交界ではお馴染《なじ》みの光景となっている背の高いシモンと彼を囲む令嬢たちの姿があった。色とりどりのドレスを身にまとう華やかな令嬢たちに囲まれたシモンはさながら、孤高に輝く青い薔薇《ばら》のようだ。

今日の立ち姿はきっちりとした将軍の正装。軍装ではなく、社交界用の正装だ。

彼は基本的に上品で落ち着いた色味の服を身につけることが多く、今日は全体的に青みがかった黒のベストに、非常に緻密な刺繍が施されたジャケット姿である。

胸元につけられた勲章や腰から下げられた剣は仰々しいようだが、彼の雰囲気とよく馴染《なじ》み、厳つさを意識させない。

だが、なにより目を惹くのは、彼の服装などではもちろんなく、色気をこれでもかとこぼすその表情である。

今日はいつにもましてその表情は悩ましい。令嬢たちもそれに気づいているのか、彼の表情を食い入るように見つめては、こちらも悩ましげに溜息を吐いていた。

とはいえ普段の宴と比べれば畏まった場であるから、節操なく黄色い歓声をあげたりはしない。こういった場ではいつも共にいるカトレアも今日は粛々とした様子で、他の令嬢たちと共に国王陛下へ挨拶に行っている。

「シモン様が社交場に出ると、令嬢たちが喜ぶものね。国王陛下のご配慮かしら」

国王陛下主催の宴は年に数回、様々な理由で催されるが、シモンが姿を現すのは、決まって国王陛下の指示がある時だと聞いたことがある。お優しい国王陛下は、若い令嬢たちが喜ぶだろうと思って参加させたのか。それは十分にあり得ることのように思える。

「そうかもしれないな」

「あんなにかっこいいのですもの。私の遊学中に結婚なさるのかもと思っていたけれど……結局なさらなかったわねえ。誰か想う方でもいらっしゃるのかしら？」

姉様のどこか含みのある言い方に、ドキリとする。

シモンだって良い年齢だ。そろそろ結婚しても可笑《おか》しくないし、好きな人がいたって可笑《おか》しくない。

そんなことは分かっている。

僕が小さい頃から、シモンは数々の令嬢たちと恋人関係になっていた。だが、浮名を流すほどではない。彼本人の人柄だろう。一人の令嬢と付き合っている時は、絶対に他の令嬢と噂になることはなかった。

そんな誠実な彼と付き合いたい、あるいは結婚したいと思う令嬢は多いだろう。あの中の誰かといつかは結婚するのかもしれない。もしや、国王陛下の狙いはそれなのだろうか。厚い信頼を寄せている将軍の未来を憂えて、頻繁にこのような場に参加させている？

それこそ、全くあり得ない話ではない。

「あ」

ふいに、シモンと視線が合った。紫色の瞳が瞬く間に、慌てて目を逸らしてしまう。隣に立つ姉様はなぜか神妙な顔をして僕の顔を覗いていた。

「ねえ、エリスちゃん……あなた」

姉様が言いかけたところで、周囲を取り囲んで僕たちの様子を窺《うかが》っていたと思われる令嬢たちの密やかな声が、中庭へ繋がる開け放たれた扉から流れる風に乗って、聞こえてきた。

『ねえ、お聞きになった？　最近、エリス様に……縁談が持ち上がったみたいなの』

『ええ!?　ど、どこのご令嬢と？』

『さあ、そこまでは知らないわ。ただ、由緒ある家の方であることは間違いないわよ』

『だってねえ。エリス様の隣に立てる身分の方なんてそういらっしゃらないじゃない』

『そうね。確かにそうだわ。それで縁談の結果はどうなったの？　もしかして……とうとうエリス様、ご結婚なさるの!?』

『馬鹿ね。結婚なさる前にまず婚約を発表されるはずよ』

令嬢たちの声は段々と大きくなっていく。

僕の縁談の噂を知らない令嬢もいたのだろう。まるで僕の縁談話を壮大な恋愛物語のように語る令嬢の周りに、彼女たちは集い、何かと質問しては嘆きの声をあげている。国王陛下への挨拶を終えて気が緩み始めたらしい。

しきりに溜息を吐く者。なかには涙を流す者までいる。

何も悪いことなどしていないのだが……妙な罪悪感に襲われてしまう。

「まあ、まあ、さすがエリスちゃんねえ。相変わらず、ものすごい人気者だわ」

他人事《ひとごと》のように笑う姉様を睨みつける元気すら出ない。「そうだね、そうだね」と適当にあしらっていると、しきりに興奮した様子だった姉様がキョトンと首を傾げて「あら？　あらら？」と変な声をあげた。

「ねえ、エリスちゃん。私にはシモン様がこちらへ向かっているように見えるのだけど。何かご用がおありなのかしら」

姉様の声に誘われ視線をあげると、確かにシモンがこちらへ歩いてきていた。

いつも通りの艶《つや》やかな笑みを口元に湛《たた》えている。

だけど気のせいか、わずかに身にまとう空気が仄暗いように感じた。

そんなシモンの背中を見届ける令嬢たちは、残念そうな表情を浮かべながらも、向かう先が姉様と僕のところだと分かると、諦めたように散り散りになった。

「お久しぶりですね、ローリエ嬢」

シモンは胸に手をあてて頭を下げた後、姉様が差し出した手をとって、手の甲に口づけた。美男美女のそれこそ壮大な恋愛物語の挿絵のようにも見える光景。周囲はさざ波が立つように、ざわと揺れた。

シモンと姉様とでは大きな年の差はあるものの、姉様は年のわりに大人びている。こうして二人が並ぶとまさしく艶美の極みだ。

「お久しぶりでございます、将軍閣下。いつもエリスがお世話になっているようで。両親から聞かされております。なんでも剣技大会の折、怪我をして立てないこの子を助けてくださったのだとか。姉として感謝の念にたえません。本当にありがとうございました」

丁寧な言葉を選び、頭を下げる姉様にシモンは「いいえ」と柔らかく答えた。

「私が助けたかっただけですから……お気になさらず」

会話がそこで途切れ、シモンが視線を下げると同時に再び目が合う。

「エリス、卒業おめでとう」

「……ありがとう」

「怪我の具合はどうだ？　……あの時は見舞いに行けずすまなかったね」

言葉はものすごく優しいのに、目が虚ろというか……いや、それとは正反対とたとえるべきか。熱されてふやけているかのような、そんな目をしている。とにかく実体がつかめず朧《おぼろ》気《げ》で、見ていると不安になる。

次に会ったらもう少し素直になろうと決意した手前、シモンと真っ向から視線を交えていると、緊張からか喉が渇いてしまった。

「……だ、大丈夫だ。もう、普通に歩ける」

「そうか。それはよかった」

シモンは頷いて、僕から視線を外した。途端、息をするのが楽になる。

本当に……シモンの身に一体何が起こったというのだろう。何か悩みがあるのなら、話を聞くべきなのだろうか。そんなことを考えていると、とんとんと優しく肩を叩かれた。

「エリス、相変わらずの麗しさだね」

「ルーベン。お前は……シモンの付き添いか何かか？」

シモンと同様の青みのある黒の正装を身にまとったルーベンは「その通りだ」と笑う。

「今日は軍の連中が何人か参加しているんだ。ありがたいことに、国王陛下のご指示でね」

「……未婚の男のために、か？」

「そう。まあ、軍に入ってしまうと中々、出会いというものがないからね」

「だが、お前には婚約者がいるだろう？　シモンの付き添いなら他にもいるはずだ」

「まあ、そうなんだけど。僕の婚約者がローリエ嬢と仲がいいことを知っているよね？　『私は行けないから、あなたが代わりにお祝いしてきて』と頼まれたものだから」

そう言って、ルーベンはシモンと話をしている姉様へ目を向けた。彼の横顔がいつもより緊張しているように見えるのは、きっと気のせいではない。姉様は男に厳しいところがある。それは友人の婚約者であるルーベンに対してもそうなのだろう。

シモンとの話を終えた姉様は、緊張した面持ちのルーベンに目を留めると、艶然《えんぜん》とした笑みを浮かべて「久しぶりね」と挨拶を交わし合っていた。

シモンはというと、彼らの会話には入らず、飲み物を取りに行くと言って離れ、戻ってくると、僕にそっと水の入ったグラスを渡してくれた。

「……？　ありがとう」

シモンにしてはやはり愛想のない仕草に首を傾げながらも受け取る。

彼はなぜか僕の目を見ようとはせず、それでもその場から離れる気配も見せず、何か言いあぐねているようなそんな印象を受けた。

この前の態度とよく似ているが、よそよそしいわけでもない。とはいえ、いつも堂々としているシモンからは想像し難い様子に、いよいよ何かあったのかと心配になった。

「どうした、シモン。この間から何か変だぞ？　……何か悩みがあるのなら、聞こうか」

役に立てることがあったら、なんでも言ってほしい。

そんな気持ちを込めて勇気を出して問いかけると、シモンは「ああ」と曖昧に返事をして、僕と視線を合わせないまま神妙な面持ちで口を開いた。

「……あなたが、縁談の相手と会ったと聞いたのだが。本当かい」

「………は？」

まさかシモンにそんなことを聞かれるとはと目を丸くしていると、シモンは苦々しく笑った。

「いや、なに……軍でも噂が回ってきてな。あなたに縁談の話が持ち上がって……婚約者ができたと」

おいおい待て待て、どうなっているんだその噂は！

僕は確かに縁談相手と会ったけれど、婚約した覚えはない。噂に尾ひれとはまさにこのことだ。

いや、違う。今は感心してる場合ではない。

僕は、弁明しようと水を一気に飲み干して、大きく息を吸った。

だが、どうしてか。いつも泰然としているシモンがしょげているように見えて、吸った息を思わず呑み込む。

「……」

黙り込むシモンの表情は哀愁に満ちていた。

一体どうしてこんなに落ち込んでいるのか。それと僕の縁談と何の関係があるのか。目の前の男は僕よりも随分背が高い大人なのに、まるで迷子のように見える。

少し考えてピンときた。

シモンは時折こんな風に、子供の頃の僕を懐かしむ素振りをした。

もしかして……寂しい、のだろうか。

時折、年を重ねていることを、他人の成長から実感することがある。

シモンもそうなのだろうか。目の前の大きな男が、自らの年月を思って、しょげているのかと考えると心の底から愛しいと思う気持ちが湧き上がる。

空になったグラスを通りがかりの給仕の者に返し、手を伸ばす。

さすがにこの身長差では、頭を撫でることはできない。

特に背を伸ばしたいなどと思ったことはないが、今だけはもう少し伸びればなと思った。

シモンの無精髭を、幼い頃していたように、そっと撫でる。自分にはない不思議なこの感触が幼い頃はただ楽しくて可笑《おか》しかった。

だが、今は「ただの癖だから」とか「感触が楽しいから」とかそういう理由ではなくて、愛おしくて堪らなくなったから、その気持ちを表したくて、手を伸ばしてしまったのかもしれない。

「縁談はあったけどね。婚約者ができたなんて誰が言ったんだ。僕に婚約者なんていない」

「そうかい？」

見つめてくるシモンが、やけに可愛く見えて、僕は「うんうん」と何度も頷いてみせた。

「……お前は噂なんて信じる人間ではないと思っていたけど。そうでもないのかな」

「……」

「心配するな。お前は歳を取ってもあまり変わらない。現に今だってあんなに綺麗なお嬢さん達の憧れの的じゃないか。素晴らしいことだ」

「……そうだね」

それでもなお、シモンは嬉しそうにしない。一体、何が駄目なのか。分からないまま、僕は必死に言葉を続ける。

「少なくとも、僕の中ではお前はずーっと世界で一番かっこいい男だ。だから、心配しないでいいと思う。大丈夫だよ」

必死になって放った言葉を、僕はあまり意識していなかった。

ただ悲しそうにしているシモンを何とか元気づけたかったのだ。

だけど、ふと顔をあげたシモンの表情が、見たことがないくらい唖然としていて、僕は今、何か可笑《おか》しなことを言っただろうか、と考える。

……そういえば僕は今なんて言っただろうか。

お前は歳を取ってもあまり変わらない……少なくとも、僕の中では……


――世界で一番かっこいい男だ。


うわあお……どうして僕はいきなりこんなに積極的な男になってしまったんだろう。

普段、シモンの前でこんな素直な性格じゃないじゃないか。ちょっと口を滑らせたどころの騒ぎではない。

確かに素直に話そうとは思っていたが、こういうことじゃない！

見ろ、目の前のこの唖然としすぎて口をぽっかり開けたシモンの顔を。こんな顔をさせるつもりはなかったというのに！

どうする、どうしたらいい。どう弁明したらいい！

いや、ここまで来たらいっそのこと、このまま後ろを向いて逃げたほうがいい気がする。この動揺している状態で、言葉を連ねても絶対に碌《ろく》なことにはならない！

よし、逃げよう！

「あ、ははは……じゃあ、僕は用事を思い出したから、ちょっとこの場を辞させていただこうか――」

言いかけて、一歩足を引いた途端、ぐいと強く腕を引っ張られた。

シモンの胸元についた輝かしい勲章が、音をたてて揺れる。

すぐ近くにシモンの瞳があった。心臓が銅鑼《どら》を叩くような轟音を鳴らし、僕の鼓膜を内側からぶち壊そうとしていた。

「エリス」

「な、なんだ」

再び視線が交わる。紫色の瞳には、先にあった空虚さは消えていた。ひたすら熱を帯び、その奥に、激しい炎のようなものが揺らめいていた。

「あなたの中で、俺が世界で一番かっこいいと、今もまだ思ってくれているのかい」

その微笑みには甘く、壮絶な色気が滲《にじ》んでいた。

滲《にじ》むなんてものではない。甘く壮絶な色気の権化だ。本当に末恐ろしい男である。

先まで落ち込む子供のような態度だった癖に、今やそんな雰囲気は欠片《かけら》もない。罠にかかったような気持ちだ。

「……ちょっと、待って。ほんとに……」

改めて聞かれて、素直に「うん、お前が世界で一番かっこいいよ」と言えるくらい、僕がシモンの前で素直でいられたらどれだけよかっただろう。

だがしかし！

最近やっと素直になってちゃんと話をしようと決意したばかりなのだ。こんな事故のような告白に動揺している状況で素直になれるなら、ここまで悶々《もんもん》としていない！

まして今ここで、赤くなっているであろう顔をシモンに見られることも耐え難かった。

「……っ」

掴まれた腕を断腸の思いで振り払い、シモンに背を向けて、歯車のごとく足を動かし、大広間に面する中庭へ駆け込んだ。

幸い中庭にはわずかな月明かりしか降りておらず、人の目も気にならない。

「はあ、はあ……」

肩で息をしながら、大きく脈打つ心臓を服の上から掴む。

あの言い方では、もう気づかれたと思うべきだろうか。逆にあの場で逃げたから余計にそういう風に捉えられたかもしれない。

あんな形で知られてしまうくらいだったら、いっそのことしっかり言葉で伝えたほうがまだましだったのでは？

そんなことをしきりに考えて混乱する自分を、頭の中で叱咤《しった》する。

……なんて情けないんだ、僕は。

重すぎる十数年間の想いがのしかかって、怖じけづいてしまった。あそこで逃げ出すほうが、よほど不自然だというのに。

「……本当に情けないことをしてしまった」

中庭からは、冴え冴えとした銀色の月が見えた。

冷たい空気が、身体中を巡る。

それでも、シモンに掴まれていた部分はまだ熱を持っていた。

本当に、あの男は怖い。恐ろしい。

『あなたの中で、俺が世界で一番かっこいいと、今もまだ思ってくれているのかい』

そんなの決まってる。

「……かっこいいに決まってる」

呟いた言葉は、月明かりの降りる中庭に静かに響いて、闇に溶ける。

その時、背後で足音がした。

「……そんな風に思ってもらえるなんて、光栄だよ」

「え」

追いかけてきたのか。

そう言葉にする前に、背後から大きな身体に抱きしめられた。

シモンのまとう甘い香りが鼻腔を満たす。庭に咲く冬の花々の香りを一蹴する蠱惑的な香りに脳の奥が蕩け、酔うような錯覚を覚えた。

「……っ……シモン」

自分が今、シモンに何をされているのか。分かっているはずなのに、頭の整理がつかず呆けていると、容赦のない甘い声が耳元に注がれる。

「なあ、エリス。俺は歳を重ねながら……ずっとあなたを愛していたいと思っていた」

「は？」

今、シモンは、何て言った？

愛……愛していたい？

愛していたい、とはどういう意味だったか。愛するということは、つまり……最上級の好意を示す言葉であったような。

「え、い、いやいやいや、ちょっと待て！　そんなことってあるか？　いや、ないな。僕は幻聴を聞いているらしいな。わ、悪いけど、僕の頬を軽く叩いてくれないか」

動揺を隠せずに変なことを口走った途端、頬に口づけのようなものが落ちた。いや、ようなものではない。これは間違いなく口づけである。

「お前、一体何してるんだ！」

「あなたの頬を叩くなんてできるわけがない」

「……それもそうか。失礼なことを言って悪かった……ってそうじゃない！　僕が言いたいのはそういうことじゃないんだよ」

駄目だ。脳が正常な判断を下すことを拒んでいる。幻覚だ、幻聴だ、と訴える頭の中の声が大きすぎて、鼓膜を叩いているはずの心臓の音すら聞こえない。

「僕は……」

そう。そんなことを言いたいんじゃない。シモンはどうして僕のことが好きなのか。そんなことを問う前にまずはちゃんと、シモンの言葉に答えを返すべきだ。

「……ぼ、僕はだな」

駄目だ。舌の上に鉛でも乗っているのかってくらいに口が重い。肝心な時に動いてくれない剣技大会の時の僕の足みたいじゃないか。ここは鉛を呑み込んで胃が破れても、言葉を発すべき場面だというのに。

「……ぼ、僕はお前と、ずっと、その……な、仲良くなりたいと思っていた」

「ふむ」

背後で首を傾げるような気配がした。

いや、分かるよ。お前の言いたいことは十分に。

そういうことじゃないよな。分かっています。

「もう仲は良いのではないかな」

「な、仲良くはない……と思うぞ！　お前が声をかけてくれたって、僕はいつもあんな態度だったんだから」

「あんな態度……」とシモンは呟いて、可笑《おか》しそうに笑った。

「笑うな」

「すまん、すまん。続けてくれ」

シモンの大きな温もりが一層強く僕の身体を抱きしめる。

「返事をする前に言っておくけど……僕の愛は重いんだぞ。巨大な岩石くらいにな」

振り返り、紫色の瞳を覗き込むと、シモンは蕩けるような笑みを浮かべていた。

ちょっとやめてくれ、そんな笑顔で見ないでくれ。腰が砕けてしまう。

「なかなかすごいたとえだな、エリス」

「……う」

しまった。もっとロマンチックなたとえ方をするべきだったか。だが、ロマンなんて求められても困る。素直な言葉で話すことすら難しいというのに、その上、シモンが平気で口にするような甘い言葉なんて、経験不足の僕の口からは全く出てこない。

目を泳がせていると、シモンは無精髭を撫でたあとに、穏やかに頷いて見せた。

「……あなたの重い愛を俺にくれないか。ちゃんと受け止めるから」

照れ臭そうに、それでも真剣な目で乞われて、喉の奥が詰まった。

これでまだ、ちゃんと言葉で伝えないなんてことは、できない。そう思った。

シモンが先に気持ちを伝えてくれたことで「僕の想いがシモンを苦しめてしまう」なんて懸念はもうなくなった。

それなのに、言葉で自分の想いを伝えないのは、ただの「逃げ」でしかない。

拳に力を込める。

「ずっと、シモンのことが好きだったよ」

伝えた瞬間、心臓の鼓動が軽くなって、息をするのが楽になった。自分自身の想いを、抱え続けるのにもすでに限界がきていたのだろう。いきなり軽くなって、体が驚いたのかもしれない。

目の端が痛くなって、熱いものが目からこぼれ落ちて、頬を滑って、僕の手を濡らした。

「……？」

自分で、自分が泣いていることに驚いた。

すぐにでも泣き止みたいが、涙の止め方が全く分からなくなってしまった。

「……っ」

目に力を入れてみる。だけどなかなか入らない。涙腺が決壊していた。目の前がぼやけて、こちらを覗き込んでくるハンサムで魅力的なはずのシモンの顔が、変に歪んで見えてしまう。

「ちょ、っと、見ないで、くれる？　……鼻水が出そうだ」

ハンカチを取り出しながら「誰が惚れてる奴にぐちゃぐちゃな泣き顔を見せたいなんて思うんだ」と続けようとして、喉がまた詰まって、結局その後の言葉を継ぐことができなかった。

「分かった。……それなら、こうしよう」

シモンはそっと僕の身体を反転させ、ドサリと夜露に濡れた芝の上に座り込んだ。シモンの膝に抱えられ、顔は胸元に押さえつけられるような姿勢になる。

「これなら、あなたが顔を上げない限り、俺からは見えないよ」

「いや、そうだけど。服を汚しそうで怖い」

「許してほしい。あなたと正面から抱き合いたかったんだ」

「……っ」

そんなことを言われたら、反論できなくなる。

「顔は見ないから。安心して泣いてくれ」

シモンは「よしよし」と赤子をあやすように僕の身体を軽く揺すり始める。幼い頃を思い出して照れ臭くなったが、シモンが心底幸せそうに鼻歌など歌いだすものだから可笑《おか》しくなって、するりと声が出た。

「涙が引っ込みそうだ」

「お、そうかい。それは良かった」

緩やかに身体を揺すられる。

逞《たくま》しい腕の中にいると、まるで揺《ゆ》り籠《かご》の中で微睡《まどろ》んでいるような心地がした。涙はとうに引っ込んでいるが、長い間望んだ場所だったからまだこの腕の中で甘えていたかった。

「……シモン」

そっと体勢を直して、シモンの膝の上で横向きにどっかりと座り込む。紫色の瞳を正面から見据えるのはまだ恥ずかしい。そんな恥ずかしさを誤魔化すために無精髭を撫でていると、彼の吐息が指先にかかった。

「あなたは俺の髭が、昔から好きだね」

「僕にはないものだからな」

いつもなら「そんなわけあるか」と一蹴しているが、なかなかどうして一度告白すると箍《たが》が外れたみたいに、素直な言葉がするすると出てくる。やはりものすごく照れ臭い。

「なあ、エリス」

「うん？」

照れ臭さを誤魔化すために髭を入念にいじくり回していると、シモンが僕の手を取って、緊張を滲《にじ》ませた表情で見つめてくる。勇猛果敢で知られるこの男でも、こんなに分かりやすく緊張するものなのか。

この男にそんな表情をさせているのが自分なのだと思うと、優越感を抱いてしまう。

「口づけてもいいか？」

「……っ」

これは、ずるい。

普段、僕はシモンの顔を見上げているが、今はシモンが僕を見上げる体勢になっている。紫色の瞳に熱と色気が籠って、悩ましく、それが自分だけに向けられているのかと思うと、可笑《おか》しな快感が背筋を這い上る。

だが、今はその快感に身を委《ゆだ》ねるわけにはいかなかった。

口づけをすることに異論はない。むしろしたいと思う。だが、その前に一つ重大な問題があることを、僕は今思い出してしまった。

「シモン……口づける前に、一つ言っておくことがある」

「なんだ、急にどうした」

神妙な面持ちで見つめ返すシモンに、僕は努めて冷静を装い伝える。

「……僕、誰かと口づけるのは初めてなんだ」

そう、今この瞬間、僕は童貞であると宣言したようなものだった。

口づけるのが初めてなのに童貞ではない人間も、いるにはいるだろうが、さすがにそういうことではないということは分かるだろう。シモンを前にして知ったかぶりをして上手い具合に口づけをこなすほどの勇気と器用さは、僕にはない。

黙り込んでしまったシモンに少し不安になる。

そんな不安を隠すために、僕は畳みかけた。

「それでもって、口づけと言われても……僕は具体的な方法を知らない。舌の動かし方なんて分からない。だから、下手でも変に思わないでくれ」

最後の言葉はやけになって、堂々と言い放ってしまった。別に胸を張ることじゃないのに。ものすごく恥ずかしいが、口づけの途中で「ん？　この子は口づけが下手だな」と思われるのが嫌だった。

つまり、僕は今……普通にびびって言葉で予防線を張ってしまった。

すまない、シモン。本当に口づけなんてしたことがないから分からないんだ。でもだからって諦めようなど微塵《みじん》も考えていない。

安心してほしい。これからちゃんとした口づけを覚えて、天下一、口づけの上手い男になるからな！

　そんな思いを込めて、今度はちゃんとシモンの顔を真っ向から見据える。

「エリス……」

「なんだ」

「勘違いしているみたいだが、口づけは別に、舌を入れなくてもいいんだよ」

「それは知っているけど、だけど舌を入れる時だってあるんでしょ？」

「あるが……一体、あなたはどこでその知識を？」

「か、官能小説とか、かな」

「……エリス」

「あ、いや」

　余計なことを言ってしまった。官能小説を読んでいることを自分でばらしてしまった。もっと何か……官能小説以外でも口づけの方法を知る術などあったろうに。

「い、今のは、すまない。聞かなかったことにしてくれ。……よし、唇を合わせるだけなんだな。そういうことなら大丈夫だと思う」

　つまり、唇と唇をくっつければ、それで終わりなのだろう。そんなの簡単ではないか。少なくとも、今まで想像していた口づけよりは数倍簡単なように思える。

「よし、大丈夫だ、シモン。口づけしよう」

「エ、エリス。そんなに気張らないでいい。力を抜かないと、歯がぶつかってしまう」

とんとんと肩を叩かれると、余計に力が入ってしまう。

端から見れば今の僕はぱんぱんに膨《ふく》らんだ風船にでも見えるのではなかろうか。

このままでは、一生力が抜けない。ということは、シモンと一生口づけができないということだ。

それだけは嫌である。

「エリス……目を開けて。大丈夫だから……そのまま、動かない」

「……っう……ん……？　……っんん!?」

押し当てられた唇の感触。生々しくしっとりとしている。

「……っん……んん」

互いの唇がわずかにずれて、上唇にシモンの吐息がかかる。静かな空間に響くわずかな水音を耳が拾い、軽い興奮を覚えていると、わずかに口づけが深くなる。

「ふ……っ……ん、んん！」

息が少し苦しくなってくる。口づけの時には鼻で息をするというが、これは無理だ。シモンと口づけしながら、鼻で息をするなんてそんな器用なこと僕にはできない！

「……っ……う、……っぷっはあああ！」

「エリス、もう一回」

「ちょっと待て、待て、待て！　シモン、長い！　長いぞ！」

「長い？」

「いや、すごいな。こんな長い間よく息がもつな。さすが将軍だ。僕はお前を尊敬する」

「まさか、ずっと息をしていなかったのか？」

「うん」

「鼻で息をするんだ」

「それは、知っている。だけど普通に、お前のその……あまりにもかっこいい顔を前にしてそんな、こと……難しいとは思わないか」

極めて真剣に言うと、シモンは微妙な顔をして片手で顔を覆った。

心なしか、頬と耳が赤く染まっているように見える。気のせいだな。いくら目が慣れてきたとはいえ、こんな暗闇でそんなことが分かるわけない。

「……思わないかと聞かれてもな」

「ん？」

「いや、なんでもな――」

シモンが何か言いかけた時、広間から音楽が聞こえてきた。

突如、意識が現実に引き戻される。

そういえばまだ宴の途中だった。僕とシモンが中庭へ降りてから相当な時間が経っているはず。

今頃、姉様が心配して広間中を駆け回っているかもしれない。大事《おおごと》になる前に戻らなければ。

「シモン、そろそろ戻らないと。姉様たちが心配しているはずだ」

「……エリス」

「う、なんだ、その目は」

「今日は、俺の部屋に泊まってほしい。まだ離れたくない。駄目か？」

「お前の部屋って……え、軍の宿舎の？」

「いや、屋敷のほうだ」

シモンの屋敷は王都の郊外にあったはずだ。

そういえば、僕はまだ一度もシモンの屋敷を訪ねたことがない。そう思うととくとくと胸が早鐘を打つ。胸の高鳴りとはまさにこのことを言うのだ。僕は呑気にそんなことを考える。

「……駄目か？」

シモンの腕の力が強くなる。ずっと触りたいと思っていた胸板がそこにある。

熱にふやける紫色の瞳は、じっと僕の瞳を見据えて、逸らすことを許してくれない。

「う、自分の顔のよさを分かっているな。ずるいぞ」

「分からないほうが可笑《おか》しいと思わないか。あなただって自分の顔のよさくらい十分に分かっているだろう」

僕とシモンは互いに多くの令嬢から好かれていて、自分の顔のよさを理解するようになった。だから、こういうあざといところは、似ているのかもしれない。

あれ、そういえば、シモンは僕のことをいつから好きでいてくれたんだろう？　そしてどこを好きになったんだ？　あざといところか？

いや、それは違う気がする。僕はシモンにあざといことをした覚えがない。常々、ツンツンと生意気な態度を取ってきたと思う。

では、どこだろう。

いや、今はそんなことを考えている場合ではない。

シモンの屋敷に泊まりたいか、泊まりたくないか。

もちろん泊まりたい。

元々今日は、姉様と二人で王都の侯爵邸に留まり、明日侯爵領へ戻るつもりだったから、僕が帰らないからと父様と母様が心配する懸念はない。

「寝衣持ってきてないから……お前の貸して……」

不器用かつ色気の欠片《かけら》もない返事をしたのに、シモンは「もちろん」と嬉しそうに頷いてくれた。


会場に戻ると、姉様はやっぱり僕を心配していたらしく「もう！　こんな美人なお姉様をほっておくんじゃありません！」と冗談交じりに怒られた。

それでもさすが姉様というべきか。僕の表情と傍に立つシモンの視線から何かを察したのか、「随分と仲良くなったように見えるのだけど」と僕の肩を叩いた。

僕はシモンに視線をやって「言ってもいいか」と問いかける。意図が正しく伝わり、シモンは静かに頷いた。

「……こ、恋人になったから、そう見えるんじゃないか」

たった一言そう伝えると、姉様は目を見開いて「そう、そうなの」と万感の想いを込めたように呟いた。

「驚いてる？」

「いいえ、あまり驚いてはいないわ……あなたの気持ちはよく分かっていたし」

「え、そうなのか？」

「ええ、もちろん。あなたがシモン様を見つめている時の表情は、どんな宝石にも勝るとも劣らないくらい輝いていたもの。あんなに可愛い顔をしていたら、そりゃあ、もちろん気づくに決まっているわ」

　歌うように告げる姉様を、僕は恨めしい気持ちで睨んだ。

「ちょっとは驚いてほしかったな。これでも僕、緊張しながら報告しているんだけど」

「緊張？　どうして？」

「家族に恋人ができたって報告するのに緊張しない奴なんていない」

「ふふ、そうかしら？　私はきっと、緊張なんてしないわ」

「姉様は……ああ、確かにそうかもしれない」

「ふふ、そうでしょう」

　淑《しと》やかに笑う姉様は、僕から視線を外し、隣に立つシモンへ目を向けた。彼は落ち着き払っていて、僕と姉様の会話が終わるのを静かに見守ってくれた。

「……あなたの弟君を今日は私の屋敷にお預け願えますか」

　真摯《しんし》に問うシモンに、姉様はどこから出したのか緋色のレースがふんだんにあしらわれた扇子を広げて自らの顔を扇いだ。

「あら、積極的だこと。でも、預けるだけでよろしいの？」

「いえ……近い内に、私の全てをエリスに受け取ってほしいと思っております。もちろんエリスがいいと言えばですが」

　しっとりと微笑み、シモンは僕に視線を流す。こっちを見ないでほしい。僕の顔は今、確実に熟したリンゴのように真っ赤になっているはずだ。

　姉様は、可笑《おか》しそうに笑った。

「まあ、熱烈ですこと。……よろしくてよ、麗しの弟をどうぞよろしく。どうせ今日は二人でこちらに留まる予定でしたから……存分にお楽しみになるといいわ」

　からかうような口調で、けれどほんの少し真剣さが交じる言葉に、シモンは頷き「ご両親への挨拶はまた今後改めて伺います」と誠意の籠った態度を示した。

「ええ、そうしてくださいな。この子が生涯一人でいることになるかもしれないことが、あの二人にとってなによりの心配事だったでしょうから、きっと安心するでしょう」

　それを言うなら、きっと父様と母様は姉様のことも心配しているはずだ。だが、今は言わない。姉様は僕よりそのことをよく分かっているはずだ。

「シモン様。どうか、私の愛する弟を末永くよろしくお願い致します。あなたのことをずっと想い続けてきた健気な弟に応えてくださったことに感謝いたしますわ」

　姉様は上機嫌に片目を瞑《つむ》り、優雅にドレスの裾を持ち上げ、背を向けた。

「なあ、シモン。お前、姉様の前ではちょっと……紳士的すぎやしないか」

「そうか？」

「うん」

「……あなたはどちらの俺が好きかな」

「どちらのって……」

どっちも好きだけど、どちらかと言えば。

「普段の……親しみやすい感じのほうが好きかな」

普段のほうが、心を許されているようで、嬉しいと思う。

「どうして？」

「……言いたくない」

「じゃあ、俺の屋敷でゆっくり聞かせてくれないか」

「馬鹿、言いたくないって言ってるのに」

僕の呟きが耳に入っているだろうに、シモンは色気を漂わせて微笑むだけで、何も答えてくれなかった。

◆

シモンの屋敷は王都の北側にあった。小高い丘の上、孤独に建つ屋敷は壮麗と言うより、質実と形容するほうが正しいだろう。かといって軍人らしく堅苦しいわけではない、よい塩梅《あんばい》の建物だ。

屋敷の中に置かれた調度品は品が良く、絨毯《じゅうたん》や、壁の色はシックな青色で統一されていて、全体的に落ち着いた印象だった。

「どうした？」

「いや、お前はすごくいい男だということを、改めて思い知らされたというか、なんというか」

「ん？」

首を傾げるシモンに笑い返し、出迎えてくれたメイド長に挨拶して、改めて広い屋敷の中を歩く。

「ん？　あの調度品はまさか東方の国の壺か？　ものすごく有名な陶芸家が作ったやつだ」

「よく分かったな」

僕が指差した壺は、淡い桃色の壺だった。大きさは僕の両手で抱えてちょうどいいくらい。紋様は派手ではないが、青い鳥と朱色の枝が描かれていてとても幻想的だ。

「……あれは、一昔前のオークションで高値で取引されていた画家のデザイン画では？　あっちは……」

屋敷の至るところに、趣味の良い美術品がたくさん飾られていた。長年シモンを想い続けてきたが、美術品が好きだと聞いたことはない。

「シモンは、美術品が好きなのか？」

「いや、亡き父と母の共通の趣味だった」

「……ああ、なるほど。すごく趣味の良い方たちだったようだね」

飾られている絵画は、いわゆる『名作』と呼ばれる有名なものもあれば、名もない画家の作品もある。

しかし趣味がいい。どれも素晴らしい作品だ。シモンの両親には審美眼があったのかもしれない。

「あなたはすごいな。作品を見ただけで、誰が描いたのか分かるのか」

「こう見えて僕は、美術館の館長になりたいという夢を持っていた時期もあるからね」

それはもう随分と前のことで、今は館長になるよりやっぱり客としてゆっくり館内を巡るほうが良いと思っている。

ふふん、と胸を仰《の》け反《ぞ》らせて言うと、シモンは「どうりで」と納得したように頷いた。

そんな風に屋敷内の美術品を眺めながら、青い絨毯《じゅうたん》の大階段を上がる。

「今度ゆっくり屋敷を案内しよう。気に入ったものがあればそのまま持ち帰ってもいい」

階段を上がり終えたところで、ふとシモンが僕を流し見る。

「だが今夜は俺の部屋だけで過ごしてほしい」

「……っ」

「泊まる」と返事をした時から覚悟していたし、シモンを寝台に押し倒すくらいの覚悟を持ってここまで来た。

だがいざ、長年想い続けてきた相手とそういうことをするとなると、やはり緊張するものだ。

「ここだ」

他の部屋のものより大きく重そうな扉を、シモンが自ら開く。

部屋の中の色味は、青と黒、わずかな金とほぼ三色に統一されていた。

広い部屋の真ん中には大きな寝台がどっかりと置かれている。背の高い本棚には分厚い本が何冊も入っていて、すでに新しい本を入れる隙間がない。部屋の隅には、木の匂いが残るテーブルが一つと、長椅子が対面同士に置かれている。

「エリス、軽食を用意させる。そこに座ってくれ」

「へ、あ、はい」

指示されて、若干挙動不審になりながら長椅子に腰かけると、シモンは一度部屋を出て行った。厨房へ軽食を頼みにいってくれたのだろう。

これは、シモンの部屋をじっくりと見る絶好の機会である。さっそく立ち上がり、本棚の前に立って見上げてみた。

古代軍記、歴代将軍戦記、軍用馬について、軍学書、異国の兵法書などなど。

「……僕が読むような小説の類は一つもないな」

シモンがそういった本を読む姿なんて想像もつかないが、少し期待していた。

だがよくよく考えてみれば、シモンはそんなものを読まなくたって、色事に関しては現実で経験してきたのだろうから、必要ないのだろう。それにシモンは将軍として国境の警備や軍会議でとにかく忙しいと聞く。そんなものを読む暇もないのだろう。

さて、お次はどこを見てみようか。

失礼ではない程度に部屋中を見渡していると「入ってもいいか」と扉を叩く音と共にシモンが問いかけてくる。自分の部屋なのだから、扉を叩く必要なんてないのに律儀だな、と思いながら「どうぞ」と答えると、すぐに扉が開いた。

「なにか、面白いものでも見つけたか？」

苦笑しながら、シモンは僕と並んで本棚を見つめた。

扉付近には先に挨拶したメイド長が控えていて、彼女は静々と部屋の中に入ると、軽食の準備をし始めた。

「うーん、本棚になら面白いものがあるかと思ったけど……なかった、残念だ。もしかしてどこか違うところに隠してある？　……寝台の下とか」

「いいや？　あなたの期待するような本を読まないだけだ」

「ふーん。まあ、そんなもの読まなくたっていいのは知っていたけどね」

これから、恋愛経験の少ない僕だけが振り回されるはめになるのかと思うと、途方に暮れそうになった。

「エリス、こちらへおいで」

先まで僕が座っていた長椅子に、シモンは腰かけた。

軽食の準備を終えたメイド長は部屋を去り、僕は彼の対面の席に腰かける。

ティーカップの取っ手部分を指で弾きながらテーブルの上を眺めると、サンドウィッチ、紅茶、それからスコーンにクッキーが所狭しと並んでいた。

「……いただきます」

「エリス」

「なに？」

「こちらへ、来てくれないのか」

「来てくれないのか」という言葉が腰に響くような声音で、ズクリと腰が疼いた。

「……こっちで食べても、そっちで食べても味は同じだと思われる」

「こちらで食べれば、あなたが手を使う必要はなくなるよ。あなたが美味しそうに食べているところを間近で見たい。それに今日のあなたは格別に綺麗だからな。よく見せておくれ」

それはつまり、シモンが食べさせてくれるということだろうか。

加えてなかなかの殺し文句つきである。

こんなに簡単に折れてもいいものだろうかとちょっとした意地が湧いてきたけれど、シモンの誘うような表情を見て、これ以上意地を張るのはやめようと思った。どうせ、僕はあの膝の上に乗る。遅いか早いかの違いなら、少しでも長くシモンとくっついていたい。

立ち上がって、最後の抵抗とばかりに渋々といった体で膝の上に座る。

耳元でクツクツと満足そうに笑う声が聞こえてきて、やっぱり早く膝の上に乗ってよかったなと、幸せな気持ちになった。

「どれから食べる？」

「……じゃあ、スコーンにする。あの中に入っているのはレーズンか？」

「そうだよ。苦手かな？」

「いや、むしろ好きだ。……それを頂戴」

「分かった」と答えて、シモンはスコーンを僕の口元に運んだ。その顔が蕩けそうなほど嬉しそうで、僕まで嬉しくなる。

シモンから与えられたスコーンを、手を使わずに食《は》む。行儀は悪いが、まあ、誰も見ていないし、いいだろう。

「美味い」

サクサクとした食感。レーズンの甘さとバターの濃厚な味が舌の上でほろりと溶け合う。侯爵家のしっとりとしたスコーンも美味いが、これも相当美味い。

「シモンは食べないのか？」

それは自然な問いかけだったと思う。いや、正確には自然な流れでの問いかけだった。

そう思うのだけど、なぜかシモンは肩を竦《すく》めるだけで「食べる」とも「食べない」とも言わなかった。

お腹が空いてないんだな。僕は勝手にそう決めつけて、サンドウィッチに自ら手を伸ばそうとした……のだが。

「ふぎゃっ！」

急に腰を抱きすくめられて、耳たぶをぺろりと舐めあげられる。

「……っ……舐めるなら、舐めるって言ってくれないか！　びっくりして変な声が出たじゃないか！」

「……いや、すまない」

すまない、と謝りながらもシモンは耳殻を舐めたり、耳たぶを舐めたりするのをやめない。

「……っ……ん？」

ここで僕は一つのことを思い出していた。

クレイに負けた後、医務室に運ばれた時のことだ。その時もシモンはこんな風に僕の耳を舐めていた。夢の中で。そう、僕は確かにあの出来事を夢かあるいは白昼夢だと割り切ったはずだった。

それなのに、やけに鮮明な音が聴覚に戻ってくる。

「……やっぱり、あなたは耳がすごく弱いみたいだな」

やっぱり……やっぱり？

それはまるで、一度舐めたことがあって、確認しているかのような言い草だ。ということは、つまり。

「つまり、あれは、夢じゃなかったってことか⁉」

そう考えると、シモンの今の発言とも辻褄があう。

「夢？」

僕の言葉に反応したシモンが、耳元から顔を離した。

それでも手は腰に回されたまま。整った顔が一層近づいてくると、途端に鼓動が速くなる。落ち着かない。

「いや、剣技大会の後にお前と過ごしたあの時間は……あれは現実か？」

「……なんだ、夢だと思っていたのか」

「うん。だってあまりにも現実感がなかったし、僕の妄想臭かったから……はー、そっか。夢じゃなかったんだなあ……僕はてっきり」

てっきり、シモンが僕にあんなことをするわけがないと思ってしまったんだ。

なぜそう思ったのかというと、それは……それは、シモンが礼を言いに行った僕に素っ気なかったから。

確か、そうだ。

こんな冷たい態度をとるやつが、あんな甘いことをするわけがないと考えたような気がする。いつも親しみやすい接し方をしてくれたシモンの急な態度の変化に、気が動転したせいか。感情的になり短絡的な思考の末に、勝手に夢だと結論づけてしまった。

「……お前、どうしてあの時僕に素っ気なかったんだ？」

「あの時？」

「クレイに埋め合わせをした時、僕がお礼を言いに王宮に行っただろう？　その時、僕が変だぞ？　って聞いても、生返事をするだけだったじゃないか」

「……ああ、あれは」

シモンは口を真一文字に閉じた。

そんなに言いづらいことなのだろうか。言いづらいのなら、言えると思った時に言ってくれればいい。そう言おうと口を開いたが、先に言葉を発したのはシモンだった。

「……俺はあなたに謝らなければならない」

「え、なぜ？」

「剣技大会の折、自制できず、あなたに無理をさせて……結果として鼻血を出させてしまった」

できれば、鼻血を出してしまった場面は忘れてほしい。

そう思うのだが、反省する彼の表情を見ていると、今は自分のことで我儘《わがまま》を言うのはよくないかと思い、黙って次の言葉を待つことにした。

「ここ最近、あなたを前にすると理性が飛んでしまって、自分でも抑えがきかない。あんなことをしてあなたに嫌われたかもしれないと思うと……普通に接しているつもりでも、平静ではいられず、結果として素っ気ない態度を取ってしまった」

「……え、じゃあ、あれはシモンなりに普通に接しようとしていた結果？」

「ああ」

確かにあの時、冷たい言葉を投げかけられただとか、冷たい視線だったとか、そういうことはなかった。

あれは普通の他人との距離感であると言われたら、確かにその通りだ。つまり、僕は普段からシモンの甘やかな態度しか見ていないから……あの時の態度を「冷たい」「素っ気ない」と感じただけということか。

それはそれで、なにやら質問した僕が恥ずかしい気がする。

「他に聞きたいことはないか？」

さらりと、僕の羞恥を見逃してくれたシモンに感謝しながら、他には何かあっただろうかと考える。

　そういえば、シモンはいつ僕のことを好きになったのだろうか。そんなことを、つい先ほど……宴の会場から辞する時に考えていたことを思い出す。

「シモンはいつから僕のことが好きなの？　僕は子供の頃からだけど……。さすがにその時から僕のことを好きだったわけじゃないだろうしさ」

　ここ数年はシモンに恋人ができたという噂を聞いたことはないが、数年前までは時期が被ったことはないものの、何人かの女性と恋人関係だったと聞いたことがある。他の女性と恋人同士でありながら、僕のことを好きになるような男ではないので、恋人のいないここ数年の間だと思うのだが……

　シモンの首に腕を回すと、彼は強く僕の身体を抱きしめ返してくれた。

「三年前くらいになる。好きになったというより……あなたの気持ちに気づいた時と言ったほうが正しいかもしれないが」

「……三年前」

　三年前にシモンと何かあっただろうか。特に思い出せることはない。シモンとの特別な思い出があったのなら、僕は絶対に覚えているはずだ。

　答えを待っていると、シモンは遠い過去を思い出すような目をした。そして、宝物の名を口にするかのように穏やかに口を開く。

「三年前の避暑地でのことを覚えていないか？」

「避暑地？」

三年前と言えば、僕がそれなりに色々と重要な節目の歳だった時期だ。

オリシヲンの貴族社会の中でも、特に家督を継ぐ立場にある者は、大抵十五歳から十八歳の間に婚約者をつくるのがよいと言われている。

僕は家督を継ぐ立場にないからあまり関係はないが、それでもこの容貌《ようぼう》のせいもあって、その時には何かと忙しくしていて、避暑地には行ったが、そんなに長い間滞在した記憶はない。

「海辺で会ったろう」

記憶を促すような優しい声音に、波の音が重なった。かすかな潮の香りと、打ち寄せる波音と共に鮮やかによみがえる記憶。

僕は一人、暮れの海辺を散歩していた。そこへシモンが声をかけてきて……

「……うん、あった」

確かに、三年前の避暑地で僕とシモンは会っていた。そしてその時、僕がしたことも、ちゃんと覚えていた。

僕とシモンはその時久しぶりに海辺で会った。暑さを凌《しの》ぐために海辺を散歩していた僕にシモンが話しかけてくれた時だ。波間を揺蕩《たゆた》う玻璃《はり》の破片に、僕の足が傷ついたと勘違いしたシモンが、慌てて膝をつき、僕の足をその上に置かせた。

その時ちょうど、シモンの額が近くにあって……

僕は自分の気持ちを抑えることができず、海水をシモンにかけて、気づかれないようにそっと露わになった額に口づけた。

あの時、シモンは海水をかけられたことに気を取られて、気づいていないと思っていたのだけれど……

「……ま、まさかお前あの時、僕が……僕がしたこと」

「うん、知っていたよ。あの時あなたの気持ちを知ることができて、とても嬉しかった」

シモンは切なげに視線を流して、僕の肩に顎を置いた。「……男としてあなたに想われていることを誇らしく思ったよ」と切ない吐息が耳にかかった。

「僕の気持ちを知って嬉しかったの？」

「ああ、もちろん」

「子供に好かれて困りはしなかった？」

「最初はもちろん戸惑った。『あなたにはもっといい人がいる』とか『それは子供が大人に憧れるのと同じ気持ちだ』とか、そういう風に諭《さと》さなければならない立場に俺はいるはずだ、と悩んだよ。なにもこんなおじさんを好きになることはないんじゃないかとも思ったね」

「……そんな風に悩ませたかったわけじゃない」

「ああ、分かっているよ。心配する必要はない。悩みはしたが……苦しくはなかったよ」

「そうなの？」

「結局のところは、ものすごく嬉しかったからね」

胸元を押さえて言葉通り嬉しそうに笑うシモンを見て、胸がときめく。僕の気持ちを嬉しいと思ってくれる、その心がとても嬉しかった。

「ただ、不安はある……。俺はこのとおり、もうおじさんだから。色々ほら、枯れてきてしまった部分もあるからね」

「枯れてるって……？」

シモンの胸板に触れてみる。そこは当然のように厚く、硬い。首筋も太く、以前より歳をとったと感じられるのは目元にある一つの皺《しわ》くらいだ。あとは全て昔とあまり変わらない。

増したのは老けではなく、色気なのでは？

「髪の毛に白髪も混じるようになったし、剣を交える時も……以前より力が出なくなった気もするしね」

力の衰えは、将軍であるシモンがそう言うのだから、本当にそうなんだろう。

それにしても、髪の毛に白髪が混じるようになったのか。だが、髪の毛がほとんど白髪になっても、いや白髪を越えて、髪の毛がなくなったとしても、きっとシモンはかっこいいだろう。老紳士なシモン。想像の中だけでも、なんて魅力的なんだと感嘆してしまう。

「それに……」

「うん？」

「精力も、若いあなたを満足させられるか……あまり、自信がない」と、耳元で囁《ささや》かれて、頬が熱くなる。

「いずれ、あなたとそういうことをしたいと思っているが……その時にがっかりされないか、今から心配で堪らない」

「……んん？」

いずれ？　いずれって……

「お前、今日は何のつもりで、僕を屋敷へ呼んだんだ？」

「何って……あなたと離れたくなかったからだが……。まさか、何か用事でも？」

「いや、ないよ。僕はてっきり今日そういうことをすると思っていたんだけど」

「気持ちを伝えたばかりで、そんなことはできない」

決然と言い放つシモンに、僕は思わず両手で顔を覆ってしまった。

「……お前は、僕より……随分と健全な人間のようだな」

僕は自分のあまりの不健全さに嘆くしかなかった。

「エリス？」

「……大事にしてくれるんだなって気持ちは伝わった。ありがとう」

言いながら、人差し指でそっと、シモンの首筋を撫でる。

「でも、じゃあ、僕が『したい』って言ったら？　それでもしてくれないのか？」

精一杯、甘えるような口調でせがんでみると、シモンの喉が上下した。したくないわけではないらしい。だが、一体あの百戦錬磨の将軍閣下がどうしてこんなに健全……いや、遠慮がちなのか。

僕は一つの可能性に思い至った。

「……薄っぺらい僕の身体じゃ興奮しない？　もっと鍛えたほうがよかったりするのか？」

「いや、そうではないよ」

即座に否定されて、安堵する。逞《たくま》しい首に腕を回して厚い胸板に頬を寄せると、トクトクと温かく少し速い鼓動が聞こえてきた。

「もしかして緊張してたりするのか？　鼓動が……」

目元を少し赤くしながら、シモンはそっと睫毛《まつげ》を伏せた。濃く長い睫毛《まつげ》が紫色の瞳にかかり、一層色気が増す。

普段、彼に秋波《しゅうは》を送る令嬢たちが見たら、鼻血を噴射し、その勢いで倒れてしまうだろうな。実際、僕が今、そうなりそうである。

「あなたの素直な言葉ほど、俺の心を穿《うが》つものはない。正直なところ、今すぐに抱きたいよ」

「じゃあ、抱いてよ。僕はずっと、それを望んでいたよ」

「駄目だ」

「嫌だ、なんでだ」

「駄々をこねないで。あなたに駄々をこねられると、言うことを聞いてしまいたくなる」

「我慢なんてしなくていいって言ってるんだけど」

誘うように無精髭をゆっくり撫でると、シモンの喉仏がその動きに合わせて上下する。それを見届けて上目遣いに見上げると、熱を帯びた瞳と真っ向から向き合うことになった。

シモンは我慢している。

もう一押しだ、と。

勇気を振り絞って、唇を重ねるために、分厚い胸板に手を添えようとしたが、あえなくその手は一回り大きな手に捕らわれてしまう。

僕の手を捕まえたその手の熱さからもシモンが僕に欲情していることは明白だったが、彼は一向に僕の稚拙な誘惑に引っかかってくれなかった。

「本当に、駄目だよ」

どうしてこんなに頑《かたく》ななのだろう、と疑問が湧く。これはちゃんと話し合ったほうがいいのかもしれない。

「じゃあ、この手を離して」

突き放すような言い方になってしまったかもしれないと思い、慌てて言い直す。

「怒っているわけじゃないから。お前の手に触れてると、どうしても僕が興奮してしまって、まともに話ができないから」

理性をかき集めて告げると、逡巡《しゅんじゅん》したあとにシモンはゆっくりと手を離してくれた。熱を残しながら遠ざかる手に寂しさを覚えたが、それを表情には出さずに、僕はもう一度シモンの目を見据えた。

「お前が今、僕を抱けない理由はなに？」

シモンは誤魔化すことなど何もないと示すように、僕の目を真っ向から見返す。ついさっきまで滲《にじ》んでいた熱情は消え、彼の表情には誠実さだけが宿っていた。

「まだ、その時期ではないと思うからだ」

「……どういうこと？」

「あなたにとって今は、将来のことを考える大切な期間のはずだ。そうだろう？」

「……うん」

意外なところを突かれたが、シモンの言いたいことは、すぐに理解できた。

現状において、僕は学園を卒業したことになるが、王都で働くか、領地で働くかを未だに決めていない。

実際、卒業したとはいうものの、退寮まではふた月ほどの猶予期間がある。

この特別な期間を、寮にある自分の荷物を今後の居場所に送るための期間だと言う者もいるが、多くの者は進路選択のための期間と定義する。

なぜなら、文官や神官になるための試験の実施が、地方によって異なるものの、大体はこの時期に集中するからだ。特に王宮勤めを希望する者はこの時期多忙となる。

シモンがそこまで詳しいことを知っているのかどうか定かではないが、それでもこの期間が僕にとって大切であることくらいは把握してくれている。

それを頼もしいと思うと同時に、迷っていることを指摘されたような気がして、何とも言えない気持ちになっていると、彼は硬い表情を崩して、頬を優しく撫でてきた。

「そんな時に、俺があなたの中を知ってしまったとしてだよ」

「なんでお前はそういう言い方をするんだよ。僕を恥ずかしがらせて面白がっているのか？」

「いや、そんなつもりはなかった。……俺とあなたが、身体を交えたとしてね」

その言い方もどうなんだと思わないでもなかったが、ツッコんでいると埒《らち》が明かないのでよしとする。これでいいかと目で問いかけるシモンに頷き返し、先を促す。

「きっと俺は、今以上にあなたに溺れて情けない男になり果てるだろう。情の深いあなたは、そんな俺を憐れんで、できるだけ身体を重ねようと時間を作ろうとする。違うかな」

「んん？　待て待て。お前が僕に溺れるのか？　僕がお前に溺れるんじゃなくて？」

「そうだよ」

　はっきりと頷くものだから、すぐに反論することができなかった。シモンが今話したことは、そもそも彼が僕に溺れることを前提としている。

　その前提こそ可笑《おか》しいと思ったが、こうもはっきりと断言されると、それは正しいと仮定せざるを得なくなる。

　さて、ではシモンが僕に溺れたと仮定したとして。

　きっと僕はシモンのために時間を作ろうとするだろう。彼を蔑《ないがし》ろにするようなことは、しないと思う。

　つまり、シモンは僕が彼を憐れんで、彼のために一生懸命に時間を作ることによって、僕の将来を考えるべき時間を削ってしまうことを恐れているということか。なんとも突飛な考えだと思うが、シモンの表情は真剣そのものだ。

　本気で心配している。だとしたら、僕もとことん彼の心配事と向き合わなくてはならないし、これ以上彼に心配をかけないように、もっと真剣に自分の将来と向き合わなくてはならない。それは分かった。

だが、一つだけ言わせてほしいことがある。

「思うんだけど。たとえ僕がシモンのために時間を作ったとしてだよ。将来を考える時間ぐらいはあるんじゃないか？　まさか四六時中考える時間もないくらい交わり続けるなんて物理的にも体力的にも無理なのでは？」

「……」

そう聞くと、なぜかシモンは黙り込んでしまった。

訝《いぶか》しく思い、大きな身体を揺さぶる。

「なぜ黙るんだ。何を考えてるのか知らないけど、百戦錬磨のシモン様をもってしてもさすがにそれは無理だ」

真顔で断言すると、シモンは不服そうに眉を顰《ひそ》めた。

「……あなたは溺れることの意味を、本当の意味で理解してはいないね」

「心外だ。理解してないなんてことはない。お前を前にするとすぐに破廉恥《はれんち》な妄想をしてしまうくらい、僕はシモンのことが好きだ、これが溺れてるってことじゃないのか」

今まで素直になれなかった反動ゆえなのか。するりするりと信じられないくらい恥ずかしい言葉が飛び出す。

「あなたにそう言ってもらえるとすごく嬉しいな」

結構恐ろしいことを言ったはずなのに、シモンは嬉しそうに笑っている。

「喜ばないで。……あのさ、お前が懸念していることだから僕も全身全霊で考えているけど、なんだかピンとこないんだよな。僕と身体を繋げたら、お前は四六時中僕を抱いていたいと思うの？　それはさ、どうなんだろうな。僕はそういう経験が一度もないから分からないけど、そんなに夢中になっちゃうくらい気持ちいいことなのか？　それだったらお前の心配をするよりも僕の心配をしたほうがいい気がする。僕のほうが四六時中抱かれていたいって思ってしまうかもしれないじゃないか。むしろその可能性のほうが確実に高いぞ」

と、そこまでほぼ息継ぎなしで言い切ったが、ここで僕はようやくシモンの言いたいことが分かったような気がした。

「ああ、なるほど。結局、どっちも夢中になってしまう可能性があって、今はお互いを見るんじゃなくて現実を見るべきだから、控えましょうってことで合ってる？」

シモンが夢中になるのではなく、自分が抱かれることに夢中になる可能性があると考えたほうが理解と納得に時間はかからなかった。人の立場を自分に置き換えて考えてみよ、と言うのは簡単だが、実際こうして人と話す合間にそれを実行するのは難しいことだと、改めて気づかされる。

「うん、その通りだよ」

「……確かにその通りだな」

「納得してくれたかい」

「したよ、した。でもそのたとえは分かりにくすぎるよ。僕がお前に抱かれることに夢中になるほうがよっぽど現実感のあるたとえじゃないか。最初からそうたとえてくれればよかったのに。それくらいの自信はあったんじゃないのか」

「どうだろう。あなた相手だと緊張して、想う通りに手を動かせない可能性だってあるんだよ」

「手……。な、なんだか、生々しいな」

顔を背けると、シモンが喉奥で低い音を立てたのが聞こえた。シモンの言うことに納得はしたが、こんな風に近くにいては僕がシモンを襲いかねない。

「それで？　つまりお前が、僕が自分の進む道を決定するまで抱く気がないのは分かったし、その理由にも納得したけど。決めた後は、どうするの」

「……俺はあなたが退寮する日までは待つつもりだ。目一杯の時間を使って将来のことを考えてほしいと思う」

「それだと、あとふた月はお預けじゃないか」

不満の表情を作ると、彼は眉尻を下げながら笑い「そうだな」と頷いた。それは僕の不満に対して肯定を示すものではなく、思案する響きを伴ったものだった。僕を抱く時期を真剣に考えてくれるのはとてもありがたいことだと思うが、こうも慎重なのはなぜだろう。

「そんなに、悩むことなの？」

シモンは「おおいに悩むことだ」と言わんばかりに眉根を寄せて僕を見つめた。

「本気だと分かってほしい」

「……冗談で僕と恋人になっただなんて思っていないけど。どうして僕が疑うと思うんだ」

「あなたは……俺がどんな恋愛をしてきたかは知っているんだろう」

それは知らないと言えば嘘になる。カトレアから聞いた情報や自分で見た情報から察する程度で詳しくは知らない。

それは僕があまり深く知ろうとしなかったことも関係しているだろうが、一番の理由はシモンの知人の中に彼の恋愛事情を口外するような人間がいなかったからだろう。

彼と恋愛をしてきた女性たちもそうだ。賢明な女性が多かった、とそう評するしかない。少なくとも僕の記憶を辿る限りでは、女性関係で、シモンの悪い噂が立ったことは今まで一度もなかったように思う。

「僕の知っていることなんて、たかが知れてるけど……発育の良い妖艶な女性と交際することが多かったことは知っているよ」

からかい交じりに言うと、シモンは目を見開いて「墓穴を掘った」と言わんばかりに項垂《うなだ》れた。

「つまり、恋愛経験が豊富なことは知っているわけだけど。だからって別に疑ったりはしないよ。ただ」

「ただ？」

「お前が恋人にする女性の話を聞いた時、やっぱりどう考えても……僕が恋愛対象になることはないだろうなと、思ったことはある」

「エリス」

「勘違いしないでよ。不安になって責めてるわけじゃない。ただ、こうしてても不思議に思うんだよな。確かに僕は並外れた容姿をしていると思うけど、お前の好みとは違うんじゃないかと思う。

豊かな胸なんてないし。姉様と同じ顔をしているはずなんだが、僕は妖艶とは系統が違うみたいだし」

冷静に自己分析をしてみて改めて思うが、やっぱり今までシモンが付き合ってきた女性とはまず性別からして違うし、美しさの系統も本当に全然違う。

こうして考え込む内に滾々《こんこん》と疑問が湧いてくる。

シモンは僕の気持ちに気がついて、その気持ちが嬉しかったと言った。だけど、嬉しいと思うにはそれなりの理由と好意が必要なはずだ。たとえば物凄く好みの容姿をしているだとか、話が合うだとか。だが、それらは僕とシモンには当てはまらないように思う。

「……なんでお前は僕の気持ちを嬉しいと思ったんだろうな。僕のどこに惹かれていて、そんな風に思ったんだろう」

別に答えを求めた問いではなかったが、シモンはすでにその答えを用意していたのか考える素振りも見せずに、僕の背中をあやすように複数回叩いた。

「あなたのことは純粋に美しいと思うよ。ただ容姿に惹かれていたというより……ありきたりな言葉で申し訳ないが、成長していく姿に惹かれたと言うべきかな」

「うん？」

「この歳まで生きていると、多くの人間の成長を目にするが、容姿が並外れて美しくても徐々に内面の陰りが容姿に表れる人間もいたし、その逆に内面の美しさが凡庸さを打ち消してその人の雰囲気を華やかにする人間もいた。とにかく人は成長するにつれていい意味でも、悪い意味でも変わってしまうものだと思っていたのだが……あなたに関しては、あまり変わらなかったかな」

「……それは……」

一体どういう意味だろうか。素直に喜ぶべきところなのか、不満に思うべきなのか言葉に詰まっていると、シモンがすかさず言葉を続ける。

「もちろんいい意味でね。小さかったあなたがすでに持っていた優しさと聡明さはそのままに、一層美しく大きく成長していく過程には感嘆せざるを得なかったよ。老いていく自分はすでに失ったものだから、余計に眩しく感じたのかもしれないね」

シモンのその言い方を聞いていると、まるで僕が、内面がとてつもなく綺麗で完璧な人間のように聞こえるが、実際そんなことはない。

「僕は……お前が言うほど綺麗で完璧な人間でもないと思うけど？　悪いことは考えたりしないけど、実際、劣等感を抱くことはあるし、嫉妬することもあるよ」

現に最近、シモンが元恋人と思われる人物と話しているところを見てしまった時も、自分の感情も制御できなくて、心の中で悪態をつきまくってしまった。顔に似合わず口が悪いと言われることが多々ある。

「嫉妬や憎悪、劣等感は誰だって持つものだが、それをどのように処理するかが、その人の在り方を決めるのではないかな。……あなたは嫉妬したとしても、誰かを害そうとすることはないだろうし、劣等感を抱いたとしても、虚栄心を育て、周囲を馬鹿にすることはない。少なくとも俺から見たあなたは、幼い頃からずっとそうで、変わらないように見えていたよ。あなたは、自分のことをそうだとは思わない？」

「思わない？　って聞かれても……。ここって僕が頷いてもいいところなのか？」

確かにシモンの言うようなことはないが、自分で「そうだ」と肯定するのはいささか恥ずかしい。面の皮が多少厚いとはいえ、慕う相手を前にして図々しく頷くことは難しかった。

己の美しさを褒められて謙遜《けんそん》せず、肯定するのには慣れてしまったが、内面を手放しに褒められて、すぐに肯定できるほどの図々しさはまだない。

だから「……よく見てるんだな」と無難なことしか言えないでいると、大きな手が僕の頬を滑る。

「瞬きすら許してくれないくらい、昔のまま変わらず美しく成長していくからだよ。……あなた自身が、俺の目を捕らえて離さなかった」

甘い言葉と甘い微笑みに、砂糖を胃で煮詰めているわけでもないのに、お腹が熱く甘ったるく重くなる。

頬を滑っていた手が腰に回った。くるりと何か意図があるかのように撫でられると、背筋に甘い疼きが走る。

「はあ……信じられない」

「何が？」

「抱くつもりがないのに、どうしてこう破廉恥《はれんち》な触り方ができるんだ。こんなの生殺しだ、全く」

毒づくように言うと、心底可笑《おか》しそうにシモンが笑った。

「抱くつもりはなかったが、触れないとは言っていないよ」

「は？」

シモンの表情には静まっていたはずの熱情がまた戻っていた。

なんだ、この変わり身の早さは。

「触ってもいいかな」

「……ど、どこをだ」

動揺して思わず色気のない聞き方をしてしまったことを後悔したが、シモンは呆れもせずに大きな手を差し出した。

「まずは手を取って」

言われた通りに差し出された手を取ると、手の甲に、柔らかい唇が落ちた。

「……ん」

指先。掌。爪。手の甲。それら全てに唇を押し当てていく。

恭《うやうや》しい仕草にドキドキしながら、それでもこの瞬間を忘れたくないと思って、食い入るように見つめていると、紫の瞳が不意に上目遣いになって僕の視線を捉えた。

どうしてほしい？

暗にそう問われた気がしたが、こういう時、何と答えるのが正しいのか。読んでいた官能小説にこんな場面は一度もなかったから、よく分からない。

現実は難しい。空想だけでは補えない、知識不足を痛感する。

仕方がない。ここは学びの精神でいこうではないか。変に知ったかぶりをしてプライドが無駄に高いと思われたくない。

「……な、何て言えばいい？」

「ん？」

「こういう時、何て言えばいいのか分からない」

僕の言葉の意図が伝わっているのか、いないのか。

何を考えているのか窺《うかが》えない表情のまま、シモンはもう一度僕の指先に口づけを落とす。

「あなたはあなたの思うまま振舞っていいんだよ。劇のように覚えなければならない台詞《せりふ》があるわけではないのだから」

「それは分かっているんだけど。これを言えば間違いない、みたいな言葉を教えてほしい」

「なぜ？」

「今後のためにちゃんと色っぽい誘い文句を覚えておきたいんだ。そうすれば、お前もここぞって時にこう……なんていうのか、ビンビンになれるかなって」

「……あなたは普段から言葉の選び方が面白いから、こういう時だけ大真面目になって艶事《つやごと》の常套句を言われても……違和感があって集中できなくなってしまうよ」

「僕ってそんなにいつも変なこと言ってるのか」

「変なんじゃなくて、面白いんだよ」

「それってあんまり変わらないじゃないか……って、すまない。せっかくいい雰囲気だったのに壊しちゃった。ほらな、こういうことになるから、ちゃんと教えてほしいって言ってるんだよ」

「ふむ……」

考えるそぶりを見せた後で、シモンは宥《なだ》めるように僕の髪を優しく梳《す》く。

「別に壊してもいいんだよ。甘い雰囲気なんてものは触れ合っていれば大概戻ってくるものだ」

「そういうもの？」

「うん、そうだよ。恋人同士と言っても常に色っぽい雰囲気を保ち続ける必要はないよ。それに俺はあなたとこうしてゆっくり話す時間が好きだよ、とてもね」

「……うん」

嬉しいことを言われて、照れてしまう。

どういう言葉を返せばいいのか逡巡《しゅんじゅん》しようにも、気持ちが舞い上がってしまって言葉が出てこなかった。戸惑いながら口を開閉させていると、甘く笑んだシモンが、僕の手に指先を絡めてくる。

大きく、硬い手。太くて長い指。

自分とは全く違う感触の手が、意図的に僕の指を優しく擦る。

「……だけど。もしどうしても、あなたが俺に言葉を縛ってほしいと言うのなら、俺がすることをあなたがどう感じているのか、今夜は逐一教えてほしいな」

「いいけど……することってなに」

「それは今から教えるからね」

大きな手が、後頭部に差し込まれた。髪の毛がシモンの指の間に絡まって、こそばゆい。

「まずは、口を開いて」

「……っ」

掠《かす》れた声で促されると、脳が痺れる。まだ自分で口を開いてもいないのに、身体が一気に熱を帯びてくる。分かりやすすぎる身体の反応に羞恥が込み上げてきて、顔を逸らしそうになったが、後頭部を押さえられていてできなかった。

まるで僕が顔を逸らしたくなると分かっていたみたいだ。

「エリス」

「……っう」

名前を呼ばれる。至近距離にある視線に抗うことはできなかった。

言う通りに口を開くと、視界いっぱいに映る甘くハンサムな顔が壮絶な色気を放ちながら満足そうに微笑んで、近づいてくる。

「上手だね……そのまま、俺の舌を食べるように、あなたの舌で包んで」

「……っこ……こお？　……っ……んんぅ！」

口の中に入り込んできた分厚い舌を、言われた通りに舌で包む。とはいえ、シモンの舌のほうが僕のものより大きいから、包むというより擦りつけるような拙い動きしかできない。もどかしく思いながら、粘膜と粘膜を擦りあわせる快感に身を委《ゆだ》ねていると、落ち着かせるように背中を優しく撫でられる。

そのまま彼は口を離し、口端を舌で舐めた。

「あなたの舌は小さいな」

「それって、よくない？」

「いや少し、罪悪感……とは違うんだが、いけない大人になったようで……実際、いけない大人なんだが」

珍しく口ごもるシモンを見て、一つの言葉が頭に浮かんだ。

「背徳感？」

「あまり、そう、はっきり言わないでくれ」

困惑した表情をするシモンが、それでも僕の身体を強く抱きしめて離そうとしないことが嬉しい。

歓喜の声が羽を生やして口から飛び出しそうだった。

「僕にいけないことを教えていると思うと興奮するんだ？」

「なんてことを言うんだ、あなたは」

「背徳感は興奮材料の一つなんでしょう」

「……猛火の上からさらに油を注ぐようなものだと覚えておいたほうがいい」

「もっと欲情するんだな」

「やめなさい」

「んぅ!?」

咎《とが》めるように……いや、咎《とが》めるためか、再び唇を重ねられる。先の甘い感覚とは打って変わって、貪り食われるような感覚。分厚く大きな舌が口内をくまなく蹂躙《じゅうりん》しながら、唾液がとめどなく流し込まれる。

　呑みきれずに口の端からこぼれ出たそれが首筋に流れていく。ねっとりとしたものが肌を伝う感覚に背筋がゾクゾクと粟立《あわだ》って、恥ずかしげもなく腰が浮いた。

「……っん……はあ」

　唇が離れた瞬間、シモンの喉仏が上下したのが見えた。

　たぶん、僕の唾液を嚥下したんだろう。その様子をじっと見つめていると、顎を上向きにされ、視線を強引に合わせられる。

「今の口づけは気持ちいいかな」

「そ、それ……今、言わないと駄目か？」

　息も絶え絶えになりながら聞くと、シモンはにっこり笑って「駄目だよ」と断言する。

「からかったこと、怒ってる？」

「違う。どう感じているのか逐一ちゃんと言葉にするのが、あなたの今日の課題だろう」

「う……」

　そういえばそうだった。頷いてしまったことだ。それについては……二言はない。

　ただ、感じていることとは何だろうか。

　口づけが気持ちよかったと、そう言えばいいのだろうか。

「き、気持ちよかった……です」

　思わず敬語になってしまった。動揺しているのが丸わかりで恥ずかしい。

「どうして？」

「ど、どうして？　……なにが、どうしてだと言うんだ」

「あなたはどうして気持ちいいと感じたのかな。俺の舌がどう動くのが一番気持ちよかった？　それとも、ただ唇を合わせているだけで気持ちがいいのかな？」

「え、あ……いや……」

いや、それを言葉にするとあまりにも生々しすぎやしないだろうか。

シモンの舌が僕の舌を搦《から》めとって、唾液をすすりあげてくれる瞬間が気持ちよくて好き……だなんて口が裂けても、いや裂けていなくても言えたものではない。仕方がないから、ここはシモンの言葉を繰り返すだけに留めよう、と決めて僕は口を開く。

「お前の言う通り、唇を合わせているだけで気持ちいい……よ」

嘘じゃないぞ。

全然、嘘じゃない。

実際、シモンと口づけをするだけで天にも昇るような気持ちになるのだ。気持ちいいとは少し違うかもしれないが、広義には同じ意味である。

そんな風に屁理屈を捏《こ》ねていると、シモンが無精髭をなぞりながら見透かすような目で僕を見てくる。

「駄目だよ、本当のことを言わないと」

「ほ、本当のことだ」

「あなたが一番気持ちよさそうにしていたのは、互いの舌を搦《から》めて唾液をすすりあっている時だったように思うけどな」

「……分かっているのなら、聞かないでいただきたいのだが」

「あなたの可憐で上品な唇から聞きたいんだよ。言ってくれるね？」

その聞き方はずるすぎる。腰に響くような低い声でねだられると、もう理性なんて塵も同然。今ならどんな恥ずかしいことでも言える気がしてしまう。

「……お前の舌が……」

「うん」

「僕の舌を搦《から》めて……唾液をすすってくれるのが、すごく気持ちよくて好き。……僕の唾液をお前が嚥下した瞬間に喉仏が動くところをみると、どうしてかな……すごく、興奮してしまう」

なにやら余計なことまで言ってしまった気がするが、目の前で極上の笑みを浮かべるシモンに目を奪われてそれどころではなくなった。

その笑みを目に焼き付けておくことに集中したくて、たった今、僕は自分が今言ったことがどれほど破廉恥《はれんち》なことだったのか、理解しようとするわずかな労力を放棄してしまった。

「喉仏、か。妙なところを見ているな」

長い指が、僕の唇を指先でなぞる。紫の瞳が孕んだ熱情を注ぐように、じっと僕を見下ろした。

「よく言えたね。じゃあ、あなたの好きなことをたくさんしよう」

「……っん……ぅ、んあ」

口の中に再び舌が侵入してきたかと思うと、逃げ腰になってしまった僕の舌をすぐに搦《から》めとる。

撫でるように、擦り上げるように舌と舌が絡まって、じゅわと滲《にじ》む唾液をこそげ取るように奪われる。

「……んんっ！　……ぅ」

「あなたも、もっと絡んできて……」

これでも精一杯やっているのだが！

「……お、お、まえ……が、上手すぎて……っんぁ……ちょ、まて……ぃ……う」

やっと唇が離れたかと思うと、紫の目が弓なりに細まって、僕の唾液を嚥下する。

生き血をすすり終えた獣のようだ。羞恥を上回る快楽と興奮が思考を放棄した脳をさらに堕落させていく。

繰り返される口づけにすっかり魅了されながらも、僕は「口づけだけで、こうなるなら……シモンの言う通り、今はまだ身体を交えないほうがいいだろう」と、こんな時だというのに、納得してしまった。

「……んぁ……は……っ……ぅんん……ぅぷは」

唇が離れると、じんと痺れるような甘い感覚が上唇に広がった。

僕の唾液で濡れたシモンの艶《つや》やかな唇を眺めていると「まだ足りない」と貪欲な気持ちが湧いてくる。

「……も、う終わり？」

「いいや？　今夜はずっと、このままだ」

低い声と、熱い吐息が鼓膜を穿《うが》った。

「いいかな」

決まり切った答えを聞くためにわざわざ問いかけてくるあたり、意地が悪い。

やはり、ついさっき僕がからかったからそれを根に持っているんだろうか。困惑するシモンなんて見る機会が滅多にないからついからかってしまっただけなのに。

大人の間で交わされる言葉の駆け引きに比べれば幼稚極まりないものだと思うのだが、それでもシモンの身体が熱くなっていたことを考えると、彼の言う通り、下手な艶事《つやごと》の常套句を学ぶよりも、自分自身の言葉を使ったほうが彼には効果があるのかもしれない。

「エリス？」

待ちかねた風に名を呼ぶ唇に、僕は返事の代わりに、今度は自分から口づけた。

夜が深まるごとに、想いを重ねるような口づけはさらに深まっていく。

互いの唇の感触が分からなくなるまで、互いの理性が甘やかな蜜の中でふやけるまで、貪るような口づけはその夜、延々と続いた。

第三章　門出

シモンとの甘い一夜が明けて、ひと月が経った。学園にて退寮の準備を着々と進めながら、僕はある報告をするために、侯爵領へ戻っていた。

春を迎えに行く清涼な風が、温かな茶葉の香りを抱いて流れていく。

ティーカップから離れた華奢《きゃしゃ》な手が、驚きのままに薔薇《ばら》色の口元へ吸い寄せられていく様を僕は静かに眺めていた。

「補佐役として領地に残る？　本気なの、エリスちゃん」

目を大きく見開く姉様に、僕は居住まいを正して頷く。

「そうだよ。永遠にとは言わないけど。学園を卒業したら僕はここに戻ってくるつもり」

僕と同じ色の瞳の中にわずかな喜びと、不安が見え隠れする。

双子ではないけれど、考えていることがある程度分かってしまうのは、同じ顔だからなのか。それとも普通の姉弟に比べて仲がいいからなのか。おそらく、そのどちらもだ。

「姉様の聞きたいことは分かっているよ。安心してほしい。姉様のためにここに残るって決めたわけではないから」

「エリス……」

いつも正々堂々としている姉様が、困ったように首を傾げ、わずかに視線を逸らした。侯爵家自慢の花庭園。春に向かうとはいえ、未だに寒いこの季節。姉様の視線の先では、小さな蕾《つぼみ》をつけた花が恥じ入るように揺れていた。

「本当だよ、姉様」

実際のところ、姉様のためだけにこの領地に残ると決心したわけではないけれど。自分のためだけに決めたわけでもない。

『先に生まれた者が、爵位を継ぎ、土地を治めなければならない』

これはオリシヲンの貴族社会の覆《くつがえ》りようのない掟だった。生まれながらに定められた、オリシヲンの長い歴史を支える掟だと何度も説明されてきたから、僕自身がそれを不満に思ったことは一度もない。

幸い、姉様は才能も能力もあり、努力を怠ることもない逸材だ。

僕は、そんななんでもでき過ぎる姉様を誇りに思うと同時に、疑問に思うことがあった。

『姉様は侯爵になりたくないと思うことはないの？』

聞く時々によって幼い頃の姉様は答えを変えた。

『ない』『知らない』『分からない』

この中で最も多い答えは『ない』で、その理由はいつも決まっていた。

『私は……侯爵領の人たちが好き。彼らを守る大きな権利を与えられているのに、放棄するなんてもったいないじゃない』

その時の姉様の表情に陰りはなかった。今もそうだ。遊学から帰って来た姉様に僕は同じ質問をした。帰って来た答えは明確に『ない』で、理由は幼い頃と変わらない。

だが、姉様だって人間だ。今後どう考えが変わるかは誰にも、姉様本人にだって分からないだろう。爵位を継いだあとに、途端にその座が億劫《おっくう》になることだってあるかもしれない。

姉様は笑い飛ばすかもしれないが、本気で好きになった人と駆け落ちしたくなるかもしれない。僕と同じ血が流れているのだ。本気で好きになった人間を侯爵という立場に縛られずに一途に愛したいと願う時がくるかもしれない。

そんな時――つまり、姉様が突然侯爵という位を捨てたくなった時、領地の経営がすぐに破綻することのないように、僕もある程度経験を積む必要があるのではないか、と考えた。

後顧《こうこ》の憂《うれ》いなくとまではいかないまでも、いざという時、姉様が少しでも心を軽くしてその座を離れられるように。

「僕だけ自由に将来の選択ができる罪悪感がないとは言わないよ。だけどそれは人でなしでなければ誰だって思うことだ。……それにそれだけじゃない」

きっぱり断言すると、姉様が安心したようにもう一度ティーカップに手をかけた。

「他には何があるの？」

「王宮で働く前に自分の領地のことをもっと学んでおきたかったんだ。それはずっと前から考えてきたことなんだ」

王宮で働く前にまず領地について学ぶことは、自分にとって必要不可欠なことだと思っていた。

一つの領地の在り方を知ってこそ、いずれは国政を支える人材になり得る。

たとえば、最高の花束を一から作るとして、まずは個々の花が、どのような風土の場所で、どんな土と肥料で育てられるのか、どのような謂《い》われがあり、歴史を持つのか。他の花との香りの相性はどうなのか。一層、色を美しく映えさせるにはどうしたらよいのか。多くのことを知らずにいたら、最高の花束一つを作り上げることだって難しい。

それと同じことだと思うのだ。

オリシヲンという国は、大雑把に言ってしまえば、貴族の領地と王族の直轄領があって形を成している。国を美しく、少しでも民にとって良い国であるようにするためには、個々の花を知るように、まずは領地のことを知らなければならない。自分の領地の事情一つ知らないで、国全体に関わる業務を遂行できるとは僕には到底思えなかった。

だからまずは、領地で働きたい。そんな思いがあった。

決して姉様に対する感情だけで、侯爵領に残ると決断したわけではない。

自分のそういった思いを嘘偽りなく、姉様に伝える。

「……思い上がり過ぎたのかしら。あなたは姉思いの優しい子だから、私のために領地に残ろうとしているのかと一瞬そんな風に思ってしまったわ。でも本当にいいの？　あなたの考えはよく分かったけど、領地で働くのならシモン様とはなかなか会えなくなってしまうのではないの」

姉様の問いへの答えを、僕はもう持っていた。シモンと想いが通じ合ったその夜からひと月経った今、こうして僕は答えを姉様に伝えている。

だが実は、シモンと想いが通じ合った時点で、僕の答えは決まったも同然だった。

「王都で働くか、ここに残るか。ずっと迷っていたのは姉様も知っているよね？」

「ええ。学生の間にどちらか決めるのだとあなたは言っていたわね」

「だけど、もうずっと前からここに残りたいとは思っていたんだよ」

「じゃあ、どうして今まで決心がつかなかったのかしら？」

「……領地で働こうと思う理由の中に、不純なものがあったからかな」

「不純？」

「王都にいたら、シモンと顔をあわせる機会が多くなるだろう。彼はいつ結婚するのか。新しい恋人はできたのか。余計にそんなことが気になってしまう可能性があった。それが嫌だから僕は領地へ逃げようとしているんじゃないのかなって」

「それは……不純とは言わないわ。恋する人間なら誰だって思うことだわね。エリスちゃんは考え過ぎだわ」

「それは、そうなんだろうけど。自分の将来に繋がる選択を、そんな逃げるような理由で決めたくなかったんだ」

だが、もうそんな心配をする必要はなくなった。

王都にいたくない理由がなくなった今でも、僕は領地で働きたいと思っている。

つまり、シモンの存在にかかわらず、どちらにしろ僕は王都で働くよりもまずは、領地で働くことを望んでいたということだ。それが分かってようやく、僕は自分の将来への迷いを打ち消すことができた。

自分でも面倒くさい性分であると思うが……この先直す機会があれば、その時には自分を見つめ直す機会を得られたと前向きに考えることにしよう。

「その考え方は、極めてエリスちゃんらしいわね」

「いつもみたいに潔癖って言えば」

不貞腐《ふてくさ》れながら言うと、姉様は苦笑する。

「別にね。嫌味で言っているわけではないのよ。あなたは確かに純粋で綺麗な理由を探してから行動することが多いけど、考えるだけで行動しない鈍間《のろま》でもお馬鹿さんでもないもの」

「姉様ってそうやって冷たく言い捨てる時があるね。怖いよ」

姉様はその言葉には笑うだけで、特に否定も肯定もしなかった。

「……ねえ。この機会に聞いておきたいんだけど。僕がシモンを恋人だって紹介した時、どうして姉様は驚かなかったの？」

「姉様にはなんだってお見通しなだけよ。エリスちゃんがシモン様を見る時の目は輝いていたもの。あ、ちなみに、シモン様とあなたがあの日何をしていたのかなんてこともお見通しなんだから」

「……へえ、何をしていたと思うの？」

大体、予想はついている。姉様のことだから「性交」だの「交接」だのと言うのだ、きっと。

「そんなの考えなくたって分かるわ。濃厚に交わっていたのでしょう？」

茶が口から噴き出た。

「う……っぷは！　な、なん……なんだって？」

ものの見事に僕の予想の斜め上をいく言葉だった。ここまであけすけな言い方をするとは思わなかった。

「ほら、やっぱり当たったわ！」

僕の反応を見て大喜びする姉様に、慌てて弁明する。

「ま、まだやってない！　全然、当たってないから喜ばないでくれ」

僕の言葉を聞いて、姉様は喜びの表情を引っ込めて、目を丸くする。

「ええ!?　まだ、してないの？　どうして？」

「どうして？　どうしてって……」

いや、たとえ気心の知れた姉弟だとしても、そこまで言う必要があるのだろうか。

だが、答えに窮する理由は特にない。

むしろ、シモンの誠実さが表れた健全かつ正当な理由がある。

やましいことなどなにもない。ここは弟思いすぎる姉様を安心させるためにも、きちんと話しておくべきか。

「……今の時期は、僕が将来についてちゃんと考えるべき時だろう。だから……その、そういう行為をして、お互いがそれに夢中になっていたら将来について考える時間がなくなってしまうから、僕が退寮する日までは我慢するって」

姉様は「なるほど」と神妙な様子で頷いた。

「なにが、なるほどなんだ？」

「いえね。シモン様は非常に常識的で、大人らしい判断をなさったわと思って。素晴らしいじゃない？　目の前に丸呑みしたくなるくらい可愛い子羊ちゃんがいるのに、涎《よだれ》をだらだら垂らしながらも我慢する礼儀正しい狼さんなんてなかなかいないものだわ」

「僕は子羊か？」

「ええ、そうよ。毛並みの良い、可愛い子羊ちゃんよ。可哀相に飢えた狼さんは、あなたのことを胃の中に入れたくて入れたくて仕方がないのに、それでも誠実に振舞おうとしているのね。涙が出ちゃうわ」

「胃の中って……別に喰われるわけでもあるまいに」

「同じよ。場合によっては胃に入れられるよりもぐちゃぐちゃに溶かされちゃうわけよ」

　少し前、シモンにも「言い方をなんとかしろ」と言った覚えがあるが。姉様はシモンの比ではないくらいひどいと思う。

「それで。話が逸れてしまったわけだけど。エリスちゃん的にはどうなのかしら？　ちゃんと納得しているの？」

「しているよ。それに関しては全面的に納得した。シモンがあれだけ言うんだから、そうなんだろう。きっと」

「ええ、ええ、そうね。そういう方面に関してはシモン様の言葉に従ったほうがいいわ。だけど、そうなると少し心配ね」

「なにが？」

「シモン様は、あなたを夢中にさせる自信がおありになるってことでしょう？　それに加えて、あの御仁《ごじん》は尋常ならざる体力もおありでしょうから……三日三晩、いいえ、もしかしたら七日七晩くらいなら全然余裕なのではないかしら」

そこまで呟くように言って、姉様は何か重大なことに気づいたように、重々しく口を開く。

「……ねえ、エリスちゃん」

「なに？」

「あなた、退寮する日までに体力作りくらい頑張ったほうがいいかもしれないわよ」

真剣な表情でそんなことを宣《のたま》う姉様に、僕は何と答えたものか悩む。

姉様の言うことが突拍子がないとは思わない。

だが正直言って、その行為のためだけに体力作りをするというのは、それこそ動機が不純すぎる。

「それは、どうなんだろうな」

「ならせめて、色々な手練手管を学んでおくべきだわ。あなた、シモン様にはもう領地で働くことは伝えたんでしょうね」

「もう伝えたよ。心配してくれたから……すごく」

シモンには数日前に伝えた。どうして今まで決断できなかったのか。どうして領地に残りたいのかを。

全てを伝えると、シモンは姉様と同じように「あなたらしい」と笑った。

姉様の言う通り、王都で働くよりは領地で働いているほうが、確実にシモンと会える機会は少なくなるだろう。だが、王都で社交場が頻繁に開かれる時期になれば、僕も王都の侯爵邸で過ごすことになるから、毎日のように顔を合わせられる。

僕のこの選択が、シモンとの交際に支障をきたすとは考えなかった。

シモンも同じように考えている。

楽観的すぎるのかもしれないが、僕が思うままに選択することこそ、シモンが望むことでもあったから、今の時点で二人が納得できる形に収まっているのなら、先に起こる可能性のある問題を今考えても仕方がないのではないか、と僕は考えている。

だが姉様はまだ納得できないようで、深刻そうに瞼を閉じて考え始めてしまった。

「何か、まだ心配なことがある？」

「いえね……あなたたちが納得しているならいいのだけど。エリスちゃん。油断大敵とはよく言ったものなのよ。シモン様はまず間違いなくあなたのことを慈しんでくださるでしょうけれどね。それに甘えて安心しては駄目なのよ。私はさっき手練手管を学んでおくべきだと言ったわね」

「うん、言ったね」

「別に面白がって言ったわけじゃないのよ。ただ、お会いできる機会が少なくなってしまうのは事実じゃない？　シモン様を疑うわけではないけれど、お心が離れないように努力する必要はあると思うの。ね、エリスちゃんだってそう思うでしょう？」

至極真面目な顔をして同意を促されると、それは確かにと頷かざるを得ない。

だがそれは非常に生々しいものだ。体力作り。精力増強。閨事《ねやごと》に関する知識の吸収……等々、例を挙げればきりがない。

いくら将来の選択に悩まなくてよくなったからといって、すぐにそんなことばかり考えているようでは、あまりに爛《ただ》れすぎているのではないか。

そう思うのだが、ひと月前のシモンとのやりとりを思い出すと、「そんなことはしない」と断言することも難しい。

あの夜。口づけだけで、何度僕は果てただろう。その間シモンは献身的と言っても過言ではないほど、緩急をつけながら巧みに、快楽を僕に刷り込んでいった。

僕を気持ちよくするためだけの舌の動き、耳の奥底で響く自分の喘ぎ声に、羞恥が込み上げる。

だが、僕がそんな風に喘ぐ一方で、シモンは己の快楽に非常に無関心だった。

『シモンは……だ、大丈夫なのか？』

息せき切って聞くと、彼は微笑んで『あなたに気持ちよくなってもらうのがなにより嬉しい』と言った。

言葉が足りないと思ったのか彼は『この先の行為を嫌いになってほしくないからね。気にする必要はない。これは俺のためにしていることでもあるから』と補足した。

そう言われたら、それまでだ。無理矢理シモンに何かしようとは思わなかった。

だが、やはり気になる。別に僕だけが快楽を享受して、それによってシモンが僕を嫌うなんてことはないと断言できるが、自分だけ喘がされている状況というのは、あとから思い出すと正直言って死ぬほど恥ずかしい。

　何度もあの夜のことを思い出したが、そのたびに刷り込まれた快楽と自分の喘ぎ声が鮮明に頭を過《よぎ》って、思い出したいはずのシモンの表情や声がかき消されてしまう。

　だから僕だけが気持ちよくなるのは前回で最後にしたい……のだが。

「……手練手管を学ぶべき、なんだろうか」

　溜息を零しながら呟くと、姉様は満面の笑みを浮かべ「姉様に任せなさい！」と自信満々に胸を張った。


「ああ、ついにエリス様が寮を去ってしまわれるのですね。寂しい限りですわ。どうか、どうか私たちのことをお忘れにならないでくださいましね」

「エリス様。侯爵領でのお仕事でお忙しくなることは重々承知しておりますが、もしお暇ができるようでしたら、学園へ足をお運びください。私たちはずっとお待ちしておりますから」

「……エリス様のご尊顔をこれから見られなくなるのかと思うと、冬の花園を彷徨《さまよ》うような心持ちですわ。私たちはこれからどうなってしまうのでしょうか。心が凍えて花を愛でる心さえ失ってしまうかもしれません」

「嫌だわ。冬の花園だなんて、ありきたりよ。月のない夜とたとえるほうがしっくりきますわ」

「まあ、それこそ陳腐でありきたりというものですわよ」

　言い争いながら、うるうると瞳をうるませ詰め寄られて、僕は言葉に詰まる。

僕は今日、長い時を過ごした寮を辞することになった。

ふた月の猶予があったおかげで、のんびりと退寮の準備を進めることができた。そしてついさっき全ての荷物を侯爵領へ送り終えて、一息ついたばかりだったのである。

そして、やるべきことを全て終えて、寮のサロンで休憩していたところを、どこから聞きつけたのか彼女たちがやってきて、今に至る。

退寮について、感動や寂寥《せきりょう》の思いはもちろんあるが、彼女たちの過剰ともいうべき反応に若干気おくれしてしまった。

「君たちは……大袈裟すぎやしないかな」

「大袈裟だなんて、そんなことはありません。本当にそう思うのです」

熱心に言う彼女は、一つ学年が下の女の子だった。熱心なのは伝わってくるが、活力あふれる彼女たちのことだ。また新たな花でも月でも太陽でも見つけるだろう。

そう伝えると、彼女たちは眉を顰《ひそ》めて「いいえ」と懸命に否定する。

「つれないことを仰らないでください。私達にとってのエリス様はそれほどまでに大きく目映《まばゆ》い存在なのです」

そうだそうだ、と周囲に集まる令嬢たちが続いて賛同する。

そんな彼女たちの様子を見て「恋人がいる僕なんかを慕い続けるより、もっといい男を見つけることに時間を割くほうがいい」と言ったほうがよいのかとも考えたが、彼女たちが僕のことを「太陽」「月」「花」とたとえるあたり、その胸に抱いているのは「恋」というより、どちらかと言えば夜の月、朝の日の光、花を愛でるような、恋にも満たない感情のように思えた。

それは僕のシモンに対する恋情があまりに重いからそう思うのか。恋とは本来そういった気持ちから生まれるものなのか。

どちらにしろ、僕からしてみれば、彼女たちのそれは春を迎えるつもりのない花の蕾《つぼみ》のようなもので、花開くことのない感情のように思えてならない。

それをむりやり花開いたとこじつけて否定する気にはなれず、喉元まで出かかった言葉を呑み込んだ。

「エリス様のお顔を、学園でお見かけすることがもうできないのかと思うと、寂しいです」

そうは言うものの。学園内の顔ぶれとは社交界で顔を合わせることになるだろうし、生涯会えないわけではない。

二日前に退寮したノアは留学生ではあるが、商人見習いとしてしばらくオリシヲンの港町に残ると言うし、カトレアは領地に戻るが再度王都に来て宝飾品の勉強をするという。どちらにしろ会おうと思えばいつでも会える。

彼女たちも同じはずだ。留学せずこの国に留まる限りは、顔を合わせることもあるだろう。

ついさっきまで、僕はそんな風に考えていたのだが、僕を取り囲む彼女たちにとって、この別れは一時的ではあっても、こんな風に嘆いてくれるくらいには悲しいものなのだと、彼女たちの言葉の一つひとつを聞いて少し考えを改める。

それに僕にとっても、行事や試験のたびに激励や労わりの言葉をかけてくれた彼女たちのこんな風な悲しい顔を見るのは、辛いものがあった。

「……僕は、君たちが健やかであることを願っているよ。だからどうか悲しみ続けずに、僕の願いを叶えるためにも、健やかであってほしい」

一人ひとりに労わりの言葉をかける。

全員に別れの挨拶をした後、タイミングを見計らったかのように迎えの馬車が到着したと知らせが届いた。

「それじゃあ、どうか元気で」

長い時間を過ごした寮をあとにして、学園の正門まで急いだ。名残惜しさを振り払うためでもあったが、一番の理由は迎えに来てくれると約束した彼に、会いたくて堪らなかったから。

事前に聞かされていた特徴の馬車を確認して駆け寄ると、見慣れない御者が恭《うやうや》しく扉を開けてくれた。途端に甘い花の香りが鼻腔を満たす。

「あれか……？」

乗り込んで彼の隣に腰かけると、御者によって扉が閉められる。

それと同時に、色彩豊かな花束が「改めて、卒業おめでとう」と祝いの言葉と共に目の前に差し出された。

実際、卒業したのはあの宴の時なのだが、退寮するまでは学園に留まる者も多いから、この退寮をもって正式な卒業と認識する者も多い。そんな事情を踏まえての祝辞に、僕は感謝の言葉を返した。

「ありがとう、シモン」

この日までしばらく会えなかったせいか、堪らない気持ちになって「会いたかった」と抱きつくと、くぐもった苦笑が耳に注ぎ込まれて、頬に柔らかい唇が触れた。

「俺も会いたかったよ。元気そうでなによりだ」

「……唇には？」

不満げに厚い胸板を叩くと、彼は悠然と足を組んで「また後でね」と言う。

その仕草がまた堪らなく大人で、魅力的で、一瞬浮かんだ不満はすぐに霧散する。

我ながら単純だ。そんな自分を可笑《おか》しく思っていると、受け取った花束が見てくれと言わんばかりに視界の端で揺れる。

種類の違う花が綺麗に束ねられていた。中には隣国の王女の名がついたこの国では非常に珍しい品種の花もあった。花弁の先がほんのりとした朱色をしているその様が、慕う相手を前にした可憐な乙女のように見えるから、恋人や婚約者に渡した時だけ、この花は恋慕の意味合いを持つと言われている。

シモンがそれを知っていたかどうか定かではないが、なんとなく嬉しくてその花を眺めていると「意外だったよ」と低い声が降ってきた。

「なにが？」

唐突な言葉に驚いて花束から視線を外すと、シモンの手が伸びて、薄桃色の薔薇《ばら》を指先で弄《もてあそ》び始める。薔薇《ばら》とシモン。画《え》になりすぎる組み合わせだ。

「あなたのことだから、両手に抱えきれないくらいの花束をもらうだろうと思っていた」

「……それはね。僕もそう思っていたんだけど」

僕とシモンがそう考えるように彼女たちも同じことを考えていたらしい。

だが、彼女たちのほうが一枚上手だった。

『エリス様の両手を花束で塞いで危険な目に遭わせてしまうわけには参りませんから』と昨日の内に侯爵家へ届けるように手配したのだという。

「なるほど、賢いお嬢さんたちだ」

快活に笑うシモンを見て、疑問が浮かんだ。

「僕が花束をたくさんもらうって分かっていたのに、花束を選んだの？　不満があるわけじゃないけど、理由を教えてくれない？」

花束を抱えながら聞くと、彼は照れ臭そうにしながら口を開いた。

「……色々考えたんだけどね。やっぱり、あなたには花が似合うから」

艶《つや》やかな流し目を送られて、鼓動が異様な音をたてる。絡まった熱い視線を解けないでいると、いつのまにか、僕の抱える花束からシモンが青色の花を取って、僕の髪に差し入れた。

水気のある蜜のような芳香がする。シモンはしばらく無言のまま僕の髪を眺めて、指先で梳《す》いたり弄《もてあそ》んだりしていた。くすぐったくはあるけれど、楽しそうにしているところを見ると、止める気にもなれず、しばらくはそのままにさせた。

だが、唐突にその手が髪ではなく頬へ滑ると、熱い体温を直に感じて、身体が無意識に震えてしまう。

「どうしたの？」

「今日は……本当によかったのかい」

支離滅裂な問いのように思えたが、すぐに意図を理解して、僕はしっかりと頷いた。

「大丈夫だよ。父様と母様には侯爵領へ帰る前に、恋人と会ってくると伝えているから。まだお前だとは言っていないけどね」

別に言ってもよかったのだけれど。この国では恋人の段階で親に紹介することはあまりないし、それにシモンが直々に「挨拶に伺う」と姉様に言ったのだ。言うのならその時でいいだろう。

少し心配なのは、その時になっていきなりシモンを連れて行ったら、二人が腰をぬかすかもしれないことだ。

あまりに恐れ多いと言って尻込みするような小心者の両親ではないが、まさか自分の息子が恋人だと言って連れてくる人間がシモンだとは、きっと夢にも思っていないだろう。

「ご両親は、あなたに恋人ができたと知ってさぞ驚かれたことだろう」

「そりゃあ、ね。今まで恋人の影なんて一つもなかったんだから。だから母様が必死になって僕の結婚相手を探してくれたわけだけど……ようやく寄り添おうと思える人ができたのならそれでよかったと、とても喜んでいたよ。ちゃんと紹介するからと言ったらもっと喜んでいた」

「では、なるべく早くご挨拶に伺わなければね」

「忙しくない時で構わない。軍は年中繁忙期みたいなものだろうけど。この時期は特にそうじゃないか。無理しなくていい。忙《せわ》しなくする話でもないだろう」

「では、しっかりと時間を取れる時にしよう」

この時期は、前途ある若者たちが軍へ入隊する時期だ。将軍として軍部をまとめなければならないシモンにとっても、新しい人材を育成することは国の未来に繋がる重要な仕事になる。

本来ならば今日一日でも休暇を取るのは難しいはずなのに、時間を作ってくれた。

ありがたいとこうしている間も感謝し続けているが、シモン本人に「ありがとう」と言っても「俺がそうしたかっただけだよ」と自分の我儘《わがまま》ということにしてしまうから、感謝の言葉は一度言うだけに留めておく。

それに僕が今ここで申し訳なさそうにしたって、何にもならないのだ。それならいっそのこと、一緒にいられるこの時間を存分に楽しんでもらおう。

シモンよ、任せてくれ。

今の僕はこの間のようにただ喘がされるだけの僕ではない。手練手管とは言えないまでも、それなりに役に立つであろう知識をこの日のために頭を割るような勢いでたたき込んできたのだ。

官能小説のように非現実的なものではなく、姉様がなぜか持っていた閨事《ねやごと》に関する手法の本で！

姉様曰く「とびきり役に立つ」ということだが、一体どうして「役に立つ」と分かるのか。それはさすがに聞けなかった。

姉様だって知られたくないことの一つや二つあるだろう。その割に僕に対して過干渉なのは納得いかないが、昔からそうだったから今さら不満に思ったりはしない。

とりあえず、僕は姉様から譲られた本をありがたく受け取り、今日この日まで読み込んだ。そこまですると妙な自信までついてきたのだが、一つも不安がないと言えば嘘になる。

頭で理解していることを実践で完璧にやり遂げるのは、至難の業だ。しかも相手は百戦錬磨と言っても過言ではない男である。僕のこの付け焼刃の知識がどれほど通用するのか。それはその時にならなければ分からない。

「シモン」

「なんだい」

「今日は……その、頑張るからな！」

ぐっと拳を握って見せると、シモンは明らかに困惑した顔で「うん？」と首を傾げてしまった。そうだよな。さすがに「頑張るからな！」はないよな、分かっているよ。

唐突な上に色気もへったくれもなさ過ぎて、何を言っているのか分かるまい。この男は艶《つや》っぽい大人の駆け引きとやらに慣れているのだろうから余計に僕の幼稚な言葉の意図が分からないだろう。

「だ、だからだな。今日は全身全霊でお前を受け止めるから手加減しなくていい、と僕は言いたいんだ」

「どうしたんだ……突然」

「いや……僕もどうしてこんなことを唐突に言いたくなったのか、分からなくなってきたぞ」

要するに、緊張しているのだと思う。思うと曖昧に表現するのは、高揚が幾分混じり、浮ついていて、なかなか考えがまとまらないからだ。

「あまり、あなたに負担をかけないように努力するつもりだが」

僕の緊張が伝わってしまったらしい。気遣うように顔を覗き込んでくるシモンに、僕は全力で首を横に振った。僕が紛らわしいことを言ってしまったせいで、望んでいない方向に話が進みそうな予感がする。阻止しなければ。

「そういうことを気にしているんじゃないんだ。僕はお前にも、ちゃんと良かったと思ってほしいわけだ。考えてみてくれ。あの夜のことを思い出すたびに、僕はお前のことを思い出したいのに、自分の喘ぎ声ばかり耳に残っていて……それしか思い出せないんだ」

「ああ……」

納得したように頷くシモンを見て、言いたいことがようやく伝わったことに安堵する。

「とはいえ、シモンはやっぱり僕のことを優先させそうだからな。お返しに、僕も色々考えているんだ」

胸を張ってそう告げると、シモンの目の色が少し変わった。いや、正確には濃くなったと言うべきか。

馬車の窓から差し込む日差しのせいかとも思ったが、紫色の瞳はやっぱり濃く色づいている。もう何度も間近でこの瞳を見ているが、こんなに濃い色になったところを見たことはあっただろうか。あったかもしれない。

記憶を辿《たど》りながら見惚れていると、次の瞬間にはシモンの表情に取り繕《つくろ》うような気配が滲《にじ》む。

「楽しみにしているよ」

たった一言。その一言に何と返したものか悩んだが、結局何も返せなかった。「楽しみにしていて」と答える自信がなかったのではない。

「楽しみにしているよ」と答えた時のシモンの表情に一瞬、苛烈な熱情が覗いた気がして……興奮のせいか、緊張のせいか。喉が何度も収縮して、結局いつまで経っても言葉が出てこなかったのである。


「さて……結局、どちらがいいのか。決められなかったな」

寝台の上に、僕は二つの衣装を置いた。

一つは学園で着ていた深緑色の制服。

もう一つは、社交界デビューした時の烏色《からすいろ》の正装である。

なぜ、これらの衣装が寝台の上にあるのかというと、それは僕が色々考えた結果がこれだからである。

もう少し詳しく説明すると、姉様から譲られた本に『恋人と夜を過ごす際には、身にまとう衣を変えるのがいい。選ぶものによっては相手をより興奮させる効果がある。なお、露出が多ければよいというものではないので注意されたし。清楚であり、かつ侵しがたい雰囲気のものを選ぶのがよい』と書いてあったからだ。

あまり信用ならない本ではあったが、これには頷かざるを得なかった。

確かにシモンの正装姿や訓練着姿を見るたびに、僕は大興奮していた。実証例がここにいるのだから、間違いはないだろう。胡散臭《うさんくさ》いことばかり書いてあるものの、なかなか役に立ちそうなことも書いてあるものだと、僕は感心した。

しかし結局、二つの衣装の中でもどちらがシモンの好みなのかさっぱりわからず、こうして二つとも持ってきたのだ。

いっそのこと、シモンにどちらがいいか聞いてみようか。案外、今着ているバスローブ姿が一番よかったりするのかもしれない。なんてことを考えていると、扉が静かに叩かれる。シモンが湯を使い終えたらしい。

「入ってもいいかい」

「どうぞ」

すぐに答えると扉が開いて、まだ髪を湿らせたシモンが不思議そうな顔で近づいてきた。

温まった花の香りがする。入浴している間に、湯に浸された花の香りが移ったのだろう。僕の身体からもきっと同じ香りがするはず。シモンと同じ匂いを身にまとっていると思うと、もちろん幸福ではあるのだが、背筋が伸びるような気持ちも同時に湧き上がる。

「……これは、あなたが社交界デビューした時の衣装じゃないか。なぜ、こんなところに？」

「僕の格好を覚えていたの？」

「そりゃあ、覚えているよ。まさかこれをもう一度見られるとは思わなかったな」

「こっちのほうが好き？」

「どちらが好きかと言われると……どうだろうな。こちらの衣装は？」

「制服だよ」

「……なるほど。俺はあなたが制服を着ているところを見たことがないから、どちらが好きかと問われても答えられないな」

そう言われると確かに、シモンは剣技大会を見に来たが、あの時の僕は制服を着ていなかった。それ以外にシモンが学園を訪ねてきたことはないから、見たことがないのは当然である。

「じゃあ、着てみせるから、どっちが好きか教えて」

制服を手にとって着替えようとした時、シモンは何かに気づいたように「待って」と僕の腕を掴んだ。

じんわりと湯の温かさを残したいつもより柔らかい手の感触に心臓が一度強く脈打った。

「まさかとは思うが、色々考えているというのは……このことかい」

「……ああ、そうだ。姉様がくれた本に、恋人と夜を過ごす前には露出の少ない清楚な服を着るのが望ましいと書いてあったんだ。それを参考にさせてもらった。露出の少ない、清楚な衣装といえば間違いなく、これだろう」

ばーん、と突き出した制服を見て、シモンは目を点にして沈黙する。

「あれ、シモン？」

僕と、僕が持つ制服を交互に見ながら、シモンはやがて寝台に腰かけると、僕の腰を掴んでそのまま膝の上に抱えて、溜息を吐いた。

その際、僕が持っていた制服は手の届かない寝台の脇へ丁寧に寄せられてしまう。

「緊張しているのかと思えば、また突拍子もないことをして……」

「突拍子もない？　好きな相手のために好みのものを身につけたいと思うのは当然のことじゃないか」

「あなたの場合は、これらの服を着ようとする時が問題だ。俺たちは今から何をしようとしていると思う？」

「え……ま……交わるんじゃ？」

言い訳をさせてほしい。こんな言葉が出てきてしまったのは、間違いなく姉様のせいだ。姉様のあけすけな言い方に少なからず、影響されてしまったに違いない。

そんな風に言い訳していると、シモンは僕の答えを意に介することなく「そうだ」と頷いた。ここで大真面目に「そうだ」と頷くのも、正直どうかと思う。

「それは、興奮してしまうからか？」

「……ああ、そうだ」

わずかばかりの間を置いての肯定。やはり、本に書かれていたことは正しかったのだと確信する。ならば、あの勉強をした時間は無駄ではなかったというわけだ。

「じゃあ、僕は間違っていない。今が最適じゃないか。さあ、制服とデビューの時の服を着てみるからどっちがいいか選んでくれ……って、え!?」

シモンの膝から起き上がったはずの身体が、あっという間に寝台の上に押し倒されていた。

一体何がどうしたんだ!?

慌てて顔を上向けると、ぞっとするほどの色気を孕んだシモンの瞳と視線が交わった。

「……っ！」

馬車の中で見た時と同じ表情をしている。窓から差し込む月光を受けて、濃く色づいた紫の瞳がとろりと甘い蜜のように艶《つや》やかに光っていた。

あの時、一瞬垣間見た熱情が、今は惜しみなくその瞳に広がっているのを見てとって、まだ何もしていないのにどうしてこうなったのだろう、と疑問が浮かぶ。

それも一瞬のこと。そんなくだらない疑問は、耳に吹き込まれる深い声音によって塵同然に、吹き飛んだ。

「前にも言ったはずだよ」

艶《つや》やかな唇がゆっくりと動く様を見ながら、固唾《かたず》を呑む。

「な、何を？」

「最近は、あなたを見ているだけで気持ちが抑えられなくなってしまうのだと。俺にとっては……こうして寝台のある部屋に二人きりというだけで、獣のように盛ってしまいそうなのに、どうしてあなたは俺をより一層発情させようとする？　これ以上興奮させられたら、俺はあなたの全身が赤く色づくまで貪って、身体の中を深く抉《えぐ》ってしまうかもしれないのだよ。あなたの痛みに配慮することを忘れて。それでもいいと言うのかね」

「……っ」

膝に押し当てられた硬いそれ。いつのまにこんな風になっていたのか。先まであんなに平然とした顔をしていたのに。

「怖いなら、言いなさい」

紫の瞳が、試すみたいに覗き込む。

たぶん、ここで僕が「怖い」と言えばシモンは退く。こんなに興奮しているが、僕が本気で怖がれば、彼の内で昂《たかぶ》っている熱はすぐに消えてしまうだろう。

実際のところ、僕は「怖い」などとは露ほども思っていない。ただ「怖い」と言って引いてしまえるほどの理性をまだ有しているシモンに、それすらも手放してほしいと思うのは、僕が性的なことに無知であり、無謀だからなのか。

そんな理性すら捨てて、僕に興奮してほしいと思うことは、彼にとってあまりに酷なことなのだろうか。

「……怖くないよ」

「そうかい？」

「うん……だから、最後まで抱いて、ね」

最後に告げた言葉で、シモンの理性が緩んだ。直感で分かったのは間近にあった顔が、あまりに静かに笑んだからだ。獣が獲物に忍び寄る時のような、本能を解放する前の圧倒的な静けさを感じた。

「喰われる」と直感が叫ぶ。だけど僕に逃げる気はない。

「すまないね。あなたがせっかく色々考えてくれたというのに、この様だ」

言いながら、柔い唇が僕の唇を文字通りに喰らう。

「……んっ!?」

喰われた、と認識した途端すぐに分厚い舌がねじ込まれて、口内の唾液すべてを奪うような激しい動きに翻弄《ほんろう》される。

熱い。密着した身体の温度が、じわりと僕の皮膚を伝って、身体の中心部分に侵入するみたいだった。

「……あっ……ふ、……っ」

小さな生き物のような舌が、口内で淫らな水音をたて動きまわる。

僕はこの舌の動きに応えなければならないはずだった。だけど無理だ。

むやみやたらに激しいのではなく、緩急をつけた巧みな舌の動き……

あの夜も思った。

当たり前だが、この男は上手すぎる！

「う……っ……んん！」

甘い、花の蜜のような唾液が口内に流し込まれ、入れ替わりに、僕の唾液がシモンの口の中へ入っていく。どろどろに溶けあって、もうどの唾液が自分のものだか分からない。

「ふ……つぅ……へぁ」

息が苦しくなったところで、わずかに離れた唇の間に、艶《なま》めかしい銀の糸がかかった。

「すまない、少し、激しくしすぎた」

短く息を吐きながら謝るシモンに、何も答えられずにいると、彼の唇はそのまま離れていってしまう。まだ、口づけていたかったのに。不満が脳裏に浮かんだ瞬間、首筋に生暖かいものが触れた。

「……ひぁ!?」

肌に唾液を塗るように、首筋を舐め上げられる。じゅぶじゅぶと鳴る卑猥な水音が、鼓膜に響いて、僕の官能を高めていく。

「……脱がせるよ」

硬い手が上半身を滑り、腰に巻き付けられたバスローブの紐を外す。するりと難なく解かれると、バスローブはただの布と化して、寝台の端に避けられてしまった。

そして彼もまた、バスローブを身から剥《は》がした。

「……っ」

湿り気を帯びた肌が月光に晒されると、途端に心もとない気持ちになる。

シモンの肌の色、身体の大きさ、手の大きさ、髪の色、目の色、顔立ち。僕とは全く違う生身の男の身体が薄暗闇にはっきりと浮かび上がる。

「……エリス」

紫の目が月光に映えてしっとりと艶《つや》やかに光った。

「う……あっ」

首筋を滑っていた唇が、今度は鎖骨の辺りを丹念に甘く噛んで、やがて胸へ下りる。

何もない平らなそこは、楽しめるような感触なんて一つもないはずなのに、大きな手は躊躇《ためら》うことなく包んで、指の腹で揉み始めた。

「……柔らかいな」

「は……っ…………そ、う……い、うこと言わなく、いい」

「いや、すまない。感動してしまって」

一体、何に。聞こうとしたところで、シモンはまた僕の胸を揉んで、その感触を楽しみ始めてしまった。まだ触られてもいないのに、胸の突起が痛くなる。

触ってほしい。ねだるように突起は硬くなっていく。それが恥ずかしくて目を背けると、咎《とが》めるように、分厚い舌がすっかり硬くなったそれを舐め上げた。

「んあぁ……っ」

突き抜けるような快感に、身体が一直線に反る。胸を大きく反らせて痙攣《けいれん》していると、耐えかねたような吐息が聞こえ、次の瞬間には生暖かい唾液を含んだ唇が再び突起を包んでいた。

「あ、……ま……って、ぅ……シ、シモン……っひぁ……」

僕の制止の声は全く耳に届いていないのか、シモンは赤く色づいてしまった突起を美味しそうに食《は》んでは舐《ねぶ》り、時には音をたてながら吸い上げる。

卑猥な水音が胸元で響くのを聞きながらそっと視線を下ろすと、彼の癖のある髪の毛が目の前でふわふわと揺れていた。

湧き出た好奇心から、撫でるようにその頭に手を添えると、熱を帯びた紫色が上目遣いに僕の視線を捉える。

「シモン」

「ん？　なんだ」

優しい声音で問い掛けてくる唇が唾液で光っている。淫猥な光景だと眺めていると、手の甲に口づけを落とされる。

「……んん……かっこいい」

「急だな」

苦笑しながら、シモンの瞳の色がいっそう濃くなる。熱でふやけた唇がわずかな息を吐くだけで、背筋がゾクゾクした。

「ずっと言えなかったから。こういう時に言っておこうと思って……」

今までずっと、本人に告げたかったのに告げられなかった言葉。

溜め込んできた分を、知ってほしい。僕はずっと、シモンにたくさんの賛美を心の中で贈っていたのだと分かってほしい。

「……こんなに色っぽくてかっこいい男に抱かれるなんて……幸せだ」

「……っ」

シモンの喉仏が上下した。

濃い紫色が煌《きら》めく。

「エリス」

「……っあぁ！」

首筋にがぶりと噛みつかれた。もっと、理性をなくしてほしい。

僕だけ必死なのは嫌だ。

シモンの唾液が首から流れて僕の鎖骨のあたりをしとどに濡らしていくのが、分かる。

大きく節くれだった男らしい手が、喉元を通過して、僕の下腹部へ伸びた。見なくても分かる屹立した僕の昂《たかぶ》りを、熱を帯びた大きな手が焦らすようになぞる。

「……ん、あう……」

「他人に触れられるのは、どうかな」

見下ろしてくる紫色の瞳が濡れて、無精髭の生えた顎先から滴る汗が、僕の胸元に落ちる。

下腹部が異様に熱い。なぞる武骨な手がもどかしく、くすぶるような快感が、どうしようもなく心地いい。

「ん……シモン、あ……ん……っ！」

決して滑らかとは言えない手の感触が生々しく、焦らすように扱く動作が徐々に速くなる。彼は知っているのだろう、快楽に呑まれて、もどかしさを感じているこの時間が、実は達する瞬間以上に気持ちがよく、楽しい時間なのだと。だが今の僕に楽しむ余裕など皆無である。

「ひ……ぁ」

濡れた舌が耳殻を舐《ねぶ》ってくる。卑猥な水音を立てながら、シモンの口が甘い言葉を垂れ流し始めた。

「もっと、声を出して」

「む……むり……っ……これ以上、声……したら……か、れちゃ……ひぅあ……あ、んん！」

「……ああ、そう……いい声だ、本当に……愛おしすぎてどうにかなる……っ」

濃厚な口づけを交わしながら、シモンは意図的に僕の背をツツとなぞった。

その瞬間、下半身の痺れるような感覚が頂点に達し、甘い衝撃が背筋を仰《の》け反《ぞ》らせ、手足を痙攣《けいれん》させる。

「果てたか……。気持ちいいかい」

「……う、っん」

正直、気持ちよすぎてどうにかなりそうだった。

僕だって男の端くれだから、自慰くらいはしたことがあるけれど。自分の手でするよりその十倍、いや百倍は気持ちがいい。

「んや……ちょ、待って」

シモンの手が腰の後ろ側に伸びて、双丘の奥に秘された蕾《つぼみ》の周囲をくるりと撫でる。

「っ……」

一応、知識として男同士の行為のやり方というものは知っているが、これが他人事《ひとごと》ではなく自分事になると、たとえ知識はあったとしても「ふーん、そういうものなんだ」と高をくくってはいられない。

痛いのは分かっている。たとえここまでの行為がどんなに気持ちの良いものだったとしても、現実に引き戻されるくらいには痛いはずだ。なにせそこは本来、異物を侵入させるためにある部分ではないのだから。

「……っ」

僕が固唾《かたず》を呑んだ瞬間、シモンは柔らかく笑って、汗に濡れた前髪をかきあげた。

「安心してくれ。ちゃんとほぐすから」

耳元で囁《ささや》きながら、シモンは自身の指先に唾液をたっぷりと垂らして、器用に蕾《つぼみ》を撫でて、ほぐしていく。執拗《しつよう》なくらい丁寧に丁寧にほぐしながら、彼は首筋に口づけを落とし、鎖骨を舐《ねぶ》る。

緊張して冷めかけた皮膚を通して、身体の芯にはまた徐々に熱が浸透してきた。

「痛くないか？」

「……ん、……たぶん」

「まだ駄目そうだね」

優しい手つきで時間をかけてほぐされていると、不安と緊張が徐々に消えていく。わずかばかりの余裕ができると、シモンの眉間に珍しく皺《しわ》が寄っていることに気づいてしまった。

シモンはとても我慢している。理性はもう残ってないだろうに。

現に彼は『痛みに配慮できないかもしれない』と言っていた。それなのに、こうしてできるだけ痛みを軽減させようとしてくれる。

「……シモン、おねがい……っもう……ほん、とに、大丈夫だから」

お願いだから、もう僕の中に入ってきてほしい。

このままでは堪らない。

お前が我慢しているところを見続けるのは、辛い……。そんな言葉を口にしようとして、はたと我に返る。

――辛い？

本当に今、僕は辛いと思っているか？

湧き上がった疑念に、愕然とする。

「……っ」

「どうした、エリス？」

戸惑うようなシモンの声音に、熱に浮かされた意識がまたほんの少し冷めた。

今さっきまで寄っていた眉間の皺《しわ》はすでに消えていて、深い愛情と気遣いの表情だけが、滲《にじ》んでいた。

「……エリス」

大きな手が僕の頬をゆっくりと撫でる。まるでそこに伝う何かを、拭うように。

「なぜ泣いている。やはり、痛かったかい」

「え」

慌てて目元へ手を持っていくと、確かに汗ではないもので、頬が濡れていた。

本当に泣いている。困ったことにその涙は止まらず、次から次へと意図せず眦《まなじり》からこぼれて、頬を濡らしていた。

僕はどうして泣いているのだろうか。悲しいことなど、何一つないのに。

「おいで」

唐突に、シモンは僕の上半身を抱き上げて、己の胸の中に掻《か》き抱いた。

汗と、花と、シモンの香り。胸いっぱいに吸い込むと、幸せな気持ちになるのに一層涙がこぼれてくる。

「怖いか？」

「ちがう。そんなんじゃない」

「……エリス」

「本当に違う……お願い、やめないで」

本当に、そんなんじゃない。怖いわけがない。

むしろその逆なのだ。幸せで、幸せ過ぎて。

シモンが僕に心を寄せながら、抱きたいと思ってくれるこの瞬間があまりに尊くて、やめないでほしい。

懇願するためにシモンの首筋に顔を埋《うず》めると、僕を抱く腕の力が強くなった。

長年の願いが叶うから、だから僕は泣いているのか。

いや、おそらく違う。そんな単純なものではない。

これはそんな可愛い感情ではない。

「……ぼ、くは……お前が、考えている以上に怖い、男かもしれないぞ」

ふと、口をついて出た言葉に、シモンが目を見開く。

口に出して、僕はようやく自分がなぜ涙を流したのかを理解した。

どうやら僕は今まで自分のことをとても善良な人間だと思っていたらしい。周囲から優しいと言われて、それが尊いもので、大切なものだと教えられてきたから。そして、ずっとその教えを守ってきた自負もあったから。

だが本当に僕が優しい、本物の善人であるのなら、きっとこんなことは思わないし、そんな自分に愕然とすることもないはずだ。

「どうして、そう思う？」

静かに問われて、僕はできるだけ自分の思考を整理して答える。

「……お前が、僕の身体を求めて苦しんでいるのに……この瞬間が永遠に続けばいいのにと、僕は、今、思ってしまっている」

絶句したように固まるシモンの表情を見上げていると、僕は改めて自分の内にある凶暴な気持ちに気づかされる。

重い、重いとはずっと自覚していたが、まさかここまで重いとは思わなかった。僕が涙を流すのは、つまり幸せだからではなくて。この瞬間……シモンが僕を求めて苦しむこの時が永遠に続かないことを悲しんでいるからなのかもしれない。

身勝手極まりない涙だ。

普段の僕ならきっと己を叱咤《しった》すべく自分の頬を叩いたかもしれない。

だけど、今はそうする気にもなれないくらいに、思考が快楽の熱で弛《ゆる》んで、自制心まで溶かされて、本来の……欲望にまみれた本性が剥き出しになってしまったのかもしれない。自覚したことのないそれに、今さら驚いているなんて……

「……？」

ふと、シモンが笑っていることに気がついて、僕は不安に揺れる気持ちを押し殺して、できるだけ平坦な声で聞く。

「僕のこと、怖いか？」

「怖くないよ。ただ、あなたにそこまで想ってもらえるなんて光栄だと思ってね。素敵じゃないか、とても」

「……」

「そんなに不安がらないでいい。俺があなたのそれを受け止めきれない狭量な男だと思うのかい」

「……思わない」

「なら、信じてくれ。としか俺には言えないね」

僕の全てを受け入れるような慈愛に満ちた声音に、抑制していた感情が、轟音を立てて決壊した。

腕に回り切らない大きな身体を抱きしめて、シモンとの距離を一気に縮めながら、僕は彼の耳元へ唇を寄せて、今まで伝えられないと思っていた重い愛の言葉を、伝えることにした。

「僕の愛を受け止め切れなくて離れようとしたら、閉じ込めてしまおうかな」

「……もしそんな時がきたら、そうなったら、俺は自らの脚で牢に入らないといけないのではないか。俺の重い身体をあなたに運ばせるわけにはいかないし」

「自分のことを閉じ込めようとしている人間に協力するの？」

「協力というのかな。そうなった時にはそうするのが一番というだけだよ」

箍《たが》が外れて口からこぼれた恐ろしい束縛の言葉を、シモンは怖がる様子もなく淡々と受け入れる。

だが実際、お互いの立場を考えたら「閉じ込める」「閉じ込められる」というのは非常に難しいだろう。シモンだって分かっている。分かっているからこそ非現実的な言葉で自らの絶対的な意思を示してくれた。

そのことに安堵しながら、今度はちゃんと甘い言葉で愛を語りたいと思った。ただ、どんな言葉を使っても、今のこの一杯いっぱいの気持ちを伝えるには物足りない気がしてしまう。

「エリス」

こぼれる涙を、シモンが一つ残らず指先で掬《すく》い取ってくれる。そんな彼が浮かべる表情は、涙でよく見えない。もったいないことだと思いながら、それでも今は優しい手に慰められていたかった。

「愛しているよ」

「……うん」

「これほど想っていてくれたのなら、辛い思いをさせたこともあっただろう。……すまなかったね」

彼は、自分に恋人がいた時期のことを謝っているのだろう。確かに辛かったが、シモンが悪いなんてことは決してない。

それに今こうして手を絡め合って、抱きしめることができている。しかもシモンは、僕の重い感情を全て受け止めてくれるという。

それだけでもう、何も文句はない。

回した腕を解いて、シモンの顔を覗き込むように見つめる。濡れた唇に触れるだけの口づけを落とすと、シモンの手が僕の後頭部に差し込まれて、口づけが深くなる。

舌と舌が絡み合い、唾液が口端からこぼれて、互いの鎖骨を濡らしていく。

「……ん……はっ」

唇が離れた途端、彼の口から悩ましげな息がこぼれた。

その反応が嬉しくて笑っていると、ふいに腰をつかまれ、再び寝台に押し倒される。

「すまない、我慢の限界だ。……あなたの中に、入りたい」

「……お前が僕を受け入れてくれるなら……僕もお前のその大きいものをちゃんと受け止めないとね」

笑いながら言うと、シモンは呆れたように眉を顰《ひそ》め、汗で湿った髪を思いきり掻《か》き上げた。

「悪い癖だよ。やめなさい」

「ははは」

「エリス」

咎《とが》められたのに、全然怖くなかった。全てを受け入れられた安心感で、気が緩んだのかもしれない。

だが、ここで気を緩めてはいけなかった。

紫の瞳の奥に苛烈な情欲の火を見た気がして「あれ、またやってしまったかもしれない」と反省したが、時すでに遅く、彼は速やかに僕の足を開いて、大きな身体を滑り込ませると、飢えた獣のように唸《うな》った。

「……挿れる」

低く宣言されて、実感する。

やっと、シモンと一つになれるのだと。

痛いとか痛くないとかそんなことはもうどうでもいい。ゆっくりと中にはいってくる初めてのシモンの感触を、生涯忘れないために、じっくり味わうために、僕は下半身に意識を集中させた。

「……っん、あ」

硬い昂《たかぶ》りの熱が、徐々に身体に埋め込まれていく。楔でじっくりと中を焼かれるような痛みはあるけれど、十分に解された秘蕾は少しずつその昂《たかぶ》りを受け入れていく。

「は……っ……痛い、だろう。我慢できるか？」

息を詰めるような苦しげな声が、シモンの喉から絞り出された。

「……だ、いじょうぶ」

もっとはっきりと「大丈夫」だと言いたかったのだが、それは難しかった。なにせ初めての痛さだし、身体の中にあるはずのないものが、入っているこの違和感。

耐え難いとは言えないまでも、慣れるのには相当時間が必要なのではないだろうか。

「……っ……ふ」

全てを挿れ終わったと思う頃、シモンの口元から一筋、銀糸のような唾液がこぼれた。僕の身体のために、快楽に呑まれまいと耐えている。壮絶な色気を放ちながら苦悶するその表情に、僕の胸は歓喜に打ち震えた。

「う、こ……こら、エリス。そんなに締めるな」

「ごめん」と謝るのは何か違うような気がする。

何か気のきいた言葉をかけたほうがいいのだろうか。

逡巡《しゅんじゅん》していると、僕が苦しんでいると勘違いしたのか、シモンはそのまま動かずに、赤子を宥《なだ》めるような優しい手つきで僕の背を撫で始めた。

「痛いだろう」

「そうだね」

痛いものはやっぱり痛い。

どんな痛みなのかというと、喩えるなら、そう。喩えるなら……

「……なんて喩えたらいいのか、さっぱり分からない痛さだな」

「ん？」

口をついて出てしまったらしい。首をわずかに傾げるシモンの瞳は不安そうに揺れていた。

そんな彼の小さな感情の変化。それ一つで、喩えようもない痛みが、軽減される。

「動いて、いいよ？　……シモン」

「……っ……」

腰を意図的に動かすと、シモンがまた苦悶の表情を浮かべる。彼は非難めいた声を上げたが、僕が存外平気そうなところを見て、穏やかに腰を動かし始めた。

「……っう」

下半身に走る痛みなんて忘れてしまえるくらい、余裕なく歪むその表情が嬉しくて、僕はついつい意図的に腰を揺らしてしまう。

「……っ…………っん……」

「っ……やめなさい」

「……っん……あぁ……もっと……んあ……きもちぃ……か、もしれな……」

はしたないと分かっているものの、堪えきれずにシモンの腰を包むように足を組む。

ふいに目があって、また咎《とが》めるように睨まれた。

覗き込んでくる瞳の奥には、未だ炎のような情欲が猛《たけ》っている。それが嬉しくて、甘い声を思うがままに出していると、シモンの喉仏がまたゆっくりと動いて、口の端から銀の滴が僕の鎖骨に落ちて、腰の動きが速くなった。

「う、んん……んあ、シモ、ん……っちょ、ま……」

腰の動きが速すぎて「待って、もう少しゆっくり」と言葉にしようと頑張って息を吸うものの、詰まったみたいに出てこない。

「待たない……大人を煽《あお》るものではない、エリス。今回はあなたが悪かったと思って……っ……観念、しなさい」

言い終えた途端、分厚い舌が、揺さぶられて上下する乳首を器用に唾液で搦《から》めて舐《ねぶ》り始める。

「ひ、う……あ、んん……あ、む、胸は……ひぅっ！」

「胸でも、気持ちよくなれるみたいだな、安心した」

未だ残っていた異物感が、胸を愛撫されるたび、首筋を柔く噛まれるたびに、徐々に薄くなっていく。

口づけはより濃厚になって、シモンの指が肌を掠《かす》めるたびに、小さな快感が痺れるように生まれて、足元から下腹部に寄り集まって大きな快感を呼び寄せる。

堪らない。こんな快感を味わってはもう、どんなことをしたって自分一人では物足りなくなる。

心臓が早鐘を打って、息が燃えるように熱くて苦しい。

それなのに、迫りくる快感の波に胸は期待で膨《ふく》らむようだった。

「んっ……あ、う……んん！　シモン、シモ……ん、ああ！　だめ、僕、なんか……もう」

「……っ……一緒に果てようか」

苦しげに声を漏らすシモンは、追い打ちを掛けるように余裕のない息遣いのまま僕の耳元に唇を寄せ、非情にも耳殻を舐めあげて、僕を容赦なく追い詰める。

「シ、モン……っ！　あう、う……んんん！」

ぶるりと、快感が脳天を突き抜ける。

目の前が白く弾け、僕の中で雄々しく大きかったそれがずるりと抜かれたかと思うと、熱い白濁が、僕の腹の上にどろりと垂れて、乱れたシーツの波間を濡らした。

第四章　情事のあとには

「やっぱり、人間も動物なんだね。僕初めて自分が動物なんだって実感したな」

「愛し合った後、開口一番にそんなことを言うものではない」

二人で寝台に寝転んで、僕はシモンの腕の中で情事の余韻に浸っていた。複雑な表情を浮かべるシモンの顔を面白いと思いながら、僕は口を開く。

「情緒がないって言いたいんでしょう。だって、本当にそう思ったんだ。思考が吹き飛んで、本能だけが研ぎ澄まされる感じ。まさしく動物……いや、獣だな」

シモンのまだ汗で濡れている髪を撫でる。紫色の瞳と視線が交わると、彼は溜息を吐いた。

「……このままだと俺は自信をなくす」

「どうして」

「軍人は常に理性を保っていなければならないんだ。たとえ、激痛を伴う拷問を受けていようが、快楽地獄に陥れられようとも。どんな時でも理性を保ち、経験をもとに思考し、行動しなければならない」

「いや、さすがに愛し合う時にそんな理性的になられても、困るぞ」

想像してみろ、僕が気持ちよく喘いでいるのに、その上にのしかかるシモンが冷静で大真面目な顔をしている場面を。可笑《おか》しすぎて、腹が捩《よじ》れる。

「なぜだ？　理性的であったほうが、もっとあなたを気持ちよくさせられるかもしれない」

「真面目な顔をするお前の下で、あんあん喘ぐ僕が馬鹿みたいじゃないか。それは嫌だ」

納得のいかないような顔で黙るシモンのまとう雰囲気は、いつもより少しあどけないような気がした。

「僕は、シモンの気持ちよさそうな顔が見たかったの。……だから、これからも、僕の中にいる時は一緒に馬鹿になってくれなきゃ困るんだよ」

癖のある焦げ茶色の髪を撫でると、紫を携えた目が気持ちよさそうに弓なりに細まる。凛々しい大型犬を撫でているようだと思って笑っていると、ふいに腕を掴まれた。

「なに？」

「……まさか、あなたに宥《なだ》められる日が来るとは思わなかった」

遠い過去を思い出してでもいるのか。掴まれた腕はいつのまにか引き寄せられて、シモンの唇が手首の裏を掠《かす》める。

「何か、思い出してる？」

「ああ」

「なに？」

「あなたを子供として見られなくなった時のことを思い出していた……」

「なんとなくそうなったんじゃなくて？　ちゃんと覚えているの」

「もちろん」

「いつ？　僕のこと、いつ大人として見るようになったんだ？」

　身を乗り出しながら問うと、シモンは誤魔化すように笑い、昨夜から伸び放題になっている無精髭を自ら撫でた。

「いつ？」

　追い打ちをかけるように再度問うと、シモンの喉仏が上下する。

　その表情からは、困惑が色濃く滲《にじ》んでいた。

　何に困惑しているのかまでは定かではなく、困らせることをあまりしつこく問いかけるのもどうかと思い身を引こうとしたところで、捕らえられた腕を引かれ、身体ごと引き寄せられる。

「俺があなたの気持ちに気づいた時と同じだ」

「……そう」

　つまり、三年前のあの海辺での出来事からというわけか。あの時自分はどうしてああいった行動をとってしまったのか。

　未だに理解も分析もできていない。

　理性を失った行動をしてしまうことは何度かあったけれど、いつもギリギリのところで抑えることはできていた。それなのに、あの時は海の匂いか、夏の暑さか。それとも、黄昏《たそがれ》時の非現実的な空気か何かが僕の背中を押したのか。あのような大胆な行動をとってしまった。

　だがそのおかげで、今こうしてシモンと寄り添っていられるのだ。背中を押してくれたものが何であれ、感謝せずにはいられない。

「……エリス、聞いてくれるか」

懇願するような声で呼びかけられて、過去に飛んでいた思考と共に視線を元に戻す。

「なあに」

返事をすると、紫色の目が嬉しそうに再び弓なりに細まった。

「あなたはずっと俺のことを好きでいてくれたんだろう？」

唐突な質問だったが、答えに窮するものではなかったから、僕はすぐに頷く。

「うん。たぶん初めて会った時から」

「……一方でずっとあとから、俺はあなたを一人の男として愛したいと思うようになった。その事実は変えられない」

そこから、なんとなくシモンの言いたいことが分かったような気がした。それでも先の言葉を遮ることはせずに、耳を傾ける。

「今さらどうこうできることでもないがね。どうにも口惜しく感じて……今は少し不安だ」

「……何が不安？」

無意識に、甘やかすような口調で発した問いに、シモンは何と答えたものか考えあぐねるような仕草をする。

言葉を吐き出せず、苦しげにあえぐ喉元を優しく撫でると、その表情がわずかに緩んだ。

「あなたが好きでいてくれた長い年数分の愛情を、俺はどうしたら返せると思う？」

口にした途端に、シモンは表情に後悔を滲《にじ》ませた。おそらくその問いを、愚かなものだと思っているのだろう。

僕は「僕の愛は重い」とシモンに告げてしまった。

その重い愛情を傾けた年数は彼が言う通り、確かに短くはない。

だが、返してほしいとは思っていない。今こうして、想いが通じて愛し合える現状に僕は満足している。不満なんて一つもない。

だがここで「別にそんなの気にしなくていい」と言うのは違う気がした。

僕が不満に思わなくても、シモンが不安を抱えたままでいるのは、よくない。

「シモンは真面目だな」

「……」

「僕は、今こうして一緒にいられることがなにより幸せだけど、お前が不安を抱えたままじゃ駄目だものね」

上半身を起こして、昨夜脱ぎ捨てたバスローブを羽織る。ついでに寝台の横に乱雑にほうり投げられたシモンのバスローブを手に取って「ちょっと起きて」と逞《たくま》しい腕を引っ張った。

乱れたシーツの上、シモンと僕は向き合うような形で座る。

手に取ったバスローブを、彼の肩に掛けると「ありがとう」と言われ、それに頷きながら僕は続けた。

「何がいいかな？　お前はどうしたら安心できるんだろうか」

首を傾げながら、シモンの逞《たくま》しい腕を宥《なだ》めるように撫でさする。

どうしたら、シモンが不安を抱えないでいられるのか。真剣に考えてはいるものの、なかなか難しい。

過去の一方的な想いに、返せるものとは一体何なのか。そんなこと考えたこともないから、すぐに答えは見つからない。

だから僕は、とりあえず思いついたことを言ってみることにした。

「僕がしたいことを全部叶えてくれるとかどう？」

「したいこと……たとえば？」

「たとえばね」

寄せられた耳元で、僕は告げた。

官能小説から得た知識……慎ましやかとは言い難い内容のものを。

ようやく全て言い終えて、乱れてしまった呼吸を整えながら、シモンの耳元から唇を離そうとすると、すかさず腰を掴まれ引き寄せられて、唇を奪われる。

柔く甘い。その感触をしばらく堪能してから唇を離すと、息を乱したシモンが、興味深そうに問いかけてくる。

「ずっと前からそういったことに興味があったのか？」

「うん。でもほら、お前以外とは絶対にしたくないから……一生できないと思っていたんだけど。駄目？」

「もちろん、いい。……だからといってそれだけであなたが想ってくれた分を返せるとは思わないが……」

律儀にそんなことを言うシモンの肩に、僕は幼い子供を諭《さと》すような心持ちで手を置く。

「それで十分だよ。それに……この調子だと、僕がお前にどんなことを頼んでも、僕の十数年分の想いには敵わないとか思ってしまうんだろう？」

間髪容《い》れずに「そうだろうな」とシモンは苦笑する。

きっとこのまま沈黙していたら「すまない。どうしようもないことを相談してしまった」とでも言って、彼はこの話題を切り上げてしまうだろう。

だが、せっかくシモンが普段なら絶対に漏らすことのない不安を吐いてくれたのだ。ここは是が非でも解決したいところである。

「……一つ、方法があるかも」

「なんだ？」

思いついたその方法は、とてつもなく非現実的なものだ。

だが、少しでもシモンの不安を取り除ける可能性があるのなら、言ってみる価値はあるように思われた。

「お前が僕より長く生きて、棺の中で眠る僕のことを想い続けるっていう方法」

さすがに現実的ではないと分かるが、それでもこういった方法もあるのだと示すことで、多少なりともシモンの不安を取り除けるのではないか。

そんな風に思ったのだが、さすがに愚かなことを言ったかもしれないと、口走ったことをすぐに後悔した。僕がシモンより先に死ぬことで得られる安心など、彼が求めるはずがない。

「あなたが先に死ぬのか？」

感情が抜けたような声音に、肝が冷えてしまった。

やはり、言うべきではなかった。

「……この方法以外、今の僕には思いつかない」

「……」

「だからさ……もう、僕の気が済むまでしてほしいことを全部叶えるしかないんじゃないか？本当はそんなことをする必要はないし……お前が僕と一緒に長生きしてくれれば十分なんだけど。……なあ、シモン」

「？」

「たとえシモンが僕の十数年分の想いを返せなくても、それで僕が物足りないなんて思うことは絶対にないよ。この僕の言葉を信じること。過去の一方的な愛情に愛情で応える必要はない。今、どうしてもお前が何か返したいというのなら、信頼をくれないか」

あえて、僕の愛情を受け止めると言ったシモンと同じように「信頼をくれ」と要求する。信頼が欲しいという人間の気持ちがよく分かるだろうから。

「……エリス」

シモンが強く抱きしめる。今の言葉で彼の心を全て掬《すく》いとれたとは思わないけれど。少しは楽になってくれたことを、緩んだ声で察した途端に。

「あ、そうだ」

シモンが望むように僕もまた、彼の過去に関するもので一つ、欲しているものがあったことを思い出した。

「どうした？」

「いや……んー」

この機会に言ってみるのがいいのかもしれない。

恋人になった今、急ぐ必要はないのだが。後から言うとなるとまた気恥ずかしさが勝って言い出せずに、ずるずると引きずることになるだろうから、今言っておくのがいいだろう。

「……お前の幼い頃から今までの肖像画をいくつか僕にくれない？　今じゃなくていいから」

「肖像画？」

どうしてそんなものを望むのか。訳が分からないはずなのに、シモンは極めて落ち着いた様子で「なぜかな」と理由を聞いてくれる。

「僕がまだ生まれていない頃から今までのシモンの肖像画を飾れば、一緒に過ごせなかった時間を少しでも共有したことになる気がして……駄目か？」

「いや、もちろん構わないが。では、代わりに俺もあなたの肖像画を何枚か、もらおうか」

「……それなら、僕がもう少し大きくなった時のやつが出来上がったらでもいいか？」

「どうして？」

問われて、何と答えたものかしばし考えたものの、今さら取り繕《つくろ》うこともないかと思い、思ったままのことを口にした。

「これからもっといい男になる予定だから。シモンには一番綺麗な時の肖像画を持っていてほしい」

「……あなたは今でも十分に美しいが」

厚い胸板に這わせていた僕の手を取って、シモンがその指先に口づける。

紫色の瞳が熱を帯びて、水に揺蕩《たゆた》う玻璃《はり》の玉のように揺れていた。

「……馬鹿。お前の目は甘すぎるよ」

「そんなことはないよ。そうだ、今後あなたの肖像画を描いてもらう時は、ぜひ俺を呼んでおくれ」

「なぜだ」

「肖像画を描く間中、身動きが取れないあなたと談笑しながら酒でも嗜《たしな》もうかと」

「……いい趣味だな」

眉を顰《ひそ》めたものの、まんざらでもないから断らない。

「そんなことを楽しいと思うなら、そうすればいいけど」

「あなたこそ、俺に甘いのではないかな」

「それはそうに決まってるじゃないか。大好きだから、甘やかしたいと思うのは当然だ」

率直に告げた言葉に、シモンの身体が熱くなるのを感じた。紫の瞳が蕩けるような情欲を帯びて、僕の視線を搦《から》めとる。

「エリス、甘やかしたいと思ってくれるのなら……また、あなたの中で抱いておくれ」

「……っ……ま、またするのか？　もう、朝……じゃないか」

急に艶《つや》を帯びた空気に、僕は焦ってしまう。

正直、すでに腰が限界を迎えているのである。

二人で一度達したあと、そこから無限の快楽地獄が続いてしまい、シモンに比べて体力のない僕は何度も果てて、気を失ってはまた果てて、を繰り返し今に至るのだ。

逆にシモンはというと、まだ二回ほどしか果てていない。姉様の言った通り、もしかしたら七日七晩くらいなら彼は本当に余裕なのかもしれない。

こんなことなら、姉様の言う通り、恥を忍んで体力作りをしておくべきだった。

「エリス」

懇願するような声音に、思わず「う」と唸《うな》ってしまう。

「僕はお前ほど体力があるわけじゃない」

「そうだな。すまない」

「謝ればなんでも許してもらえると思ってないか」

「……」

押し黙ったシモンは、僕の前髪をほんの少しいじくったあとで腰を抱き、じっと見つめてきた。

こういうところが、あざといと思う。

良い大人の癖をして。自分の見せ方がよく分かっている。

「あと何回したいの？」

おずおず問うと、シモンは考えるそぶりをする。そして口を開いて出た数はなんと脅威の『五回』だった。

「お、多いな」

「なら、何回ならいいんだ」

「一回」

「それは……少ないな」

「じゃあ、二回？」

「……分かった」

不満そうに、僕の首筋に無精髭をすり寄せるシモンに、堪らず苦笑してしまう。

「そんなに僕の中、気持ちよかった？」

期待を込めて問うと、首筋にぬるい吐息がかかる。きっとさぞ優しく甘い言葉が返ってくるだろうと、思っていた。

「ああ。……永遠に、あなたの中にいたいと願うほどにはね」

冗談で言っているんだと思った。

あるいは僕が情事の最中に大分怖いことを言ってしまったから、慰めてくれているだけなのかもしれない、と。

だから「冗談を言うな」と笑おうとしたのに「永遠に」なんて念を押すように改めて紡ぎ出された言葉は、確かに甘く、妙に重く、どこか仄暗い。

心配になって顔を覗き込むと、その表情はいつもと変わらず優しげなのに、瞳には底知れない感情が滲《にじ》んでいた。それは、執着だろうか。あるいは独占欲だろうか。

探る間もなく、その感情は隠される。

「今のは冗談じゃない。本心だ」

「……うん、分かってる」

「怖いかい」

「いやいや、お前だってさっき僕のこと怖いと思わないって言ったじゃないか。それと同じだよ。何度言ったら分かってくれるんだ。僕の愛はお前が思う以上に重いんだよ。お前が永遠に僕の中にいたいと思っている時、僕はお前に永遠に離れないでいてほしいと思ってるよ。大丈夫、同じことを思っているなら、怖いも何もないじゃないか」

まあ、言ってもそう簡単に永遠に中にいることなんてできないことは分かってる。

半分、言葉遊び。半分は本音。

その本音の部分を冗談でも拒否するつもりはなかった。

「本当に可能になるなら、永遠に僕の中にいてほしいよ」

そう呟くと、僕を抱く両腕の力が強くなる。

「俺を甘やかしてどうしたいんだ」

「甘やかしてるんじゃないよ。僕を甘やかすのはお前のほうが得意じゃないか。僕はまだシモンを翻弄《ほんろう》できるような男じゃないよ」

「謙遜《けんそん》するなんて、珍しいな」

「うわ、その言い方だとまるで僕がいつも自信満々みたいじゃないか。僕だって年に数回くらいは自信を失う時はある」

「はは、そうか。年に数回か」

僕を抱く両腕の力が緩まる。唇に柔い感触がして、合図されるまでもなく口を開くと、シモンの喉から満足そうな笑いがこぼれた。

ゆっくりと上半身を押し倒される間も、濃厚な口づけに応える。まだ巧みな舌づかいについていくことはできないが、唾液をなるべくこぼさず嚥下できるようになったことに満足していると、唇が離れて、シモンが感嘆の息を吐いた。

「この短い期間でここまで上達するなんて……いずれ、口づけまで翻弄《ほんろう》されるようになったら、形無しだな」

と言いつつ、シモンは嬉しそうに笑っている。

「なんで、そんなに嬉しそうなの」

「これからのあなたの成長が楽しみだと思ってね。人生の喜びが増えると、俺もまだ老いていくだけでは終われないと思うよ」

哀愁を帯びた発言をするシモンの髭を、僕は大袈裟にジョリジョリと撫でさする。

「健康に気をつけるとか？」

「そうだね。あとは、あなたをもっと喜ばせられるように努力するとかかな」

そう言って、シモンは再び笑う。

「これ以上喜ばされたら、僕のほうが形無しになってしまう」と文句を言おうとした唇はしかし、息する間もなく塞がれた。

窓から差し始めた明るい朝の光が視界に入っていないはずもないのに、徐々に口づけは深まっていく。僕も止める気なんて皆無だから、欲情して熱くなった大きな背中を撫で続けて、シモンの情欲を駆り立てる。

抵抗したほうが興奮してくれるかもしれないと思ったけれど、それはまだやめたほうがいいだろう。

僕がこの行為を嫌がるはずがないとシモンに確信してもらわなければ。そうなって初めて抵抗することによって「いやらしいことが好きなのに、どうして抵抗するのかな」とシモンに言葉責めをしてもらえる機会が訪れるかもしれない。

そんなことを考え出すと止まらなくて、口づけをしている最中だというのに、鼻がツンと痛くなる。

「……！　エリス!?」

――嫌な予感がする。

そう思った時にはすでにまた遅かった。

思えば今までよく出てこなかったものだ。これは、緊張が解けたせいもあるのかもしれない。

僕の鼻からは血が出ていて、結局今回もシモンに心配をかける羽目になってしまった。

ハッピーエンドのその先へ ー
ファンタジックなボーイズラブ小説レーベル

アンダルシュノベルズ
&arche NOVELS

転生した公爵令息の
愛されほのぼのライフ！

最推しの義兄を愛でるため、長生きします！ 1〜4

朝陽天満 ／著

カズアキ／イラスト

転生したら、前世の最推しがまさかの義兄になっていた。でも、もしかして俺って義兄が笑顔を失う原因じゃなかったっけ……？　過酷な未来を思い出した少年・アルバは、義兄であるオルシスの笑顔を失わないため、そして彼を愛で続けるために長生きする方法を模索し始める。薬探しに義父の更生、それから義兄を褒めまくること！　そんな風に兄様大好きなアルバが必死になって駆け回っていると、運命は次第に好転していき――？　WEB大注目の愛されボーイズライフが、書き下ろし番外編と共に待望の書籍化！

詳しくは公式サイトにてご確認ください。
https://andarche.alphapolis.co.jp

異世界BLサイト“アンダルシュ”
新刊、既刊情報、投稿漫画、X（旧Twitter）など、BL情報が満載！

この作品に対する皆様のご意見・ご感想をお待ちしております。

おハガキ・お手紙は以下の宛先にお送りください。

【宛先】

〒150-6019 東京都渋谷区恵比寿4-20-3 恵比寿ガーデンプレイスタワー 19F
（株）アルファポリス　書籍感想係

メールフォームでのご意見・ご感想は右のＱＲコードから、
あるいは以下のワードで検索をかけてください。

アルファポリス　書籍の感想　検索

ご感想はこちらから

本書は、「アルファポリス」（https://www.alphapolis.co.jp/）に掲載されていたものを、
改稿、加筆のうえ、書籍化したものです。

小《こ》悪《あく》魔《ま》令息《れいそく》は、
色《いろ》気《け》だだ漏《も》れ将《しょう》軍《ぐん》閣《かっ》下《か》と仲《なか》良《よ》くなりたい。

古堂すいう（ふるどう すいう）

2024年 6月 20日初版発行

編集－山田伊亮・大木 瞳
編集長－倉持真理
発行者－梶本雄介
発行所－株式会社アルファポリス
〒150-6019 東京都渋谷区恵比寿4-20-3 恵比寿ガーデンプレイスタワー19F
TEL 03-6277-1601（営業） 03-6277-1602（編集）
URL https://www.alphapolis.co.jp/
発売元－株式会社星雲社（共同出版社・流通責任出版社）
〒112-0005 東京都文京区水道1-3-30
TEL 03-3868-3275
装丁・本文イラスト－逆月酒乱
装丁デザイン－AFTERGLOW
（レーベルフォーマットデザイン－円と球）
印刷－中央精版印刷株式会社

価格はカバーに表示されてあります。

落丁乱丁の場合はアルファポリスまでご連絡ください。

送料は小社負担でお取り替えします。


ISBN978-4-434-34036-9 C0093